岬

中上健次

吳季倫——譯

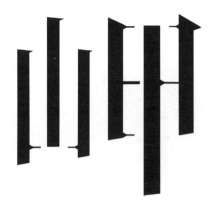

目錄

黃金比例的早晨

1

輾轉反側。眼窩深處、腦袋中央宛如被荊棘上的尖刺輕戳一般，陣陣抽痛。我踢開棉被，嘿的一聲坐起來。赤裸的上半身曝露在冷冽之中，立刻冒出了粒粒分明的雞皮疙瘩。我低頭看著胸前淺褐色乳頭周圍那片雞皮疙瘩，暗忖著是否該再試著入睡，抑或果斷起床。眼睛好痛。從最上方的透明窗玻璃射入的燦爛金黃光線，照在貼於牆面的切．格瓦拉追悼會的海報上，將寫在海報底下那行「切．格瓦拉日本人民追悼委員會」的黑字映出了炫目的光暈。我已經忘記那張海報是什麼人在什麼時候給的了。畫出切．格瓦拉滿臉絡腮鬍相貌的海報，已經內化為我這個兩坪多的房間的一部分，成為毫無違和的景象了。窗外傳來孩童的哭聲，以及女人的罵聲。一老一少兩個女人的吵架聲已持續很長一段時間了。我不經意望向在冷空氣中收縮緊繃的皮膚上的無數小顆粒，思索著自己的肌肉。目前打的零工都是勞力工作，如果長此以往再做個三、四年，身上的肌肉一定會變得結實隆起，不管從那個角度看，想必都是十足的勞動者體格吧。我站起來。一股凍寒宛如暈眩般驀然襲來。雖然急著套上衣物，我仍秉持嚴以律己的精神約束輕浮佻薄的內心，彷彿刻意砥礪自我心志一般，緩慢地一件一件穿回於睡前疊妥的襯衫長褲和夾克。

踏著地板嘎吱作響的走廊來到位於盡頭的廁所小便。推開廁所那扇積滿塵土的窗子，映入眼簾的是在小學鋼筋水泥校舍上飄揚的國旗，以及不是在大地而是在藍天扎根、令人聯想到淋巴腺解剖圖的光禿禿的櫸樹。正思索著是從什麼時候開始，即使不是紀念日也同樣懸掛國旗了呢，忽然想起了讀小學時的那位女級任導師曾經哭著譴責升起國旗是一件「不應該的事」。小便完，在廚房水槽洗手，不禁想喝冰涼的清水，於是嘴巴湊向水龍頭底下喝了水。從廚房的窗子可以看到後方的公寓、快要倒塌的木板圍牆，以及往火車站那個方向的三座屋頂。

我沒敲門直接推開了。齋藤張著嘴呼呼大睡，只穿著一件內褲的雪白雙腿露在棉被外面。「喂！」我站在齋藤枕邊喊他，「還不起床？還不起床去澡堂嗎？」齋藤合上嘴，隨便哼哼兩聲，把頭和腳都縮進棉被裡了。我望著齋藤那坨蜷成蝦子形狀的棉被，在那張鋪有花卉圖案軟墊的椅子坐了下來。牆上掛著一把吉他。桌前貼著一幀歌手笑容滿面的性感照，其走音的歌聲如金屬摩擦般震耳欲聾。性感照的旁邊有一張以圖釘固定的紙片，上面寫著石母田＋20、吉村＋55、Ken＋105，大抵是麻將的得分數字[1]。另外還用鐵釘釘上一份印有保健飲料公司名稱的本週格言——**凡笑人者，他日必爲人所笑；凡尊人者，他日必爲人所尊。**房裡亂成一團。窗前掛著質地柔軟的綠色布簾。齋藤的枕邊隨手擱著漫畫週刊以及《速成攻略．物理技巧》。「喂，去澡堂了啦！你明天一樣不必打工吧？」齋藤沒有回話。

我於是走出了公寓。睡眠不足的雙眼被陽光射得刺痛又晃眼，這個月沒正常吃三餐，上夜班和準備升學考試的疲勞又已滲入骨髓，頓時感到一陣暈眩。初春方至的季節風是一種舒爽的冷冽。我猶豫著該去哪裡好？手插進黑夾克口袋，裡面塞著英文單字卡。abandon，放棄，拋棄，＝forsake。在掏出單字卡使其重見天日之後，映入眼中的那個字彙等於預言了這一天的凶兆，我忙不迭將它塞回口袋裡。住在公寓隔壁的松根善次郎身裹棉襖彎著腰，手持長柄杓子細心地為擺在街邊長板凳上一盆盆枝幹歪七扭八的褐色植栽澆水。這些掉光葉子的盆栽看起來不像植物，而是不管澆了多少水、照了多少光，終究無法生葉開花的銅絲或鐵釘之類的物體。我心想，他和女兒吵完架，這才出來照料盆栽了吧。這一家人經常在大白天罵罵咧咧的。有一回我剛睡醒，開了窗一探究竟，只見一個貌似流氓或牛郎的男人蹲在電線杆旁發出嘖嘖聲召喚小狗過去。這男人似乎是此刻咒罵不休的這家女兒帶來的。「妳這孩子怎麼可以對爸爸說那種話呢……」講話的人是松根善次郎的太太澄乃，而同時開口反駁的女子則是已經打定主意過家門不入的女兒順子。身穿華麗衣裳的她嚷著：「妳哪有臉說他是我爸爸？我只是回來拿自己的衣服而已！」接著又說從很早以前雙方就不是父女關係了。儘管屋裡大吼大叫的，屋外的男人仍滿不在乎地摸撫著搖尾巴過來蹭磨的小狗，還抱起來讓小狗舔臉。不知是哪一家的小狗，常見牠在圳溝的這一邊，也就是菖蒲橋這頭附近搖著尾巴四處逛。每一個大城小鎮都有像這樣見人就舔的小傢伙。公寓隔壁這戶人家老是像這樣三天兩頭吵擾鄰里。

我不知不覺走到車站，又不知不覺搭上電車，然後在重考補習班那一站下車，就這樣走到了補習班的校舍。補習班前有頭上戴著以噴漆塗黑頭盔的五個男人正在

①日本麻將特有的計分法，不同於台灣麻將的台數計算方式。

發傳單做街頭募捐。我可以感受到氣溫驟降，趕緊把雙手插進夾克口袋，縮著身子，隨意瀏覽著張貼在設於馬路這一面校舍牆壁上的玻璃布告欄裡的二月初模擬考成績排名表。從第一名的五四八分高品秀一（喇沙）開始，依序列至第一百名。玻璃上映出我的臉孔。這場模擬考我和齋藤都沒參加。看著喇沙、灘、西等等高中校名，我忽然想起了自己的母校，想起了哥哥，想起了媽媽。臭鮑娼婦。少臭美了。我打算去補習班的五樓屋頂，就在重考生出入口的玄關處被黑頭盔的塞了張油印傳單。上面印著「武裝軍隊之重新建置」，也就是共產主義武裝軍團。這並不是哥哥所屬的黨派。雖然過程中上氣不接下氣，我仍抱持著這是此時此刻必須承擔的責任，亦是人生賭注的氣魄，沿著成Z字形的樓梯一口氣奔上了五樓。幾乎喘不過氣來。看到了大大的夕陽，是膿血的顏色。我兩手抓著架在屋頂周圍的鐵絲網，俯瞰下方好半晌，然後從口袋裡掏出剛才拿到的傳單撕成碎片，一片一片鬆手丟掉，足足打發了好一段時間。紙片乘著風，如蝴蝶一般翩翩飄落。

吃了晚飯後回到房間。哥哥出現在房裡。他把我的棉被直接推到牆邊成一大坨，當成沙發一般倚著坐，正和齋藤聊著賽馬。哥哥一看到我就劈頭數落：「沒在家用功，上哪兒蹓躂去啦？」齋藤像是睡到一半被哥哥挖起來的，一臉呆滯地望著我。我站到哥哥面前說：「閃開啦！不要靠在我的棉被上！」哥哥大概察覺到我生氣了，隨即盤腿坐直了，用斬釘截鐵的口吻說：「暫時借我住在這裡避避風頭。太過分了，竟然用另案逮捕的手段把我們伙伴一個個抓走了！」「聽說最近都是這樣，我高中同學的朋友也被逮了，案由是一年前吃了霸王餐。」聽齋藤說完，哥哥滿臉這傢伙到底在講啥啊的表情看著我苦笑，「所以是用違反道德罪的名義囉？」

「就算真的犯了違反道德罪，也用不著用一年前吃過霸王餐這種小事來抓人吧？我覺得其中必有內幕，應該是帶去逼問耶誕樹炸彈案[2]吧。聽說警方正在製作嫌犯名冊喔。」

---

②應指一九七一年十二月二十四日耶誕夜，日本東京都新宿區發生的炸彈恐攻案件。新左翼人士（以頭戴黑盔為標誌的組織）將一枚定時炸彈偽裝成一棵小耶誕樹對民眾進行隨機攻擊，這起爆炸案總共造成兩名警察與七名路人分別受到了輕重傷。

「那些傢伙煩不煩啊。」哥哥抱怨著，把一只擱在棉被旁邊的黑色人造皮革肩背包拉向自己，打開拉鍊，從裡面掏出四盒巧克力、兩個鹽醃牛肉罐頭和一個鮭魚罐頭。「喏，東京名產！」哥哥笑著說，「現在連你都來到東京了，按理說根本不該送什麼東京名產，不過以前我每次回老家，你總是向我討禮物，還說只要是東京的東西什麼都好，對吧？」哥哥接著轉頭告訴齋藤，「我們兄弟倆其實處不來，問題全出在這傢伙的怪脾氣上。」哥哥一副和齋藤稱兄道弟的口吻，說完又抬頭望向依然站著沒坐下的我。我還無法平復自己此刻的心情，只能站在原地，從消瘦的哥哥柔和的眼神中，讀出一抹我從未見過的哀求。哥哥突然出現在這個房間裡要求暫時藏身於此，對我來說固然是樁麻煩事，但是自己隻身來到這個大都會，此時能有個血脈相連的手足陪伴身邊，畢竟多少可以壯膽，也挺開心的。

「這可是我特地為了你拚命打小鋼珠贏來的東京名產贈品喔！」

「我又不是以前那個小鬼頭了！」我語帶不屑地說。哥哥似乎有點尷尬，又往後倚在我的棉被上，從皺巴巴的長褲口袋裡掏出香菸叼一支，嘟囔著「火柴、火柴」並且連連拍打全身上下的口袋找火。最後終於在西裝外套左側口袋找到了，喔了一聲，伸手進去拿。「哎呀，怎麼會有這種玩意塞在裡面啊？」說著，哥哥從內側口袋拿出一把粉紅色握柄的牙刷，露出笑容。在我看來，那把牙刷被我歸類在足以化解當下的尷尬或不悅氣氛的魔術種類。齋藤很喜歡哥哥的這場魔術表演，哈哈大笑。我沒笑。既不好玩也沒意思。我從小看哥哥玩這個把戲已經算不清多少回了。

「這陣子到處流浪，所以生活必需品都得隨身攜帶。」哥哥接過齋藤遞來的火柴點了火，吸著菸解釋。在電燈泡的映照下，煙氣冉冉上升，隨後消失無蹤。

「這可不是件容易的事哦，在這個資本主義社會中要想懷抱革命之志，只能落得居無定所顛沛流離的下場，你這小子大概不明白，真正的革命家既是乞丐，也是貴族。」

「那和身上帶著女生的牙刷有什麼關係？」我問哥哥。

「嘿，不愧是我弟弟，觀點果然敏銳！因為我一直待在『救對』[3]的女孩的租屋

③日本全共鬥時期用語。救援對策的簡稱，亦指救援對策組織。當學生參加示威活動遭到逮捕後，該組織協助聯絡辯護律師，並提供衣物糧食及生活用品。

直到今天早上。」

「看起來髒兮兮的。」不曉得為什麼，我可以感到體內有股衝動想過去揍哥哥，「你拿著那把粉紅色的牙刷實在太難看了。快走快走！你所說的革命，不是殺死同伴就是做炸彈炸死無辜的人罷了。」我心知肚明，這番話絕非發自內心的想法而是別人的意見，只是模仿從報紙或雜誌上讀到對於哥哥所屬黨派的批判言論而已。哥哥盯著我看，一副莫名其妙的神情。「你們那些傢伙都是人渣！不去工作，想幹什麼就幹什麼。你們根本不知道，和你們年紀相仿的人天天工作時心裡在想什麼。」我往椅子坐了下來。

「你還不是一樣！你也不知道和你年紀相仿的傢伙腦子裡裝了些什麼啊！」

「我知道啦！」我加強了語氣。

「知道也好，不知道也好，其實沒什麼差別，都是些不正經的玩意。不是女人就是車子，不是麻將就是賽馬，總之，民眾想的內容不出這個範圍。反正從古至今，民眾既是愚蠢不可救藥，卻也傻里傻氣樂逍遙。」

屋外的寒氣直接穿過沒掛布簾的窗玻璃粒子與粒子之間的縫隙，灌進這個房間裡。哥哥似乎覺得冷，打著哆嗦，豎起沾著些許汙垢的大衣領子，雙手抱胸。貼在牆上的切．格瓦拉海報和圈起打工處公休日的月曆，使這個房間看來樸素又整潔。換句話說，除了必需品之外，什麼都沒有。可以說是赤裸裸的、純粹的結晶，足以呈現出我的本質的一個房間。電視節目的笑聲從右邊的房間傳了過來。

「這傢伙有沒有每天用功讀書？」哥哥問齋藤。我搶在一臉嚴肅的齋藤之前開口：「用不著多管閒事，你還是趕快去找今天晚上要住的地方比較要緊！」我從哥哥帶來的菸裡抽出一支，點火吸了一口。

「你要是能夠認真準備，考進我的學校，應該有資格加入突擊部隊，闖出一番功績哦。部隊分成公開與非公開兩種，非公開的菁英屬於突擊部隊。」

「咦？不是徹底瓦解了嗎？」齋藤不解地詢問。

「是啊，是徹底瓦解了。」哥哥嘆氣苦笑。「所以才逃到這裡來了啊，否則誰願意厚著臉皮來到這個凡是我說的每句話、做的每件事都要駁斥反抗的無情弟弟的房間裡，像個乞丐似的求他收留我呢？」

「我就當這是對我的讚美囉。」我笑了。雖然哥哥的菸抽起來很苦。

第二天早晨，我聽著睡在身邊的哥哥呼吸聲，以及松根善次郎照例唱念著我完全不懂的誦經聲。每天清晨拂曉時分開始到八點為止整整三個鐘頭，那恰似狗兒呻吟的誦經聲如海浪般一波波襲來。我真想大吼：吵死啦！妨礙鄰居睡眠！我拉高被子蒙住頭頂，那聲音還是像印刷工廠的馬達聲隱隱作響。看來問題出在沒掛上窗簾，以致於那個一開始誰也分辨不出是人類發出的低沉又高亢的聲音，但也像粗魯的怒斥聲，宛如一條細線穿過毛玻璃的粒子縫隙，卻又於完全進入的剎那化為另一種聲音，在房裡的凍寒空氣中像條蛇似的蜿蜒爬行。浪潮不停地拍打。我聽著哥哥的呼吸聲，聽著充斥整個房間的誦經聲，飽受折磨。

「起來了啦！」我朝哥哥扔了一句，講完自己也覺得很像以前小時候的語氣，「起來起來！」我乾脆掀開棉被。哥哥馬上縮起身子。「起來起來，已經六點啦！」我聽著那漸入佳境似的提高嗓門的誦經聲，站起來說，「現在該去接受升上小學屋頂的日出聖光沐浴灌頂囉。」哥哥似乎聽懂了我的意思，仍舊閉著眼睛只咧嘴一笑，「好冷，好睏，你自己愛上哪就上哪去。」說完又把整坨被子拉回去蓋。我和往常一樣，享受著全身起雞皮疙瘩的寒冷，慢條斯理套上長褲，穿上襯衫，罩上夾克。三月十二日，就是今天，是公休日。穿完衣服，推開窗戶。我住的富士見莊公寓隔壁的那棟老舊屋子，就是松根善次郎的家。松根善次郎嘶啞的嗓音分明在唱念著「南無妙法蓮華經、南無妙法蓮華經……」，連他以丹田之力誦經途中換氣的聲音都聽得一清二楚。「喂，快起來啦，不和我一起長跑嗎？」任憑我再三叫喚，哥哥還是像死了一樣動也不動，應也不應。我放棄叫他起床了。看來只有海報上的切·格瓦拉和我一樣，嚴謹規律地清早起床。相較之下，這些傢伙太墮落了。天空漸漸變成魚肚白。松根善次郎住家屋頂上的瓦片有好幾處都掀開來了，那些褪成褐色的略髒瓦片，看起來真像快要整顆脫落的蛀牙。

我跑了起來。享受著風聲從耳後呼嘯而過。我霍然煞住腳步，從口袋裡掏出單字卡，隨手揭開一張。occurrence，發生。我心想，這個字沒有定論，因為可能發生好事，也可能發生壞事，於是抱著豁出去的心態，閉起眼睛，再一次從六百個英文單字中任意挑出一張。fuse, a fuse，引信。也就是引爆炸彈時點燃炸藥的裝置。這是吉兆還是凶兆呢？這個字還是處於灰色地帶。pierce，刺穿。這個單字讓我驀然憶起小時候曾被哥哥揮舞的木棒擊中額頭受傷，縫了兩針。那個傷疤至今仍在，像一塊黑色的斑點。這是凶兆。緊接著，我赫然發覺自己在占卜吉凶的時候，似乎刻意找出具有暗示不祥語意的單字，真是愚蠢的行為，不由得無聲地笑了。從鼻腔噴出的氣體是白色的。「前陣子老媽寄了信給我，信裡抱怨你去了東京以後，連住在什麼地方都沒讓她知道。」「用不著告訴她，我已經斷絕母子關係了。」「這樣不好吧，畢竟她一個女人家含辛茹苦把你拉拔到高中畢業了。」「我其實一直很羨慕你。她常常喝得醉醺醺的，和年輕女孩一路笑鬧回家，走到門口時年輕女孩對她說『阿姨，明天見』，她也回一句『好啊』，可是一轉身踏進家裡看到我，就開始埋怨咒罵起來：『醜八怪，什麼玩意嘛！仗著自己年輕幾歲，居然在宴席上阿姨長阿姨短的這樣叫我。哦，福善，你在用功呀？不好意思，給媽倒杯水來。』你說，我過的是什麼日子啊？」「沒辦法啊，誰要老爸死掉了。」「我根本沒把那種酒精中毒的娼婦當媽媽看！」我忿忿說道。沒錯，我想和自己的母親斷絕關係。

我和哥哥是同父異母的兄弟。爸爸的前妻，也就是哥哥的生母，跟一個巡迴劇團演員私奔了，於是又娶了媽媽進門，在我中學三年級的時候，爸爸騎摩托車時高速撞上砍伐後殘餘的樹根身亡，生前是土木建築承包商，過去做生意時相熟飯店山田屋好意雇用我媽媽去當服務生。女人真討厭。「你可得考上一所好學校喔。你以為媽媽真的愛喝酒？你以為媽媽真的愛唱歌，還喜歡吹捧那些大發山林財的惡質木材行老闆？千萬不能輸給武志哥哥呀！」媽媽經常像這樣把哥哥的名字掛在嘴上。少臭美了。死娼婦。哥哥老提我媽的事惹惱了我，換我也來講一講哥哥的生母。「說不定你老媽也已經回到那邊了喔？」

「唉……」哥哥閉上眼睛。「真是可悲的民眾。」

「老是把民眾這個字眼掛在嘴邊，到底是什麼意思啊？」哥哥像是胸口挨了一拳似的，突然在我借他蓋的冬被裡伸手蹬腳的，回了句「就是女人與生俱來的悲哀嘛」並打了呵欠，眼中頓時淚光閃閃。昨晚齋藤回去自己的房間後，我和哥哥像小時候一樣躺在緊靠的兩床被窩裡聊到了凌晨兩點左右。

fuse, a fuse……，我邊跑邊喃喃自語似地出聲背誦英文單字。晨光照耀我的全身。彷彿早晨緊緊跟隨著我一起奔跑。在磚砌圍牆的轉角處，有個和我年紀相仿的送報生宛如貓咪一般無聲無息地衝了出來，兩人險些迎頭對撞。送報生不耐煩地嘖了一聲，停下腳步，把報紙像摺紙飛機那樣對摺，從一家掛有村越貞二郎後援會聯絡處招牌的乾洗店後門走了進去。我在栽種綠枳橙當成圍籬的一戶人家門前駐足，折下一段枝葉。忽然覺得 a fuse 這個英文單字與這種植物前端直挺的棘刺頗為相像，於是決定以後看到 fuse 的英文單字解釋，就要想起這種棘刺。我有很多單字都是靠這種方法背誦的。gentle 是五月份冒出柔嫩新芽的綠草，sad 是水泥極度乾燥的狀態，至於 revolution 則是使用乾電池發動的玩具船。小學後面正在施工。翻斗車只有車頭開進後門，引擎沒關。頭戴工程帽，身穿馬褲、淺褐色毛衣及膠底鞋的男人，和另一個穿著公司制服的男人正在比手畫腳地交談，看似在討論今日一整天的工程進度。

當我回到房間時，哥哥已經醒了。「瞻仰國旗了嗎？」哥哥一看到我就問。這句話莫名惹惱了我，立刻回答：「當然，瞻仰國旗潔淨心靈，還立下了雄心壯志！」我接著說：「看到國旗真好，讓人真真實實感受到自己這一刻的確是個身在日本的十九歲日本男兒！」誦經聲仍然持續不停。

「原來你是右派。」

「是啊，我是個不折不扣的右派！」我邊回話邊把帶回來的那一枝植物擱在桌上。哥哥不屑地「哼」了一聲，扔了手中讀到一半的報紙，刻意擠出一個露齒笑容。他似乎受不了和我繼續聊談這個荒唐的話題，邊站起來把露在外面的襯衫塞進褲頭裡邊說：「這個房間真的什麼都沒有啊……那個名叫什麼來著？就是那個冒失鬼，我還是去他房間討杯咖啡來喝吧。」哥哥彷彿想逃離擱放那枝植物後坐在椅子上的我所散發出來的無形壓力，伸手握住門把的時候說：「你居然能在這種空蕩蕩的房間住下去，這個房間太奇怪啦。」「就憑現在這副德行，哪敢有什麼奢望啊！」

我反脣相稽。

我和齋藤在同一家重考補習班，也同樣在車站小賣店販售的兼差情報雜誌裡刊登廣告的一家貨運公司打工。齋藤重考三次了，我目前重考一次。我們從週一晚間到週六清晨的每天晚上固定上夜班。一早下班後，就到咖啡廳吃附贈咖啡的晨間套餐，然後回公寓睡覺。睡到下午醒來，不是去補習班，就是在房間裡寫那本不知道反覆做過多少次題目以致於連解答方法都已倒背如流的《數學II》參考書。接著又是去上夜班，並且利用夜班的空檔用功。齋藤經常這麼說，我的數學筆記和物理筆記上面以螞蟻字寫滿了整整齊齊的計算過程與解答，不仔細看還以為是印刷而成的筆記簿。套用物理公式解題時，常會莫名其妙暴跳如雷，恨不得撕爛自己的筆記本或是整頁打上大叉叉，儘管如此我依然秉持嚴以律己的精神（雖然心裡對這所謂的嚴以律己深不以為然），僅在筆記簿的角落框出一塊，同樣用印刷鉛字般的整齊筆跡寫上頗有感觸的句子，例如：「現代日本走在一條錯誤的道路上。最好把所有人統統殺光。人類光憑相親相愛是無法生存的。只能靠自己。所以，正因爲只能靠自己，宗教也好，社會主義也罷，在我面前不過是欺瞞。自由是謊言。平等是虛假。民主主義是鬼話。豬八戒！」

直到哥哥來這裡借住之前，我從不曾想起死去的爸爸以及媽媽。不，這麼講是自欺欺人，應該說我刻意不去想他們，決心當個再平凡不過的十九歲少年。我沒寄信回故鄉，連住址也不讓老家知道。齋藤曾在咖啡廳裡說他無法理解我的行為，「那不是天經地義的嗎？」他咬下一大塊吐司麵包，嘴裡塞得滿滿地說話，然後喝一口摻了很多糖變得甜滋滋的咖啡，才好嚥下嘴巴的食物，「如果家裡就剩老媽一個人住，不管哪個兒子都會告訴老媽自己現在的住址，萬一發生什麼急事才好聯絡嘛。」齋藤又撕咬一口吐司麵包，奶油和麵包屑沾到脣上，「你這人真的愈想愈怪吔！」他一臉正色地說，「不說別的，在那種當我們是奴隸而沒當人看的地方，不過領那麼一丁點打工錢，你做事未免太認真了。就拿昨天晚上來說吧，你被那個笨鐵傢伙叫去訓話對吧？結果看你站得直挺挺的，一股勁兒點頭說『是、是、是』。」齋藤揉著眼睛，笑了起來，「你還一板一眼地戴上工程帽，和我們一起打工的那些傢伙都在私下批評，看不慣你的態度哦。」「我這樣很正常啊。」我和往常一樣反駁，「在我自己看來，絕不寫信給老媽再正常不過，回話時說『是』，也是理所當然的。」

「你的做法都超乎常情。」

「那我問你，難道要和你們一樣工作拖拖拉拉的，上班時間不是聊麻將就是聊電影才對嗎？開什麼玩笑，太亂來了。我想要老老實實地過日子。最討厭像你們那樣活得一團糟。一想到那些臭娼婦就快吐了！」齋藤似乎非常享受看我愈來愈激動的過程，將身體往後仰靠在椅背上盯著我瞧。

「我要一個人活下去。父母也好，兄弟姐妹也罷，全都是假的。母親是假的，父親也是假的，我是由樹木和岩石結合之後，從枝椏分杈處誕生的。」

這段文字就寫在我的筆記簿上。事實是，如果不這樣想，我再也無法忍耐下去了。否則說不定當我回過神來，將會赫然發現自己握著菜刀，站在家中的玄關泥地，也就是那個位於山邊的花町郊區、離河邊不遠處的故鄉老家，俯視著媽媽那具裸露出連乳房周圍都施上脂粉、皮膚因瘠瘦衰老而布滿皺紋，同時隱隱飄出酒氣的屍體。我十九歲，已是堂堂男子漢。這個奇特的房間也確實一無所有。「南無妙法蓮華經、南無妙法蓮華經……」松根善次郎的誦經還在持續。我坐在桌前，揭開《數學II》的筆記，視線追尋著寫滿整個頁面如印刷般的整齊小字的數學公式，卻可以感覺到腦中一片空白，完全不能思考。無法思索任何事。假如這時拿一根針刺入我身上的任何一處，可以想見我的體內就算有某種如同黏糊糊的精液那樣的東西渴望逃至外界，然而噴出體外的卻是像血一般既不知道逃離的方法、也不曉得通往外界的孔穴位在何處的東西。那是一種既是怒火中燒，又等同於悲傷，也和讓人忍不住想大吼「吵死啦，快閉嘴」相同的情感。我真的不明白，到底要我怎麼辦才好。

「哦，小福……」我驀然記起媽媽的話。光是想起這件事的本身就令我很不舒服。鄰房傳來那個鐵工廠員工的太太說了句「忘了帶飯盒呀……」的聲音，同時傳來先是關門，然後又開了門的聲響。鐵工廠員工太太發出的一切聲音聽起來都性感又淫亂。那對夫婦幾乎每晚都像狗一樣交配。有回準備模擬考時，齋藤來房間問我數學題目，我正在計算紙上列公式，齋藤突然喊了聲「哦」，將耳朵貼在牆壁上，要我也一起聽聽看。從那天起我才知道，原來那是男女交合時女人發出的愉悅聲音。此後，齋藤每一次晚上來我房裡時總會貼著牆壁聽一聽，然後抱怨「哎，該不會今天休息吧」。昨晚和哥哥聊故鄉事時也聽見鐵工廠員工太太的聲音了，但是哥哥裝作不知道。我一點都不想聽到那種聲音。舉凡和性有關的一切事物，一概禁止自己接觸。

「南無妙法蓮華經、南無妙法蓮華經……」誦經聲綿延不絕。難道這個世上真有痛苦到難以忍受而非得用如此粗暴的聲音低吼不可的事嗎？當我想到這居然是由每天穿著棉襖戴著眼鏡為猶如鐵絲工藝的盆栽澆水、時而整盆端起來仔細端詳的松根善次郎所發出來的聲音，實在倍感驚奇。「妳這孩子怎麼可以對爸爸說那種話呢……」昨日白天嚷嚷這番話的不是松根善次郎，而是他太太的聲音。這裡真是個奇妙的地方。半年前，有個靠算命維生的老婦人服下大量安眠藥，被發現時已是一具腐屍，由於那個老婦生前是這棟富士見莊公寓管理員堀內美貴登的朋友，因此警方上門探問，堀內美貴登一聽到噩耗，當下哭得聲嘶力竭。這樁騷動尚未平息之際，竟又發生了一起小學二年級女童不幸遭到強暴的案件。警官也來這棟公寓查訪過相關線索。誦經聲戛然而止。上午七點十五分。越過松根善次郎的屋頂後方可以瞥見一塊淡藍色的天空。

我沒敲住隔壁的齋藤房門正想推門而入，剎那間猶豫了。房裡傳來了哥哥的低沉嗓音，但聽不清在說些什麼。我於是敲了敲房門，門板上的透明漆不知道是沾滿手垢還是灰塵已變成深褐色的了。也許是公寓屋齡已經老舊了，又或者是當初蓋房子時找來的木匠技術差，門板和門框之間有空隙，敲門時哐啷作響。「門沒鎖啊，怎麼不直接進來呢？」我聽見齋藤的聲音了。對面房間走出一名身穿西裝、手持報紙的男士，見到我便以眼神打招呼並朝樓梯而去，走廊地板隨著他的步伐而出現嘎吱嘎吱的噪音。一張廣告傳單從男士的報紙裡滑下來，落在地上時發出些許聲響。

男士回頭探看，發覺我正盯著他瞧，於是笑了一下撿起那張傳單，吹著口哨走下樓梯離開了。今天是星期日。

「怎麼啦？別愣在那裡，喝咖啡啊。」哥哥縮在插電暖爐桌裡說。「該不會身子不對勁吧？是不是因為太早起床去瞻仰國旗，所以身體不太舒服？」我懶得回答，繞過哥哥的位置，緊貼著齋藤的身體在插著電線的電鍋旁邊坐了下來。一掀開暖爐桌的罩被，馬上聞到一股悶悶的腳氣味，不曉得是齋藤的還是哥哥的。窗簾緊閉，整個房間籠罩在昏暗的綠光之中。「凡笑人者，他日必為人所笑；凡尊人者，他日必為人所尊」的本週格言尚未更新。我忽然有點好奇，於是起身翻看了下一週的格言——「若未悟得真實的教誨，生與死將是一條漫漫長路」。雖然不懂究竟是什麼意思，但是「生與死將是一條漫漫長路」這個句子深得我心。

「我們正在炊煮米飯，」哥哥說，「等一下去把我昨天給你的東京名產拿過來，這樣就有配菜了。兄弟倆都在這裡搭伙，至少得提供配菜才說得過去。」哥哥拿起一本齋藤的口袋書，隨手翻了幾頁，頻頻點頭稱是，又說：「這種生活就像露營，挺好玩的。」

齋藤似乎有點困擾，不曉得該用什麼方式和哥哥相處。哥哥說的話根本沒有絲毫有趣之處，齋藤還是從鼻子噴笑一聲當做回應。哥哥今年二十五歲，齋藤是二十一歲，兩人僅僅相差四歲，但哥哥卻對他擺出一副高高在上的態度。哥哥背倚著牆壁，只伸長手臂扭開電晶體收音機的調諧度盤。畢竟哥哥加入激進的黨派，打打殺殺，命懸一線，為那些連狗都不理的無聊事情爭執打架，目前正在躲避警方的追緝，所以我滿心以為他在找新聞播報電台，沒想到他居然先把調諧度盤扭到歌謠節目。其後他切換到ＦＭ廣播頻道，再把調諧度盤扭到古典音樂節目。想必我和齋藤都面露訝異之色，哥哥朝我們笑了一下，「你們可得記住，聽布蘭登堡協奏曲要比聽麻丘惠美④來得好多囉。」哥哥是用方言說的，「我可受不了一大早就聽小鳥嘰嘰喳喳叫個不停。福善應該知道我在說什麼吧？」哥哥問我，「畢竟你從小學到進入中學變聲以後都在合唱團裡。」

「這傢伙參加過合唱團？」齋藤驚訝大叫，「是哦，沒想到這傢伙會唱歌耶。」

我悶不吭聲，內心十分羞恥。

「他唱得可好聽囉，我到現在還記得呢。老爸還活著的時候，對這傢伙百般疼愛，每回喝醉了總說：福，唱首歌兒來聽聽！但老爸從沒對我說過這句話。我以前想過，也許老爸覺得我是那個壞女人老媽生下的小孩，所以恨死我了。我還記得喔，你眨著那雙亮晶晶的眼睛，在老爸和媽媽的面前炫耀自己學會某支曲子，還唱給他們聽。說是老師教了男童高音美聲歌曲，要你們回去唱給爸爸媽媽聽。」哥哥隨即唱了起來，「『幸福是我們的心願，甜蜜的生活並不是夢，只要把握今天這美麗的一刻貫徹到底』。」⑤

「真是催人熱淚的歌曲呀。要是用男童高音唱出來，一定更加動人心弦。」齋藤說。

「我才沒唱過那種歌呢！應該是你唱的吧？」我說。

「『儘管工作辛辛苦苦，仍將希望寄託在流淌的汗水上，打造一個光明燦爛的社

---

④麻丘惠美：（一九五五年～），日本流行歌手暨演員。

⑤曲名為〈幸福之歌〉一九五五年日本電器產業工會公開徵募會歌之獲選歌曲，後來還成為電影主題曲，風靡一時。但此處作者引述的文字與原曲歌詞略有出入。

會』。果然是過去那個美好時代的歌曲呢。」哥哥說著，閉上眼睛，拿起湯匙配合FM頻道播放的音樂節奏敲著茶杯，裡面剩著半杯哥哥還沒喝完的即溶咖啡。哥哥猛然睜開眼睛，「開啥玩笑啊！」接著呻吟似地說，「以前的人唱著這首歌拚命工作打造出來的就是這種社會嗎？這叫哪門子光明燦爛的社會啊！」

「我可沒唱過那首歌喔，我們那時唱的是奧運歌。」

「說什麼群策群力嘛，現在玻利維亞的深山都快打起仗來了，唯有在日本發動戰爭才能為我們帶來希望！」

「不過，這真是首好歌呀。」

「那種像朝山禮佛時唱的歌，有什麼好的？」哥哥嘖了一聲，關掉收音機。「確實是一首好歌啊，對現在的我們來說，再貼切不過了，齋藤，你說對吧？那首歌是為我們這些重考生寫的歌！」我說著，朝哥哥笑了一下。電鍋開始發出咕嘟咕嘟聲，蒸氣把鍋蓋往上頂，那聲音聽起來格外響亮。我無法忍受繼續看著哥哥的臉，把視線移向齋藤暖爐桌罩被的花卉圖案凝視。那種花紋令人不悅。齋藤問了聲要不要喝咖啡，我搖了頭說不要。忽然想起fuse, a fuse，以及早晨被我從籬笆上用手彎折扯下的那一枝植物此刻正在我房裡捱受著撕裂之痛，忍了又忍，奮力將那凝固變硬的痛楚轉化為棘刺。棘刺愈來愈硬，愈來愈尖。花朵不適合我，不喜歡。哥哥從鼻子呼出一大口氣，撐起倚在牆上的身體，「我被整得好慘。」哥哥說著，想從菸灰缸裡揀出還能吸上幾口的菸蒂，「本來住在牛奶店裡幫忙，一面偷偷布建組織，等到組織完成、防護壁壘完成，居然只把我一個趕出來了。我的同志就剩下一個叫高橋的人了。」

「你在給我的信裡說過自己對這樣的結果已做好心理準備了啊。學校呢？」我問哥哥。他無力地笑了一下，「哦，學校，早就被開除學籍了。」

「什麼？原來你是無業遊民？你啊，這些挫折根本都是自找的。」

「是啊。」哥哥苦笑。「不過，我也很清楚，聽到我落得這樣一團糟的下場還會拍手叫好的人，只有你一個。」

「你們這對兄弟真奇怪。」齋藤聽完我和哥哥的交談後說。我們確實是一對奇怪的兄弟。話說回來，像這樣處不來的兄弟也許並不稀奇，但在印象中我們確實從來不曾有過所謂的兄友弟恭。那件事發生時哥哥還是高中生，他突然從書房哭著衝出來大叫：「為什麼光說我的壞話！」接著就把我在私底下做過的壞事統統抖出來了。當時媽媽正和自己的姊姊，也就是我的姨母抱怨哥哥這個爸爸和前妻生下的兒子，我則坐在一旁聽大人講話，到現在依然記得媽媽說了「說不上什麼理由，總之瞧著不順眼」這樣的話。

自從爸爸過世、媽媽去山田屋當服務生後，也許哥哥在心裡譏笑活該，但是表面上回覆我的信裡總是寫著要我代向媽媽問安，並說以我目前就讀那所高中的實力，只要考試成績保持在十名以內，一定可以應屆考上他那所大學。哥哥去東京讀大學，我還在上高中，每天晚上看著必定帶著一身酒氣的媽媽回來真的很痛苦，因此時常寫信給身在「東京」的「大學」就讀的哥哥，或許那段時期是我們兄弟彼此最為相親相愛的狀態。每一次想起媽媽就讓我想吐。「小福，你一定要拚命用功讀書，不可以輸給別人，要全神貫注喔！」媽媽在進門的玄關台階坐了下來，朝著倒了一杯水遞過去的我說聲「多謝」且和她在酒席上向客人致謝時一樣燦笑鞠躬，接著嘆一口氣，伸手解開和服腰帶。偶爾也會說著說著就哭癱在地。「什麼東西嘛，臭跛子！大肚腩！不過是個小囉嘍還敢擺出那麼大的架子！要是你爸爸還活著，哪裡輪得到那種腆著大肚子的傢伙在這地方耀武揚威？小福，你得快快長大，成為一個男子漢，救救媽媽！福善，聽見了沒，聽懂了嗎？」媽媽邊說邊哭哭啼啼的。趴伏在玄關台階的媽媽身旁擱著山田屋每回承辦酒宴時她一定會帶回來的裝著剩菜和壽司的餐盒。對我而言，那是屈辱的食物。身為「雇女」的媽媽帶回來的壽司自然是宴席上端出的生魚片，而醬煮魚、蝦子、炸雞塊也樣樣都比媽媽平時做的菜更為高級，保證滋味絕佳，然而我卻難以下嚥。話雖如此，假如我告訴媽媽不想吃那些東西以後別再拿回家，當雇女的媽媽一定很難過。於是到頭來，我還是吃了。那也許只是我的固執己見，又或者其實媽媽的一切作為都合情合理只是無暇顧及我這個小孩的心情，因此為了排解心中的苦悶，我聽著隔扇的另一邊傳來媽媽的鼾聲，在日光燈下寫信給哥哥，而哥哥也捎來夾雜英文的回信，如今想來那些英文字句只是不值一文的裝腔作勢。換句話說，在當時還是高中生的我眼裡，在東京讀大學的哥哥是我的希望。然而那個希望很快就褪色了。現在，我來到東京，距離大學目標近在咫尺，而哥哥，已經只是一個哥哥罷了。

「你聽過雇女這個字眼嗎？」

「沒聽過。」齋藤回答。我可以感覺到哥哥的目光停留在我身上。

「沒聽過人家常說女服務生或是雇女嗎？就是那個嘛，不是藝伎，而是更低一階的陪酒女。」

「賣春婦？」

「沒錯，就是那個。我老媽就是在鄉下幹那一行的。」我這段話說得很快，哥哥拿湯匙往茶杯一連敲了好幾聲，「不像話！怎麼可以這樣說老媽！」哥哥的口吻、話語，更重要的是那段話出自哥哥口中，這一切令我感到自己的母親遭到踐踏，受到蔑視，比豬狗還不如。我火冒三丈，直勾勾地盯著哥哥看。哥哥馬上別開視線。我心想，你好意思以激進派自居？在我眼前的只是一個闖進弟弟房間、向弟弟的朋友討飯吃的既無節操也完全不懂律己慎行的無業遊民罷了。哥哥擺出一副革命家的架子，曾經用了無數張信箋慷慨陳詞且圖文並茂地告訴我何謂暴力、何謂國家、何謂民眾。革命？你心裡明明知道，那不過是一艘玩具船而已。必須一而再、再而三奮起革命？假如非得那樣費盡千辛萬苦，乾脆扔著不管算了。哥哥口中那些美麗又傑出的民眾之一——我家那個酒精中毒的臭鮑魚啐罵最近搖身成為大公司的當地建築業者「耀武揚威」，並且期盼「小福，你得救救媽媽，快點長大成材，才好報復他們」的那種心情，才能夠產生與支撐權力，這你一定無法體會吧。難道懷揣那種心情，還能成就革命嗎？你連那種事都不懂，遑論企求革命成功呢。縱使真的成功了，我這個臭鮑魚的小孩也非要打倒不可。

「我說你啊……」我說，聲音講到一半突然破嗓，「在我讀高中的時候，不是經常寫信給我嗎？」

「是啊。」哥哥無精打采地搭腔，掀開電鍋蓋探看。蒸氣一股腦全噴在哥哥臉上。「別那樣丟人現眼！」我訓了哥哥一句。「別看他現在悶不作聲，其實性格頗像女人家，等一下他又要吹噓自己了。」哥哥不高興地板起面孔駁斥，「哪有什麼丟人現眼的？這是再自然不過的行為了。炊飯電鍋就在一個三天沒吃東西的人旁邊咕嘟咕嘟響，光聽聲音就香得很！」齋藤只笑著看我們。

「知不知道當我讀你的回信時，心裡在想什麼？」

「你不是在信裡寫過嗎？等上了大學以後，自己也想成為我們的同志大顯身手一番。」

「所以我才說你少根筋啊。我的想法恰好相反。既然你們拚命否定權力、打倒權力，那麼我就要考上一流大學，看要成為政治家或是資產階級，總之要奮力往上爬。」

「是哦？」哥哥笑了，「這個社會可沒那麼好混喔。」

「不是社會，而是世界吧。」

「世界也好社會也罷，隨你愛怎麼說都行。想靠一流大學的文憑爬上權力的階梯，那已經是很久以前的事了。你的想法太過時啦。如果真有那種打算，倒不如加入自民黨或共產黨，更能有效快速地實現你的野心喔。」

「我是右派！」

「哦，右派……」哥哥又掀開電鍋蓋探瞧，「看來，你這陣子開始用功衝刺囉。」哥哥放回鍋蓋，「難怪心浮氣躁的。」說著，朝齋藤笑了一下。哥哥彷彿看穿了我那股衝勁，亦即萬一過於激昂甚至可能崩斷的情緒。「果然這種炊飯的聲音，最能帶給我們豐饒的感受呢。」哥哥說完問了齋藤，「這傢伙是不是老像這樣盡說些歪理啊？」齋藤只露出了苦笑。「我說，距離大考只剩下一點點時間了，你到底準備好了沒啊？」

2

結果，哥哥就這樣「潛伏」在我的房間裡了。我並沒有明確同意他住下來，只是不知不覺就這樣了。從那一天起，我變得不一樣了。在我身上起了某些變化。三個人一起去了經常光顧的咖啡廳。我們三個在靠窗的桌座落坐，各自向送上水和菸灰缸的男服務生同樣要了咖啡。「需要搭配晨間套餐嗎？」服務生問。「當然啊，就是為了那個才來的。」剛剛才吃完電鍋炊煮米飯的齋藤一臉理所當然的表情回答來這裡就是為了吃晨間套餐的。十一點十七分。掛在牆上的圓形時鐘映入眼簾。黃色調的燈光反射在時鐘的玻璃上。有線廣播的流行歌曲音量大得刺耳，每當顧客進出店門，那四個服務生就會大喊「謝謝惠顧」或「歡迎光臨」。圍在備餐櫃台邊的那群服務生似乎聊到興頭上，互相戳頂對方的身體。當其中一個帶回點餐單後，使用行話喊著「非加一份」或是「檸飲一份」⑥，而在備餐櫃台裡的服務生則回喊「收到」。坐在我們旁邊那桌，以及其對面那桌的是身穿作業服的一群人，大概是附近工廠於星期天仍然正常開工的工人們，桌面上擺著餐點明細單以及彙收完畢的現金，各自專心看漫畫或賽馬情報。這家咖啡廳略顯雜亂的氣氛，與位於私營鐵路沿線的這個地區相當契合。馬路的另一邊是電車站前廣場，也是巴士轉運站，這家咖啡廳堪稱坐落於精華商圈，銀行、書店和舶來品店應有盡有。奇妙的是，跨過這家咖啡廳背後那條大圳溝，對岸除了招牌上寫著「合兒孟⑦」、由一個胖女人經營的那一家店以外，其他建築都是公寓、印刷工廠和鐵工廠，至於餐館和蔬果店則都開在環繞車站後方的那條路上。大圳溝的另一邊，也就是欄杆上寫著「菖蒲橋」的那條橋的另一邊，由於馬路沒有鋪上瀝青，所以一下雨路面就變得泥濘不堪。我們住的富士見莊公寓，就位在菖蒲橋的另一邊。點完餐後，齋藤去擺在咖啡廳入口的雜誌架上拿了體育新聞和週刊過來，就在同一時間，一個蹺著腳坐在門口附近的女人站起來，搖搖晃晃地跟在齋藤的後面走了過來。那些身穿作業服的男人紛紛抬起頭來。女人看著齋藤回座，來到我們的桌位前停下腳步，說了聲「打擾一下」並且直視著我和坐在我對面的哥哥。一雙透著褐色大眼睛，面部肌膚塗抹得白皙無比。身穿火辣辣的豔紅毛衣以及同樣火辣辣的豔紅裙子，足蹬黑色的漆皮長靴。這身裝扮雖是時下最流行的樣式，依然難掩散發出來的一股土氣。「打擾一下」，女人又說了一次。懶洋洋的沙啞聲音。

「這附近熟嗎？是學生吧？有事想請問你們。」女人說完，像是再也無法忍受站立的痛苦，連向我們打聲招呼都沒有，逕自在我旁邊坐下了。脂粉的香味飄來。

「真的很想請問你們。我從昨晚一直找到現在。」女人看著哥哥的臉，他正伸手把玩種在窗邊花盆裡的觀葉植物的細長葉片。女人的口吻彷彿和我們相熟。「我想請問……」女人說著，原先那種懶洋洋的模樣一掃而空，突然嚷著：「啊，放在那

---

⑥此處的餐飲業行話，「非加」（ヒコ）即為「咖啡」（コーヒー，coffee）；「檸飲」（レスカ）則是「檸檬飲料」（レモンスカッシュ，lemon squash），在檸檬汁中摻入糖水與冰塊的飲品。

⑦Hormone荷爾蒙／激素的譯音，但日本餐廳通常把這個同音拼音字當成內臟類／腸子的意思。

邊了，等我拿過來！」說完立刻起身，回到門口附近的自己座位。女人帶著漆皮手提包、紅大衣以及紅絲巾，穿過作業服的那群男人，在他們目光洗禮下走向這邊。女人說了聲「唉唷我的腰」又在我旁邊坐下，並且不曉得基於什麼目的，先向我們致了歉：「不好意思唷，我想問……」她又看著哥哥的臉說話，接著把黑色的手提包擱到膝蓋上，往包裡找了老半天，終於掏出一張皺巴巴的印有銀行名稱的便箋，「找到了、找到了！我很容易弄丟東西……，三之十五，這個地址就在這附近吧？」哥哥苦笑著望向齋藤。

「這一帶應該是三丁目吧？三丁目是在橋的另一邊，我們住的公寓那邊。」齋藤說，「要過河吧。」

「我不知道那個人的名字嘛！」

「妳要問的是那個人的名字？」齋藤說，「這不太可能吧，何況我們又不知道妳想找的人是什麼長相。」齋藤嘿嘿笑了兩聲，有點瞧不起那個女人。

「長相我知道，可是我忘記名字了嘛！」女人用小孩子的語氣，聲音愈說愈低，彷彿連講話都嫌麻煩，再也受不了似地嘆了氣。

「門牌地址抄下來了，可是忘記寫名字了。我這腦子不好使。」女人朝齋藤瞟了一眼，嘻嘻輕笑幾聲充作回應，「天天都想著要去呀、要去呀，可是太忙了。我一直把那本登載著那人相片和報導的週刊放在神龕上，每回祈禱時總是告訴妹妹，我一定會找到妳的！梳妝台旁不是餐具櫃嗎？上面擺著一只大娃娃，再旁邊就是鋪著白色蕾絲的神龕嘛。」

「到底在講什麼啊？」哥哥說。

「就是說呢，我呀，做的是羞羞臉的工作。」女人的回答根本前言不搭後語，「猜一猜，我看起來幾歲？其實才十八呢。中學畢業後就到水果店做事，哥哥死了以後，就到現在的那家店，騙他們說自己已經十九了，才能留下來工作。所以呢，店裡的人以為我二十一了，已經是老手囉。我好想見到妹妹，也好想見到死掉的哥哥呀。」

「妳在找妹妹嗎？」哥哥以特別溫柔的語氣問她。我看了哥哥一眼。莫非他就是憑靠這種溫柔的語氣，這才得以在那些懷抱革命之志的「救對」女孩的租屋之間輾轉逗留的嗎？

「好想念喔，我好想念哥哥和妹妹呀。所以才要找那個人。我這腦子真的愈來愈不好使了。週刊弄丟了，連那個人的名字也忘記了。到底該怎麼辦才好呢？」女人又嘆了一口氣。奇妙的是，眼前的女人讓我想起公寓管理員堀內美貴登的臉孔，我覺得她應該不止十八歲，而是更大的年齡。「你們沒聽過那個人嗎？」女人問著，抬起頭，招手喚服務生過來。那動作看來莫名生動。「再送些蛋糕之類的給這些學生吧。」說完，她自己加點一杯番茄汁。服務生走向備餐櫃台離開後，女人又失去活力了，「唉」的一聲低下頭，望著桌上攤開的紙條。「好難過，真的好難過喔……」

「什麼事難過呢？」哥哥問她。

「就是忘了那個人的名字嘛。」女人說。「還有我那麼小心收起來的週刊也不見了嘛。」她的回話讓人一頭霧水。

四個人離開了咖啡廳。假如當時哥哥不在場，我們根本不會理睬這種奇怪的女人；可是我和我那個重考班同學、打工同事兼公寓鄰室住民的齋藤，都拗不過哥哥的熱心，或者說好奇心。哥哥強迫我們一起幫忙，堅持要幫助在這個陌生的地方，身裹紅大衣、頸上還繫著一條令人聯想到出現在戰敗後那些風俗畫和照片裡的街娼同樣綁在脖子上的絲巾、左搖右晃地踩著不知是由於酒醉抑或吞下安眠藥而使得腳步變得軟綿綿的女人，一起尋找那個女算命師。我完全不懂哥哥到底在想什麼。我們走過了那座跨在分不清是黑色還是褐色的混濁圳溝上的橋。那座橋就是菖蒲橋。

印刷工廠隔鄰是那棟前面擱著長板凳、板凳上擺著許多毫無冒芽跡象的盆栽的房屋，再隔壁就是我們住的富士見莊。女人一到這裡突然恢復了活力似的問說：「她就在這棟公寓裡嗎？」齋藤朝哥哥點點頭，像是回答他剛才的提問似地說：「她說不定知道。畢竟圳溝另一邊的土地都是她的。」「那位老婦人現在在嗎？」女人問得急吼吼的。齋藤讓我們三個留在這裡等，由他進去帶管理員出來，正要踏進門突然停下腳步，彷彿這時才恍然發現自己根本不曉得她要找的人是誰，開口問說：「妳說要找什麼人來著？」「不是講過了要找個用撲克牌算命的女士嗎！」哥哥高傲地說。女人發出了宛如講話與站立都令她十分痛苦般的沙啞聲音，接續哥哥的話尾說：「從昨晚就一直找到現在了嘛。」一名警察從巷口朝這邊走來。我看了哥哥一眼。哥哥強自鎮定。不知道為什麼，她驀地勾住我和哥哥的手臂。我可以感受到女人胸部的隆起貼著我的手臂。齋藤看到她恐懼的神情還以為誰來了，面帶驚訝地窺看巷間，接著露出原來如此的表情交代一句「等我一下喔」，隨即推開公寓大門，接著脫下涼鞋，跳上進門的玄關台階。她渾身僵硬，緊緊揪住我們的手臂，靜待那位戴著眼鏡且謹守分際的警察從我們身邊走過。脂粉的氣味充斥鼻腔。忽然間，我想起了鄉下的母親。我接著思索，即使把此刻三人站在一起的畫面勾勒成我和哥哥同時對這女人表白，一個說我喜歡妳，另一個說我愛妳，然後逼她明確告知究竟要選擇哥哥還是弟弟，也絲毫沒有不自然之處。直到我們目送警察從巷子的拐角處右轉，背影漸漸遠去，這女人依然沒有鬆開我們的手臂。她抓住我和哥哥的手臂，皺鼻子咧嘴而笑，露出沾染口紅的牙齒，似乎看透了我內心的想法，說：「因為我做的是羞羞臉的工作嘛。」接著又湊向我的耳邊，呼出溫熱的氣息，喃喃低語似地說：「其實我一點也不覺得羞羞臉，因為可以賺到錢呀。」說完，她鬆開我的手臂，兩隻手都勾在哥哥的左臂上，發出了嘻嘻的笑聲。她看著哥哥問：「什麼都一樣呀，只要有錢，就是世上的贏家。你想想，有什麼東西是錢買不到的嗎？」

「這就是資本主義社會。」哥哥伸手摟著她的後背說道。「是哦？」我聽完哥哥的話，忍不住笑了。因為是資本主義社會，就可以闖入自食其力認真求學的弟弟房間，攪亂弟弟的生活節奏嗎？因為是資本主義社會，就可以靠賣淫掙錢嗎？我真想用最毒辣惡劣的話語痛罵哥哥和這女人一頓，然而我只把從她和哥哥口中說出來的話當成外國話，比如孟加拉語或藏語之類的完全無法理解的語言，並不點頭附和，只盯著她的臉看。這女人的長相和類型，與我所認識的任何一個女人都不像。公寓管理員堀內美貴登是任由洋蔥擱在那裡乾萎的類型，鄰室的鐵工廠員工太太是眼神凌厲且顴骨高隆、常在圖畫故事書裡出現的那種狐狸的類型，其他還有醬烤味噌小包類型、魷魚片類型、猴子、烏、野豬、家豬等等類型，但是這女人和以上這些類型都不相似。不對，她並非和以上這些類型不相似，而是和所有的類型都相像，若說她母親是管理員也並無不可，若說她妹妹是鄰室的那個太太我也不會吃驚，就是那樣隨處可見的大眾臉。然而，世上怎可能有那麼抽象的長相呢。我覺得這女人相當標緻。與此同時，倘若將她臉上那層厚厚的脂粉刮除乾淨，我想，她的長相大概和酒精中毒的臭鮑魚、管理員、小飯館的老闆娘，甚至是大白天就開始尖聲嚷嚷的松根善次郎太太一樣，光是瞧上一眼就可以看出是個全身飽蘸生活的庸庸碌碌、厚顏無恥地活在世上的女人吧。

「不在喔。」齋藤一推開門就扔出這句話，「會不會是出門買東西了呢？」說著，站在門前像要抵禦寒冷般聳著肩的齋藤莫名其妙朝我眨了眼睛。這女人似乎再也無力站立，當場蹲了下來。站在她旁邊的我從這裡看過去，恰好瞧見畫了眼線的眼眶掛著一粒豆大的珠淚。女人哭出聲來，從手提包裡掏出手帕拭了淚水。

「別擔心、別擔心，接下來我們會幫妳找到的。」哥哥的聲音分外低沉，溫柔。

四人拖拖拉拉地走著，在橋的另一邊，也就是跨越圳溝的那一帶尋找。這女人一身的紅衣裳，竟意外與這一區灰褐色的房屋十分搭調。當我們在環繞車站後方的那條路，也就是僅能勉強會車的那條窄路上的一家蔬果店，女人語無倫次地向老闆打聽時，我突然靈光一閃，赫然想起就是那個老婦人！雖然女人說的是「她會用撲克牌幫人家算命」，其實不是撲克牌。那個老婦應該沒有使用任何占卜道具。當管理員獲知老婦自殺並且已是一具腐屍時，曾告訴前來查訪的警察：「她呀，根本不懂算命哪。」接著抓起警察的手掌演示老婦人是如何算命的，「這條是命運線，這條是兒女線，你的手相真好——不管她看誰的手相都是這麼說哪。她看過我的手相，也說妳的手相真好，只要再熬個五年或十年，一定會愈來愈好，老來福哪。」說著說著，管理員哭了出來，「那麼好的一個人居然死了，怎麼可以拋下我們先走了呢……」女人在找的一定就是那個老婦人。老婦人家就在我今天早上散步去小學的那條路再過兩個路口之後拐進去的死巷子裡。我忽然想起了fuse, a fuse。女人試圖從那個正忙著把一座橘子堆成的小山分裝到小筐子裡的蔬果店老闆不耐煩的回應中，獲得關於女算命師的消息，於是以哀求的口吻詢問：「您沒聽過那個算命師嗎？」老闆一臉聽得莫名其妙的表情，偶爾抬起頭來看女人一眼回答：「不曉得，沒聽過。」「真的沒聽過嗎？一個大約五十五、六歲的女士？」「依妳說的條件，這附近多得是。」蔬果店老闆娘忙得一肚子火，隨口回了一句：「去向米店的小哥打聽，也許知道。」老闆娘邊說邊從紙箱裡雙手並用抓出兩大把小黃瓜，同樣每個小筐子裡擺五條。「咱們不久前還開著卡車到處叫賣，現在總算有了這家小店。不過，咱們畢竟是靠送貨起家的，就算開了店面，消息還是挺靈通的，比方哪一家的老奶奶只有一個人住、哪一家發生了不幸之類的。」老闆娘說著，突然想起什麼似地抬起頭來自言自語：「還是改成六條？今天的品質挺好的，六條也不錯，想想大家過去的關照，就算八條也不為過。」蔬果店老闆點頭稱是，接著嘟囔說道：「今天的橘子簡直甜出蜜來囉！我眼光可是精準無比，哪顆甜哪顆不甜，掃一眼就曉得了。」女人似乎從老闆的話中領悟了什麼，旋即打開手提包，說：「可以幫我挑一千圓的橘子嗎？」女人從花卉圖案的錢包裡抽出了一張簇新的千圓鈔票。她此刻的神情，就和在咖啡廳裡為我們加點三人份蛋糕時，以及在結帳櫃台付款時一樣，看起來既真實又充滿活力。「真的嗎？」老闆反問，「不必因為我說甜就馬上買哦！」「沒關係，請給我一千圓的橘子吧。」女人答話的口吻，和她之前的模樣簡直判若兩人。恰恰與我和齋藤相反。我和齋藤只敢嘴上逞強，一旦來到這個真實的世界、真實的場所，說得更極端一點，也就是進行金錢交易的場所，立刻覺得自己矮了一截，不好意思在別人面前抬起頭來。咖啡一杯一百二十圓。套餐兩百圓。一看到菜單上的價格，馬上計算自己一個月賺來的打工費加上目前口袋裡剩下的錢，扣掉非繳不可的支出，忙著在心裡加加減減地默算。我們沒有開闊的心胸，我們足以有效呈現給這個世界的精神僅有能鑽過五十圓硬幣上那個小孔的份量，並為此而心煩意亂。可以鑽過五十圓硬幣小孔的精神份量能有多少也就可想而知了。瞧著那只錢包的厚度，我估計女人身上的錢至少十萬以上。我背向太陽茫然站立，望著正在看老闆把橘子裝進紙袋裡的女人，以及齋藤和哥哥，有那麼一瞬間想像了自己殺死這女人搶奪手提包的模樣。

手插褲袋站在一旁看著老闆的哥哥，體型和臉型看起來都和我還在故鄉的時候完全不同了。

「為什麼不寫信給老媽？」那時候，我沉默了。心想，這關你什麼事。接著，哥哥翻身趴伏，叼菸點火，「凡是身為母親，不論孩子長到幾歲都一樣擔心喔。」說著，他呼出煙氣。「我討厭女人！」我注視切．格瓦拉的面孔回答。沒錯，我討厭女人。穿著紅衣服、繫著紅絲巾，不是正經的良家婦女，臉上的妝一看就知道是在小酒吧或土耳其浴上班的女人，嘴裡說著什麼都是為了孩子、為了兄弟姐妹的漂亮話，其實這些傢伙又笑又鬧地樂在其中。可惡的女人最好從這個世上消失。可惡的女人最好全部殺光光。我覺得呼吸困難。

我們沿著馬路直走，我其實曉得只要在設有「停車再開」交通標誌的路口轉彎，就有一家如同蔬果店老闆娘所說的同樣屬於送貨行業的乾洗店，但我並未告訴他們。根本不需要告訴這女人和哥哥任何線索。哥哥完全不顧我和齋藤現在是抱著什麼樣的心情走了又走，只為了陪女人找一個女算命師。他領頭走在最前面，東張西望地查看招牌，拚命尋找送貨相關行業，以便進一步打聽出女算命師的行蹤。電線杆上只掛著小兒科診所的招牌以及貨運行的招牌。「拾獲一隻走失小狗，飼主請速聯絡」的傳單貼在塗滿防腐劑的印刷工廠玄關處。我幫女人捧著裝滿五百圓橘子份量的大紙袋，為了減輕重量而邊走邊剝皮吃下肚，少一顆是一顆。「一千圓的橘子，真不少哩。」我說著，笑了起來。女人似乎誤解了我的意思，用那種只出現在真實場所中的堅決語氣說：「沒關係，花多少錢都無所謂。因為呢，我很努力工作喔。就算是羞羞臉的工作，我還是一直忍下來了嘛。花個一千圓還兩千圓的，不過是小錢嘛。」我擔心女人說著說著會哭出來，趕緊別過視線走開。剛過中午的陽光十分刺眼。我把才吃掉五分之一的那袋橘子捧在胸前，打了呵欠。

「快累死了，從昨天晚上一直找到現在呀。」女人自顧自地說，「妹妹什麼都不知道，連哥哥死了也不曉得。那孩子學壞了，現在一定被不正經的男人騙了，哭個不停。世上就只有我們三個兄妹相依為命了，我當然想念她嘛。」沒人聽得懂她到底在講什麼，但哥哥和齋藤仍然連聲附和。「好想她喔，好想見到她喔。見到以後我要跟她說，妳真是從小嬌寵慣壞了，還有，哥哥已經死掉了呀。」

「已經過世了哦。」哥哥嘆氣說。

「上吊了，三月三日那天。」女人說完停下腳步，甩開哥哥摟著她的手，哭了起來。哥哥拍撫著她的後背。女人像是拒絕哥哥的碰觸般扭晃身體，雙手掩面，嗚咽咽的。我難為情極了，幾乎無法止眼看她這副模樣。她到底想要我們怎麼做啊，不，她根本不是要我們做什麼，只是想哭就哭起來了。我心想，這和醉鬼纏著人叨叨絮絮講個不停有什麼兩樣嘛。「好想她呀，真想快點見到她呀。」女人再也忍不住，放聲大哭了。淚水溶化了眼線，與厚塗於臉上那層脂粉混在一起。下眼瞼的眼線消失後，女人的臉看起來瘋癲又愚蠢。午後的陽光轉黃，很是刺眼。女人哭完後，從手提包裡拿出附鏡粉盒與圓點圖案的紗質手帕，對著鏡子仔細擦拭淚痕，然後把手帕疊好再收進手提包裡。女人邁開腳步，朝盯視著自己的我皺鼻子咧嘴而笑，「鞋還很新，挺磨腳的。」接著補充，「鞋是高級的，可是穿的人的腳並不高級，而且還是一雙骨棱棱的大腳丫。」女人彷彿坦承了一樁非常有趣的秘密似地笑著，還特意讓我看了她的boots。看起來像是最新流行的款式。我忽然想到，應該用長靴這個名稱而不是boots。又想到這女人怎麼有辦法又哭又笑的，實在太奇怪了，於是忍不住笑出聲音來。女人哭前和哭後的模樣，簡直換了張臉孔似的。

「用不著笑得那麼開心吧！」女人責備我的笑聲，「沒禮貌。」

「別理他，不要放在心上，這傢伙還是個小毛頭。」哥哥安慰她，接著朝我使了個眼色。我很不喜歡哥哥那種故作成熟的態度。種在公寓小院子裡的樹枝隨風搖擺。樹皮泛著光澤的其中一根枝條原本低垂在磚造圍牆的一半高度，被風一吹便反折挺立，宛如起重機那樣昂首天際，旋即耗盡力氣似的回到原處。

這女人實在太奇怪了。我無法理解自己為何要浪費一天如此寶貴的打工休假日，陪這種怪女人東奔西跑。前天是上夜班的日子，不巧下雨，我真的很想請假，卻還是奮力對抗那一放開韁繩就會鬆懈下來的怠惰懶散，命令自己必須出門打工。那時我告訴自己，反正需要錢，休假日也快到了，到時候再睡個飽、讀個夠就好。

那一天冷雨霏霏。我睜開眼睛，按掉設定於下午兩點響起的時鐘鬧鈴，穿上衣服，洗臉刷牙，接著為那迫在眉睫的考試開始用功。我其實偶爾也想和同年紀的男生一樣騎摩托車馳騁，狂熱著迷《神偷盜寶》[8]，可是，與其那樣荒唐瘋狂，我覺得認真用功考上學校對自己比較有利。

對此，齋藤數落我「未免活得太無聊了吧」，他譏笑我，「就算勉強考上一流大學，也得不到什麼好處喔。」

「我只是認真老實地活著。」

「你的程度太超過了，活得太老實了啦。這年頭哪有人對女生沒興趣、對麻將也沒興趣的呢？」

我心想，你是什麼玩意兒！好意思說我？你自己還不是和我一樣用功備考，一樣去打工？我的重點在於不喜歡不上不下。每次和齋藤爭辯這件事，心裡總想著等著瞧吧，以後有你的苦頭吃了。可是回頭想想，我其實也是不上不下。為了不想造成當雇女的媽媽的負擔，自己打工張羅生活費和學費，裝卸貨物、貼標籤、捆包樣

⑧應指一九七二年上映的美國電影，原名為*The Hot Rock*，根據同名犯罪小說改編而成。

樣做，算起來也是一種不上不下。和一般的重考生不一樣。

我坐在桌前寫英文閱讀測驗，耳朵聽著雨水落在隔壁松根善次郎家的屋頂之後蓄流到導水管，再從導水管中間的破洞往下滴到擺在底下木板圍牆和房屋之間的紙箱裡的聲音。我很不想去打工。也由於滿腦子這個念頭，根本無法專注用功，好不容易才翻譯出來的文字，連自己都看不懂是什麼意思。雨水快速落入紙箱，滴滴答答。我聽著那個聲音，想起爸爸死去那年梅雨季的某一天，放學後正要回家卻發現沒帶傘，只好去圖書室等雨停，就這樣坐在窗邊，毫無來由地突然流淚了。那時我想到了「下呀下呀雨呀雨呀媽媽帶傘來接我」的那首歌[9]，也回想起小時候爸爸時常騎摩托車來小學接我。我緊緊抱著爸爸，父子倆一起回家。媽媽當時還不是臭鮑娼婦的雇女，而是一個再平凡不過的母親。

滴滴答答，雨水不停打在紙箱裡。我愣怔地從沒掛布簾的那扇窗戶望向外面，忽然有個想法。在這片被雨淋濕的灰褐色屋簷底下活著的不是禽獸，而是人類。松根善次郎是人類。這樣一想，自己原本不想去打工的怠惰懶散似乎就跟著煙消雲散了。等休假日那天再讀個夠、睡個飽就行。如此殷殷盼來的休假日，正是星期日的今天。一切都是哥哥的錯。

在那棟掛著三丁目40的牌子的印刷工廠廠房向左轉，就可以通往這一帶的商店街了。只有這條商店街紅的綠的黃的色彩繽紛，光瞧著就覺得熱鬧，看起來與那座不曉得是因為小工廠噴出的煤煙、鐵屑、還是塵土而變得灰灰髒髒的菖蒲橋另一邊，也就是大圳溝另一邊的房屋不一樣。齋藤走進路口的點心坊，問了穿白衣服的女店員：「認不認識一個算命的女士？」女店員沒理他。一個年約四十四、五的婦人指著洋芋片吩咐：「這個買兩百。」並且邊從購物籃裡拿出錢包邊問了句：「要找在車站前的那個人？」女人立刻反應過來，激動得上氣不接下氣地追問：「真的在車站前嗎？」「是呀，不過，是個年輕人唷。」「那個人上過雜誌嗎？就是那一本報導藝人消息的週刊。她還上過電視幫藝人算命，很出名喔！可就是忘了名字嘛。」「我不知道有沒有上過雜誌還是電視，總之就在車站前擺攤。」婦人的語氣

⑨日本知名童謠《下雨》的歌詞。

頗瞧不起這個聲音沙啞、口吻幼稚又膚淺的女人。女人隨即要了兩盒餅乾，再指著擺在玻璃櫥裡的蛋糕問說：「想吃什麼？」她說這句話時的語氣、態度，以及看著我和齋藤的眼神，清楚明白地展現出那鑽過五十圓硬幣小孔後依然鮮活且日後亦將同樣鮮活的自信。這令我自暴自棄，難以忍受。然而，女人老老實實且滿心歡喜地買下了我和齋藤一陣狂指後的十五塊蛋糕。哥哥對我的這番舉動只苦笑以對。就這樣，我和齋藤從最旁邊那塊開始吃起裝在盒子裡的蛋糕，一面享用一面跟在明顯變得興高采烈的女人後面，一同走向車站前。「老實說，與其吃蛋糕，我更想吃厚厚的牛排啊。」我邊走邊嘀咕，女人爽快地答應下來：「可以呀！統統交給本梨香小姐就好。努力存錢就是為了用在這時候，反正也沒有其他地方可花錢嘛。好想見到她喔，真希望在見到她之後問問她到底在想些什麼呀。」嘴周沾滿蛋糕上的奶油的齋藤一聽，為了忍住笑意而敲打我的頭。哥哥抽著菸看著我們打鬧。齋藤那副狼吞虎嚥的吃相，窮酸之氣展露無遺。只見他像隻兔子似的把兩頰塞得鼓鼓的，全神貫注大嚼特嚼，根本顧不上體面不體面了。

哥哥直盯著我看，看得我冒火，「吃一塊啦！」猛然把整盒蛋糕遞到他的鼻尖，

「你不是說自己愛民眾、愛人民嗎？既然如此就吃啊！」齋藤似乎把我對哥哥說的這番話當成了很有趣的冷笑話，險些把塞滿整張嘴的蛋糕給笑噴了出去。「想要一個人裝帥也帥不到哪裡去哦。」我故意用女人聽得到的聲量在哥哥耳邊講悄悄話。

「什麼跟什麼啊！」

「別管那麼多，反正吃下去就是了！」

哥哥說他不吃。我差點忍不住諷刺哥哥：你們嘴上說民眾是值得崇敬的，但是女人用自己說是做羞羞臉的工作、靠肉體賺來的錢買下的奶油蛋糕，卻連一塊都不肯吃？想想還是作罷。我痛恨眼前這個從鼻尖前的蛋糕盒後方抬起臉來的哥哥。你一定沒嘗過我吃過的苦吧？你連一次都不曾感受過我所擁有的那種溫柔與疼愛吧？

你過去熱衷於學生運動的那段時期，投身於激進的黨派之中，在寫來的長信裡告訴我何謂暴力、何謂民眾；然而，哪怕一次也好，你吃過一個當雇女的媽媽帶回來的宴會剩菜嗎？自從媽媽去當雇女不久我已經明白，參加宴會或酒席的雇女，絕不只是斟斟酒、唱唱歌就算完成工作了。而幹那種營生的媽媽帶回來宴席剩菜的生魚片、涼拌菜、壽司和炸雞塊，卻是供我成長的糧食。

女人忽然駐足，從手提包裡取出附鏡粉盒揭開，攬鏡查看自己臉上的妝容是否完美。她將散落的髮絲撩到耳後，露出了粉紅色的大耳朵，也就是所謂的福耳。

「要是怎麼找都找不到，我猜哥哥以後恐怕不想見到我囉。」女人拿著粉撲拍了拍鼻梁。

車站前並沒有女算命師。應該說，根本不可能有。假如這女人在找的女算命師就是那個老婦人，那麼那名老婦正是揭開一連串詭異事件序幕的第一人，在她服用大量安眠藥自殺身亡後被發現時已是一具腐屍，並且早被燒成灰燼，化為青煙了。

這是個奇妙的地區。自從我經由補習班設在車站前的學生援護會介紹這間富士見莊並搬進來住之後，就有這種感覺。架在圳溝上的菖蒲橋，連這個橋名也讓人覺得充滿謎團。有一回，齋藤問我聽到那個橋名會聯想到什麼。我回答自己想到的是，不曉得多久以前總之是過去的事，這一帶的堤岸邊長滿一大片菖蒲花；齋藤卻說，他覺得所謂的菖蒲，其實是殺害人的同音詞。⑩

這個身穿紅大衣、足蹬黑靴子，拎著黑漆皮手提包的女人，一發現車站前沒有女算命師，馬上哭喪著臉向哥哥扭著身體告狀：「根本沒有嘛！」

看著女人撒嬌的模樣，我忽然覺得跟在她後面走未免太荒謬了，「不走了、不走了。」我說。「我要回房間讀書了。妳也一樣，趕緊回去才好，再怎麼找也不會有結果的。我真討厭女人。」

「想走就自己走呀，我又沒逼你喜歡我。」女人頂嘴。她的話令我大動肝火，腦中映出自己猶如一頭齜牙咧嘴、壞心眼的猴子，語速飛快地罵回去：「妳這臭鮑魚！染上梅毒壞了腦子！」

「你罵人罵自己！」

「妳啦，我說的是妳啦！臭娼婦！」

「那又怎樣，娼婦哪裡礙了你？真不懂你這包皮小了在大呼小叫個什麼勁兒。敢對本梨香小姐說這種話，簡直向天借膽了！我呀，一沒害人哭，二沒偷人錢，

⑩菖蒲的日文為「あやめ」（讀做ayame）；而殺人的日文為「人を殺める／ひとをあやめる」，其中的動詞殺害「殺める／あやめる」（讀做ayameru）。兩者的前三個日文假名相同。

一點也不怕遭到天打雷劈。客人也好，店經理也好，都說就算哪天厚生大臣⑪頒獎給我也沒什麼好奇怪的喔。」哥哥勸慰女人別生氣，「我弟還是個小毛頭。」女人一聽，這才察覺我是哥哥的手足、他的弟弟，不禁張口笑了，「是哦？原來你們是兄弟，簡直天差地遠嘛。」齋藤聽得哈哈大笑。女人彷彿逮到機會，愈說愈起勁，「你好，穿開襠褲的小弟弟！」

「當心我揍妳！」我還擊。

「好呀，敢揍我就揍呀。聽好了，我可不是以前那個好欺負的小姑娘，只要一通電話打回店裡，至少會有五十個凶神惡煞似的大哥哥趕來這裡問你想對店裡的第一紅牌做什麼，然後拳打腳踢一頓。不怕嗎？」

「卑鄙小人！」

「這不叫卑鄙，而是理所當然。」

「隨妳愛怎麼說，反正我已經給妳忠告了，快點回去對妳有益無害。」

「誰讓你多管閒事了！」

「那女的早就死啦！」齋藤朝我的肩膀撞了一記，阻止我說出實情。「是真的，早就死翹翹啦。有個和妳一樣講話沒頭沒腦的女生來找她算命，算到一半她忽然心臟痲痺，頭一歪，死掉了。」

「這是騙人的吧？」哥哥問說。「是真的！」我回答，忽然覺得身體格外沉重和疲憊。

「哼！」女人從鼻子冷笑一聲，伸手摟住哥哥的身體，「你們想回去就回去吧。」說著，故意整個人貼在哥哥的手臂上，「我才不要說謊的小孩跟在後面呢。我們兩個一起去找吧，好不好呀？」女人說話的腔調像是演戲一般。哥哥露出了苦笑。女人瞧了瞧哥哥，說：「你這人怎麼這麼靠不住呀，快點明明白白告訴他們，說我們兩個一起去找就夠了！」

「你最好還是陪著一起找吧，我是說真的。」我告訴哥哥。「你們兩個真是像極了，難不成是兄妹嗎？兩個人一起去找，說不定算命仙還能讓你聽見那個扔下你跟

---

⑪當時日本厚生省的最高長官，主管衛生醫療事務的內閣官員，相當於台灣的衛生部長。目前已改制為厚生勞動省，負責衛生、勞動及社會保障相關事務。

別人私奔了的生母聲音喔。」我刻意高聲大笑，補了一句，「當然，那種事根本不可能發生。」哥哥只當作沒聽到。

車站廣場正中央有一座右肩扛著大齒輪、左手向天伸去的男人裸像。雕像下方有個小水池，周圍擺著長椅，這裡是駛往三個不同方向的巴士乘車處。齋藤衝上天橋，又衝下來攬住我的肩膀，直喘著粗氣說：「那邊有一家中式餐館喔！」這個以私營鐵路車站為中心向外發展的地區，看起來比其他車站、其他地區的變化更大。不對，我沒住過別的地方，唯一能拿來和這個地區相比較的，只有故鄉的小鎮而已。不過，也許只有我一個人這麼覺得，這地方遠比我的故鄉小鎮還要昏暗、髒舊好幾倍，而且居民也個個帶點精神錯亂。女人尋找的老婦自殺之後成為腐屍——光拿這件事來說，在我的故鄉根本不可能發生。就算有千分之一、萬分之一的可能性，甚或成為百年來唯獨僅有的事件，可以肯定至少在半年內都將是鎮上居民茶餘飯後的談資，不是造成人心惶惶，就是淪為眾人笑柄。但是在這裡，人們很快就遺忘了，接著又發生另一起事件。當然，我也不例外。我同樣也把關注的焦點移轉到下一起事件上，然後，心中有此感慨：無論世上有多少人、有多少和我境遇相同的重考生，認真的只有我一個，只有我一個認真思考、認真活出未來的長久人生，根本沒空分神去管別人的事。早晨醒來，牆上的切．格瓦拉注視著我。接下來我出門跑步。就在這個與fuse, a fuse的我、一個重考生的外在和內在全然契合的晨間地區，少女被施暴，自殺的老婦以腐屍的樣貌被人發現了。

「早就死掉了啦。」我的聲音透著疲憊。

「別想騙我！」女人說，「剛才那個人不是說過，有算命師在這裡擺攤嗎？」

「你說她死了，是真的？」哥哥問得愣傻。

「我哪一次對你撒過謊了？」我反問哥哥。齋藤呆立原地，臉上明顯寫著對我的語氣的擔憂。「死掉了啦！翹辮子爛光光了啦！」

女人堅持要在這裡等。我再次打從心底覺得她真是個奇怪的女人。哥哥以有必要查證弟弟所言是否屬實的理由規勸這個滿口胡言亂語死活不肯離開的女人，好不容易才讓她答應了去一趟那個自殺後成為腐屍的女算命師吉田濱的家。我根本不想和這種怪女人有任何瓜葛。對哥哥來說，今天或許只是一個尋常的星期天，卻是我非常寶貴的一天。一想到這裡就又急又氣，委屈得想掉淚，心中不禁浮現出

condition, comfortable, congratulation這幾個單字。

下午五點，我們聽從直嚷著肚子餓的齋藤的意見，四人在前往女算命師家之前先進入了中式餐館。女人豁出去似地發下豪語：「你們幾個，想吃什麼盡量叫！」齋藤聽完立刻堆出一臉涎笑，攤開菜單，忽然問了我：「點什麼好？」他大概不敢獨自決定菜色。

「點什麼都好啊！想吃什麼就點什麼。我想吃鮪魚壽司。」我不好意思讓女人請吃中菜，故意開個玩笑，沒想到哥哥居然板起面孔訓我：「傻瓜，中式餐館怎麼會有壽司呢！」我不禁想，奇怪的不只這女人，哥哥也一樣。

「那，我要咖哩飯。」

女人呵呵笑了。哥哥也跟著女人笑了起來，「我真搞不懂你到底是開玩笑還是認真的。」

「就是說啊，這傢伙真傷腦筋。每次和這傢伙在一起，總覺得自己快被他逼瘋囉。」

齋藤點了糖醋肉、炸春捲、獅子頭以及蝦子。哥哥和女人喝著啤酒。女人想到什麼就說什麼，毫無邏輯、喋喋不休地叨絮著她哥哥和妹妹，還有女算命師以及自己工作那家店的同事。她說那個女算命師就像下北半島恐山的那種潮來巫女，具有通靈的法力，可以召喚死者的亡魂或生者的靈魂，也曾幫刊載於演藝雜誌上的當紅藝人算過命。

那名老婦——吉田濱的住屋暗無燈光。自從那起事件發生後，這間屋子好像沒住人了。我告訴她，這裡就是算命老婦吉田濱的家，女人唉聲嘆氣，神情恍惚。玄關大門的玻璃破洞上貼了印有花卉圖案的紙張遮掩，旁邊掛著一塊寫著Fortune Teller的小招牌。「唉，這裡就是我找了又找的女算命師的家哦……」女人像是因為得來全不費功夫而語氣帶著幾分掃興。那間屋子沒有任何特別之處。

「唉，原來就在這裡哦……」女人又說了一遍。

「對啦，就是這裡啦，就是這間小屋子啊。」我彷彿並非回答女人，而是在告訴自己。「這裡真的就是女算命師的家嗎？」女人滿懷疑心地詢問。「是真的。」齋藤告訴她。

「都到這時候了還騙妳做什麼？連中菜都讓妳請客了。」

「總覺得不敢相信。我和這地方沒有心電感應嘛。」

「這裡就是妳找了好久的吉田濱女士的家，她就是在這裡死掉、爛掉然後被人發現的啦！」

「不是嘛！」女人扭著身子說，「不是這個人嘛，我說的是……」女人說到一半，聲音突然哽咽。或許是流淚了，只見她雙手掩面，蹲了下來。「妳怎麼了？……」滿頭霧水的哥哥邊問邊攙起了她。「好想見到她嘛……見到她之後要問問她嘛……」女人將臉埋在哥哥的胸口啜泣。哥哥的表情像是被恰好抵在下巴的女人頭頂的髮絲搔撓得癢得要命，直朝我使眼色問我這下該怎麼辦。他彷彿用眼神責備我別再欺負這個女人了。

我實在納悶哥哥到底在想什麼。當然，也可能是因為我是雇女、酒精中毒娼婦的孩子，根本無法體會哥哥對於一般女孩的心態與情感。哥哥對這女人特別溫柔，而女人也向哥哥不停訴說，在沙啞而哀切的話聲中，淚光隱隱閃現。仔細想想，哥哥本就不是個尋常男人。讀高中時大家都稱讚他是成績優秀、品行端正的模範生，應屆考上競爭相當激烈的大學，原本的性格內向而順從，與那些打打殺殺的事根本沾不上邊，沒想到一進大學居然加入了激進黨派。他和我完全相反。我的個性比較像爸爸。爸爸喝了酒之後騎摩托車高速撞上砍伐後的殘餘樹根，身受頭顱碎裂全身骨折的重傷後亡故，當時哥哥沒有流淚，但是我哭了。畢竟是世上唯一的父親離開了人世。然而哥哥並沒有趕去醫院，依然待在家裡準備升學考試，直到我和媽媽帶著哭腫的眼睛從醫院回到家裡，他只說了「馬上打電話給住在大前的伯父，一切託他處理就好」。住在大前的伯父是爸爸的兄長，聽說在哥哥的生母跟一個巡迴劇團演員私奔後爸爸和我媽媽在一起的那幾個月，就是把哥哥暫寄在那裡代為照料的。辦完爸爸喪事的幾天後，媽媽曾經抱怨「那孩子根本沒把我當媽看，一點也不信任我」。我實在無法理解這樣的哥哥為何會加入一個人人批評是思想行動激進的黨派。

我刻意忽視哥哥的眼神，動手想把那塊寫著Fortune Teller的英文招牌卸下來。刷上白色油漆的木頭招牌好像是用粗鐵釘牢牢釘上的。我抓住邊緣使勁揭起，卻只發出猶如撕扯活動物毛皮般的尖銳的木板摩擦聲。什麼Fortune Teller嘛。幹嘛掛上這種趕時髦的招牌呢。我一邊努力拆那塊招牌，心想大概吉田濱以前也幫美國大兵算過命吧。我耳朵實在受不了那種嘎吱作響的噪音，只好放棄摘下招牌的念頭。原先的計畫是，和這女人道別時，把那塊Fortune Teller的招牌送給她當成我們曾經到處奔波尋找女算命師的證明，現在也只好打消這個主意了。鄰家傳來了電視節目的歌聲。「算了……我在找的那個人不是住在這裡的老婦人！」女人從哥哥的胸口抬起臉來，一邊伸手整理亂髮一邊說：「謝謝，但不是住在這裡的人喔，絕對不是！」我堅持要她接受這個事實，但她語帶嘔氣地反駁：「要是那樣想，反而更難過呀。走吧，謝謝，我會繼續找的。」女人說著，從手提包裡取出衛生紙擤鼻子。在昏暗的巷子裡，唯獨女人手中那張白色的衛生紙，看起來格外清潔。

從吉田濱老婦人的家沒走多久，就回到我們所住的富士見莊公寓了。管理員正在看電視上的單口相聲節目。齋藤推開門說：「有人來這裡想打聽吉田濱的事。」管理員一面抹去捧腹大笑而掛在臉上的眼淚，一面不耐煩地回話：「唉，又來了。光是應付警察就快煩死嘍。」說著，關掉了電視。管理員看著我和齋藤，問說：「是那兩位？」她以為女人和哥哥是一起來打聽吉田濱的，「我呢，不是她的親戚，跟她也沒什麼關係，這可為難我嘍。」她取來兩枚坐墊擺在插電暖爐桌前，請女人和哥哥進來坐，「哎，她實在太任性嘍。你們應該和其他來找她看手相的人一樣，特地登門流著淚請她指點迷津，其實根本不是打從心底來求教，只是想從這裡得到暫時的安慰、聽人家講幾句好話罷了，誰願意掏出真心給別人看呢？」

「我是真心的嘛。」女人拔掉門邊的插頭後坐進暖爐桌裡，小聲嘀咕。

「她真的和小孩子一樣天真，不管別人說什麼做什麼，她從來都相信別人是真心的。她一直在找弟弟，只要一聽人說可能在仙台啦、在釜石啦、在福島啦，根本不顧自己身體差，拚了命也要飛奔過去。這麼多年了，她心心念念的就是那個在戰火中失散的弟弟。無論我怎麼勸她別輕信那些一聽就曉得是騙人的謊言，她總是說：美貴登，人間處處有溫情，世上沒有壞心鬼喔……才不是呢，她錯了，活在這世上的好多人都是鬼呀……根本是鬼戴上人皮面具嘛。想想，她孤伶伶地躺在那裡整整十天都沒人發現哪！」

「她一個人住嗎？」女人想到什麼似地詢問。

「是呀，她和我一樣，就自己一個。這世上到處都是鬼，所以呢，我已經想通了，這棟公寓裡住了不少人，萬一有人死了，就放著讓他爛吧，橫豎都是些今朝有酒今朝醉的人。既然變成那個樣子了，反正我本來就當這世上遍地是鬼，乾脆照這樣一直擺到化為白骨吧。」齋藤和我同時笑了出來。管理員急著盯著我們訓斥：「你們兩個，有什麼好笑的？」掛在牆上的一幀男士相框的玻璃上，映出了昏黃的電燈形狀。「妳也一樣哪。」管理員說完，女人驢頭不對馬嘴地回了一句：「我想找那個算命老婦人。」

「告訴過妳了，那個人就是吉田濱女士啦！」我說。

「不是嘛。」女人看著哥哥，搖搖頭。

「那個算命老婦人才不會自殺呢！我不要嘛。」女人的口吻像小孩耍脾氣，「哥哥已經死了，怎麼可以連她都……」

「來這裡找她的人，每一個講的話都和妳一樣。」

「哦，原來還有別人和她一樣造訪這地方呀？」哥哥問說。我從管理員的房門口，望向坐在裡面被女人遮住大半的哥哥臉孔，心想，你現在才發覺，未免太晚了吧。你好意思說民眾是值得崇敬的？你好意思說民眾是傻里傻氣樂逍遙的？你是否真正看過民眾？武裝軍隊之重新建置是什麼東西嘛！二樓走廊的行走聲傳了過來。我的房間位在管理員的房間上方再過去兩間，與松根善次郎家的工作間背靠背。

「大家都和你們一樣找上這裡，講的話也都一樣。」

「她後來找到弟弟了嗎？」

「找到了，差不多在她過世前的一個月，去釜石找到的。後來在一個下雨天，她到這裡告訴我：美貴登，我總算見到情人了。她收起傘，不曉得該擺哪裡好，其實傘筒就在她眼前哪。我讓她快進屋，家裡有託人買來的池田屋茶葉，想沏一杯讓她暖暖身子，可是她還是和平常不大一樣。我勸她打起精神，她回答有道理，心裡覺得苦才會變得那麼苦，還說帶了烤米餅的伴手禮送我。戰火燒了她老家，弟弟就是在那時候託放在寺院代為照料，後來營養不良死掉了。沒有人記得這件事了，只剩下寺院登載故人生卒年的簿本裡留著他的名字。尤其弟弟當時還是個小娃娃，更是令她心酸，哭著說只有我過得幸福、只有我過著幸福的日子哪。這二十幾年來一直是這樣的，她這二十幾年來一直懊悔只有自己過上幸福的日子。說了一遍又一遍，想了一遍又一遍。老實說，她一點也不幸福呀。那麼好的一個人居然那樣死了……這世間是地獄呀！」

「我也一直在找妹妹，一直在找哥哥……」女人說。

「這世間是地獄呀……」管理員又說了一次，縮在暖爐桌裡的她漸漸駝了背。

「我想當面問問他們，到底想對我說些什麼。」

「不過，妳不是真心想知道吧，對不對？」管理員凝視著女人，「要不然妳早就活不下去嘍。」

「我是真心想知道嘛！」女人提高嗓子。

「死掉的人哪還有什麼想說的話呢，死掉的人就是死掉的人罷了。」管理員似乎被女人的聲音惹惱了，語氣中充滿不屑。忽然，她嘆了氣，「這世間是地獄呀，活著的人全是鬼哪。」她駝著背的樣子看來有些詭異，還一直說些生呀死呀、人呀鬼呀，愈聽愈不舒服，我刻意擠出笑容，伸手指戳了戳齋藤的大腿。「很癢吔！」齋藤冒出一句不合時宜的話來。這個突如其來的聲音似乎劃破了什麼，女人終於忍不住放聲哭了，「好想念他們嘛！好想見到他們嘛！那個人不是算命的老婦人嘛！」

四個人相偕離開了富士見莊。女人的腳步又變得軟綿綿了。公寓隔壁的松根善次郎家悄然無聲，也許正在吃遲來的晚飯，又或許全家人正圍坐在電視機前享受天倫之樂，個個神態自若，彷彿從來不曾發生過任何爭執。玄關的燈光是暗的，屋裡隔扇後面的房間則是一片敞亮。簡直難以想像這家人每天清晨會發出誦經聲，白天會傳來父母和女兒粗暴的吵架聲。然而，那既不是夢境也並非虛假，而是事實。我忽然想到，pierce的反義詞是什麼呢？寶貴的一天就這樣浪費了。分不清是寒冷抑或和煦的一陣風吹拂而過，印刷工廠旁的樹木隨之搖曳。連那陣風都令我心生恐懼，我湊向哥哥耳邊悄悄說：「夠了啦，要她快走吧。」

「萬一又哭起來，我可招架不了。」

「才不會哭呢，我對這種事已經習慣了，人家又不是小寶寶。」

哥哥提議去喝兩杯，女人附議，我和齋藤也就跟了去。女人笑得皺起鼻子，勾著哥哥的手臂倚在他身上，「我們下回再找吧，這也不是第一次了。」平靜的語氣表現出若無其事。四人走向大圳溝這一邊、菖蒲橋這一邊唯一一家掛著合兒盃的招牌的小酒館。女人自從在大圳溝另一邊的咖啡廳遇見哥哥之後，一直不厭其煩地反覆叨絮著她那死去的哥哥與離家出走的妹妹。敘述內容毫無邏輯，只有她自己明白前言後語之間的連結脈絡。哥哥邊聽邊嗯嗯、喔喔地搭腔。我和齋藤實在沒辦法再聽她囉唆，另外聊起了棒球的話題。只是我對棒球沒有興趣，連棒球選手的名字都不知道，因此兩人的聊談沒多久就聊不下去了。現在想想，真佩服自己居然能和想法南轅北轍的齋藤天天膩在一起。到頭來，我和齋藤還是聊回打工的事情上了。

進了小酒館以後，女人依然繼續訴說自己的遭遇。中學畢業後，她隨即加入集體就業[12]的行列來到東京，在澀谷的水果吧工作。就在那裡，她接到了母親從鄉下發來的電報，通知她唯一的哥哥自殺了。她立刻搭上最快發車的那班電車，於隔天早上抵達了故鄉的車站……。

「我不知道電報上的消息是真的還是假的，心想非得自己去一趟親眼看到才知道，一整晚在夜車上眼淚嘩啦啦掉個不停，三月五號早上終於到了。電車一靠站我就明白了，哥哥已經自殺了。那是一種直覺。一想到這裡，眼淚馬上停了。心裡其實想放聲大叫，恨不得哭到山崩地裂海枯石爛，偏偏連一滴眼淚也流不出來。哥哥死了。爸爸在我們小時候死了，所以哥哥像是我們的爸爸。好痛苦，痛苦得不知道該怎麼辦才好。我恨透媽媽了。她從守靈夜就一直喝酒，和年輕男人在一起喝個不停。世上哪個母親是這樣的？」

女人抬起頭來。抹著厚厚一層雪白脂粉的臉上哭出了一雙通紅的鳳眼，我霎時聯想到中國或朝鮮的舞孃面容的相片。女人端起斟入啤酒的杯子，僅輕啜一口潤潤喉，接著將視線移向了擺在牆壁架子上音量調小的電視畫面。店裡的顧客只有我們四個。我抬起腳輕輕碰了碰躺在我腳邊的那隻狗，陸陸續續扔肉餵牠吃，一邊聽著女人講話，一邊試著想像裝在這女人的頭殼裡與狗或黑猩猩相去不遠的大腦所浮現的悲傷及痛苦的情感，會是什麼樣的呢？接著思忖，正在想像別人情感的自己，簡直和哥哥那個優柔寡斷爛好人相去不遠，頓時覺得愚蠢極了。誰死誰活，干我屁事。

「其實我也不想過那樣的生活。」女人說著，用她那雙像在風雨中瑟瑟發抖小狗的眼神，望向哥哥和我們，「不過，每天都很開心唷！」她擠出一個笑容，「是真

⑫鄉村的中學及高中畢業生集體到都市的公司或商店工作。尤其是二戰之後日本經濟進入高度成長期，都會區需要大量人力，而當時主要的人力來源即為非都會區的青少年男女。

的，每一天都笑笑鬧鬧的。所以我常把這些事忘到腦後了。在常客之中總會出現幾個屬於自己喜歡的類型，對不對呀？只要遇見那種類型的客人，本梨香小姐就會很高興，一直請客唷。我們約好等店裡打烊後到別的地方碰面，一起喝到爛醉如泥為止。像那樣喝得爛醉時，我總是忘記幫佛龕上的蠟燭點火了。相片裡的哥哥雖然笑著，但看起來像是在抱怨自己有這種沒用的笨妹妹真可憐，又像是在生氣。他大概是在吃醋吧。然後呢，哥哥就會出現在我夢裡，他穿著整整齊齊的白西裝白長褲，可是看起來累壞了。他站在門前，喚著理惠子。我在店裡叫做梨香，其實本名叫理惠子。哥哥站著，喚著理惠子、理惠子。我開門一看，哥哥站在門前說自己一直走了好久好久，找了又找，找了又找。我說：哥哥，外頭冷，快進來。哥哥卻說：不行不行，我得在這裡一整晚守門，不讓壞傢伙靠近妳，去拿毛毯過來給哥哥披。我說：哥哥大老遠來到這裡一定很累了，怎麼可以待在門外呢，外頭那麼冷，況且哥哥沒必要再守門了，我早就被壞傢伙弄得遍體鱗傷了。哥哥聽我這麼一說，一臉哀傷地看著我。該怪哥哥不好嗎？不不不，是我自己不好。就連哥哥上吊，也要怪我們不好呀！」女人說完，嘆了氣，接著彷彿在強忍著什麼似的陷入沉默。我心想，無聊透頂。非得搞到聽的人和說的人統統哭成一片淚海才肯罷休嗎？更令我受不了的是，她向別人講自己的哥哥時居然是用敬稱而不是謙稱⑬。

「為什麼會自殺呢？」哥哥為了讓緘默的女人再次開口說話，主動提起了話頭。「我也不曉得為什麼呀。」女人喝光了杯中的啤酒。我忽然想起了管理員曾說過的一段話：「是哪，就是吃下一大堆安眠藥死掉的。那也是沒辦法的事，她大概想通了吧。」

「我說，人都死掉了，幹嘛還一直講他的事情呢？」一聽我說完，齋藤為了讓腦筋不好的女人忘記我講過的話，趕緊問了她：

「剛才聽妳講，令妹在什麼地方妳也不曉得嗎？」

「是呀。我不是中學一畢業就到澀谷的店裡上班嗎？那時候妹妹還小，後來聽說她大一點以後學壞了，根本還是個小女生，居然離家出走了。」

---

⑬日文中在提及自己的親屬與別人的親屬時皆有明確的謙稱與敬稱，尤其和交情不深的人交談時更需留意用詞。本文女主人公提到自己的哥哥時始終使用敬稱而非謙稱，有失禮儀。

「聽起來有點像悲劇。」

「是喜劇啦！」我故意強調語氣以揶揄哥哥，「不是有句老話叫做父債子償，那不是喜劇常用的開場白嗎？」哥哥沒理會我。反倒是女人和齋藤莫名笑了起來。

「雖然哥哥死掉讓我很難過，不過我每天過得挺開心的唷。有一天，朱美說她今天想好好哭一場，指明要我說個悲傷的故事給她聽。所以我說了個故事，從前有個家庭有美麗的媽媽、英俊的哥哥和聰明的妹妹，後來一家人四散分離，一個生病了，一個自殺了，還有一個下落不明了。朱美聽了以後直掉淚。最後我又說，所以呢，我才會待在這種地方拚命賺錢嘛。大家一聽全笑了。」女人說完也笑了，笑容中充滿快樂的回憶。

躺在我腳邊的狗明顯是雜種，身上的毛又蓬又鬆。我把裹著甜鹹醬料的肉一塊接一塊扔給那隻懶洋洋、只肯揚起鼻尖望著我的狗，還掐準了距離讓牠不必移動身體就能啣住肉塊。

「這一盤說不定是狗肉哦……」齋藤只灌下滿滿一杯啤酒就漲紅了臉，兀自嘀嘀咕咕的，「名稱寫的是合兒盂，該不會其實是狗肉吧？」

「少騙人了！」女人憤然脫口而出。

「講那種話，店裡的阿姨會生氣喔！」

「不會生氣呀。」穿著圍裙站在油膩膩的備餐櫃台後方的阿姨說。在電燈泡光暈的映照下，她臉上的笑容顯得格外燦爛。在我眼裡，和在鄉下老家廚房裡的媽媽笑起來的模樣很像。「你們那樣提心吊膽的，還不是吃掉一大半了？」在那張雖然油膩但在勤奮擦拭下使得木紋依然清晰可辨的櫃台上，擺著標題為〈鬥爭勝利〉〈取消判決〉的傳單。黑白電視機的音量調低，畫面顏色偏青。牆上貼著合兒孟、烤雞肉串、魚糕的菜單，還有兩張鬼畫符似的名人簽名板。那兩張簽名板的上款都是「謹贈豪邁爽朗的阿姨」。阿姨坐在綁著天鵝絨面料椅墊的圓椅上，從圍裙口袋裡掏出菸來吸，呼出煙氣的模樣猶如嘆息。「阿姨，來一杯？」哥哥舉起啤酒邀請。阿姨露出一個職業性的笑容，說聲「謝謝」，拿起一個洗淨後倒扣的杯子過來接了酒。

「今天酒興特別高，大家盡量喝吧，統統由本梨香小姐請客！」

「這酒興也未免太高了吧？」齋藤語帶調侃地說。

「請客是應該的啊，喝吧喝吧！」我說。理所當然該由她請客。畢竟我們陪著一個根本聽不懂在說什麼的女人一整天了。

「這種事可不是常有的唷，別瞧我這模樣，談到錢我可從不含糊，一幫姊妹中就屬我攢下來的錢最多了。那還用說嘛，若不是為了掙錢，何苦一個青春年華的姑娘非去那種地方工作不可呢？」女人說著，喝完杯底的啤酒，「今天要喝個痛快！」她吩咐阿姨換上日本酒。阿姨望向坐在女人身邊的哥哥並給他一個笑容，那個彷彿下一秒就要轉變成哀戚神情的曖昧笑容無言地問著真能讓她喝混酒嗎？「好，我也喝個暢快吧！」哥哥用喝光啤酒的舉動回答阿姨的詢問，「酒！快上酒！」我心想，他們還真懂得享樂。

「朱美問過我，其實妳挺喜歡這一行吧。那當然囉，可是實在受夠了。」女人笑著說。「不過，我還是表現得很專業喔。」

齋藤被區區一瓶啤酒整得七葷八素的，至於我面前那杯從一開始斟上的啤酒僅僅淺嚐一口，其餘時間都用來吃烤雞肉串及合兒孟，還有分小塊慢慢餵食那隻躺在腳邊的懶狗。另外那兩人喝得又快又猛，簡直把目標設定在酩酊大醉。女人動不動就笑得前仰後合，高興得不得了。她提議玩〈拳骨山上的貉子〉[14]的遊戲，唱到最後猜拳，分出勝負後嚷嚷著我贏囉或我輸啦，咯咯發笑。店外車流不息。兩個剛去完澡堂的男人進來，面帶笑容看著吵吵鬧鬧的哥哥和女人好一會兒，忽地想起什麼似的聊起了工作上的事情。我和齋藤到最後繞回了重考補習班和大學入學考試的話題。不過，沒多久又聊不下去了。今天就這樣白白去了一整天。我對滿臉通紅、口喘粗氣的齋藤說：「嘿，快看看那兩個，也不想想自己幾歲了還玩那種小孩遊戲。」說不上什麼原因，只覺得心煩氣躁又滿肚子火還加上傷心難過，好想哭。臭鮑娼婦——我小聲嘀咕。

「這是怎麼回事？」哥哥猛然抓住女人的手背詢問。女人手背上有兩處被香菸灼傷的疤痕。

「小事，不打緊，沒什麼大不了的。」笑得連眼淚都快擠出來的女人立刻甩開哥哥的手，宛如酒意瞬間盡退一般給了明晰的回答。我覺得喝醉的是哥哥，清醒的是女人。

---

⑭日本童謠，孩童通常邊唱邊猜拳（剪刀石頭布）。

「福……」哥哥忽然想起什麼，喚了我的名字。他從不曾這樣喚過我。「幹嘛啦？」我不耐煩地應聲。

「聽清楚了，你想怎麼樣就怎麼樣，我無意逼你該做什麼、不該做什麼，不過，你成為激進的一員吧！」

「什麼啊，聽不懂你在講什麼啦！」

「成為激進的一員，奪取權力，出現絆腳石就用恐攻解決！」

「你要我加入激進派？難道讓我去放炸彈炸死無辜的人嗎？」我給出一個充滿挑釁的回答，並且決定視他的答覆內容決定要不要真的揍他一頓。

「不對不對！」哥哥猛搖頭，兩肘支在櫃台上，一口喝光了酒，挺起腰桿坐直了。「不對不對！你愛做什麼都行，這種爛社會就該徹底瓦解！」哥哥說著，往前倒趴在櫃台上，「這種爛社會就該炸個粉碎！」

「真是個好哥哥呀。」女人說。

哥哥聽見女人的話，趴伏的上半身從櫃台霍然彈起，用撒嬌的口吻央求：「說我是好男人嘛！」女人笑著重說一遍：「真是個好男人呀！真是個帥男人呀！」

清晨醒來，又聽到松根善次郎猶如野獸低吼般的誦經聲了。我認為無論人類盡了多大的努力，都絕不可能發出那種聲音。昨晚我睡在齋藤的房間，哥哥和女人睡在隔壁我那間。醒來後我趴在齋藤房裡的暖爐桌好一會兒，聽著齋藤睡覺的呼吸聲，以及那野獸低吼的唱念聲，心不在焉地想起鄉下的媽媽、死去的爸爸，還思考了近在眼前的入學考試。桌前掛著「凡笑人者，他日必為人所笑；凡尊人者，他日必為人所尊」的格言。我站起身來。幸福是我們的心願——我想起昨天早上哥哥唱過的那首歌。總覺得哥哥和那女人害我的神經被切成無數的細丁。接著，我想看交錯的枝椏挺向天際、令人聯想到淋巴腺解剖圖的那棵櫸樹，我想喝冰涼的水來潔淨自己的胃囊與體內。「南無妙法蓮華經、南無妙法蓮華經……」的聲音傳來。他今天是否同樣穿上棉襖，趁著工作空檔走到屋外，為那些即使沐浴在初春媚光之下依然不願萌芽、猶如鐵絲工藝的盆栽澆水呢？

我推開門，來到走廊，打開隔壁的我房間。沒上鎖。哥哥和女人在我的棉被裡裸著身子睡死了。房裡只有海報上的男人是清醒的。這裡也聽得到誦經聲。

赤足踏著地板老舊鬆垮以致於嘎吱作響的走廊，進入位於盡頭的廁所，阿摩尼亞的臭味嗆得人無法呼吸，我一面小便一面打開小窗子。從那扇小窗可以望見國旗隨風飄揚在那片分不清是晴天還是陰天的灰濛天空中。走出廁所，在廚房直接就著水龍頭喝了水。斑駁積塵的柱子上掛著一面鏡子。我對著鏡子，凝視映在鏡中的我那張臉良久。幸福是我們的心願，儘管工作辛辛苦苦，仍將希望寄託在流淌的汗水上，打造一個光明燦爛的社會。這段歌聲從映在鏡中的我的面孔內側響起。「成為激進的一員，奪取權力，出現絆腳石就用恐攻解決」。我記起哥哥的這段話，反覆默念。少臭美了。接著，不曉得什麼原因，我突然對著鏡中的我，舉起手來。還咧嘴笑了。清晨的冷冽感覺很舒服。我忍受清晨的冷冽，喝下冰涼的水，面鏡而立的自己感覺很舒服。

火宅

那男人身形魁梧。誰都不知道那男人來自何方。或者應該說，畢竟地方小，其實猜得出十之八九。從講話的腔調就能辨識出大概是阿田和、木本那邊的人，最遠頂多到尾鷲那一帶。男人身穿卡其色長褲、卡其色夾克，頭戴一頂獵帽。這些都是媽媽告訴他的。想不起是什麼時候聽到的，只記得聽媽媽說這些事的時候，外面傳來火車從屋旁呼嘯而過的巨響。

「進來啦！」他哥哥語氣粗魯地要男人進屋。男人站在門外不動，朝屋後麥田邊的溝渠啐了唾沫。「快進來嘛。」他哥哥哭喪著臉對男人說。「不了，」男人又啐了一口，抬手擦了嘴角後說道，「以後再來。有件事非得今天辦完不可。」哥哥走出門外，「那我也一起去！」「這回的工作不能和你這種小鬼頭一起幹。」男人朝車站方向邁步而去。哥哥追了上去。兩人一前一後穿過麥田，哥哥也學著男人的動作，跳過了焦黑的木柵欄。那是一條鐵軌。「要是帶我去，會礙了手腳嗎？」哥哥在鐵軌枕木間一蹦一跳跟著走。男人默不作聲。哥哥很不喜歡男人踩踏砂礫行走的聲響，聽起來像要撇下自己似的。遠遠地，車站那邊出現了火車。男人身形一閃，跳到旁邊雜草叢生的土堆上，哥哥也跟著跳了過去。「小鬼頭，叫你別跟來聽不懂？回去回去，快回去！」

「拜託，這回帶我一起去嘛。」

「我可沒老到昏頭，把黃毛小子也帶去幹活了。」

「那收我當手下吧。」

「要是把你收為手下，那些嚼舌根的肯定在背地裡說我是為了勾引小寡婦，才把她家兒子納為嘍囉。」男人停下了腳步，先在齒隙間嘖了一聲，才啐出唾沫。那是魁梧男人的習癖。男人剛從戰場歸來，不，也可能根本沒上過戰場。「有什麼關係！」哥哥看著男人的臉說，「那又有什麼關係呢，他們愛講就隨他們去講吧。」火車鳴起了汽笛。不曉得他哥哥這時候幾歲，至少有十一、二了。驕陽曬得草叢熱氣氤氳。一絲風也沒有。芒草和艾草在強烈日光的照射下，宛如熔化了葉膜，裸露出綠葉的內面。哥哥的生父已經死了，家裡只剩媽媽和三個妹妹，妹妹們都還小。哥哥學著男人的模樣，從齒隙間嘖了一聲後吐出口水，再摘下一片艾草葉嚼了起來。男人又邁開了步伐。哥哥趕緊跟上去。

兩人經過火車站前，來到上田秀的住家。上田秀瞅著站在男人背後的哥哥笑著問：「怎麼，不幹牛馬販子啦？」上田秀正在仔細擦拭駐軍流出的罐頭，不曉得從哪裡進貨的。不久前還在妓院賣身的木江，頸上施抹白粉，只穿一襲淺桃色的和服襯衣，倚在坐墊上吸著菸。屋子裡瀰漫著一股腐魚的味道。「牛馬販子不做了。」哥哥一邊數著上田秀手邊的罐頭數目，一邊答話。

「挨罵啦？被你媽數落成天蹓躂，這也想做，那也想幹的？」上田秀只套著一件褲衩。

「才沒挨罵呢！」哥哥反駁，「賺不了幾個錢才不做的。」

「哦，你說錢嗎？」上田秀笑了，笑得瞇起眼來。那男人在一旁也笑了，又嘖的一聲啐了唾沫。「這年頭，身上有錢也沒個屁用！想買女人的話，只要扛個六、七斤地瓜上門，包管把你當大爺伺候。牛也一樣馬也一樣，統統比錢管用哩！」說完，上田秀轉頭吩咐木江，「喂，吃到一半的那個罐頭拿給他！」「人家還沒吃哪！」木江不肯。「不打緊、不打緊，給他就是，妳想吃多少有多少。」

男人在玄關台階的邊緣坐了下來。木江把那只已撕去標籤、看似用菜刀撬開的罐頭，遞給了蹲在玄關泥地的哥哥，還加了句「很甜喔」。木江身上飄出了一抹氣味，分不清是來自脂粉還是酒。哥哥猶豫著該不該接下那個罐頭。媽媽曾經再三叮嚀，所有的妓女都染了梅毒，千萬不可以碰她們的身體，也不可以摸她們吃過的東西，否則就會全身流膿長瘡，接著連鼻子都掉了，最後是發瘋。「磨蹭什麼呢，人家好心給你呀！很甜喔，像這樣的好東西別的地方可吃不到唷！」「收下吧。」男人從木江手中接過罐頭，遞向哥哥，「喏，姊姊送你的。」哥哥伸手拿了，閉上眼睛，先喝了甜湯，再把手指探進罐中，撈出裡面的圓切水果片吃下。男人、上田秀及木江全看著哥哥笑了起來。男人調侃哥哥，「如果讓你帶五個這種罐頭回家給你媽拿去賣，要不要呀？」木江笑得前仰後合，笑著笑著還嗆到了。男人與上田秀談起了正事。

「那種事，實在不妥啊。」男人說道。「哎，別多想了。」上田秀忙著勸慰。

「瞧你跟個沒事人似的。哼，等著看我幹下驚天動地的大事！」

「老安就是這脾氣，心裡有話從來憋不住。」上田秀說。男人扯起嗓門吼道：

「你說啥？難道說我怕了嗎？」哥哥聽不懂他們在談什麼，自顧自地蹲在上田秀家的泥地，把散落地面的麥稈碎屑一根根撿拾起來，放進吃完的空罐頭裡。哥哥看過很多次男人暴怒的模樣，還看男人打過兩回架。當對方說三道四時，男人悶不作聲，靜待對方不留神的空檔，才倏然發揮漢子動手不動口的氣魄，把蓄積在那大塊頭體內的所有力量全部傳運到手臂和拳頭上，痛毆對方的臉孔，重擊對方的下巴，而從頭到尾男人始終一聲不吭。可以充分感受到男人體內的暴力直接噴發出來。

他也看過同樣的情景。真的透過這雙眼睛看到了。這令他感受到自己的肉體與那男人密切相關，也能感覺到自己體內有某種蠢蠢欲動。那男人一言不發，擊倒對方，靠的是力量而不是言語。這一幕至今依然十分鮮明。如果沒記錯是在他小學三年級的時候，運動會的那天。他壓根沒想到那男人居然來到他的運動會。就在廁所附近，他目睹了那個過程。男人揍倒對方後，彷彿對自己使用暴力感到無比羞愧與內疚似地，立刻消失在人群之中了。挨揍的對方從地上搖搖晃晃爬起來。身旁的同學們看得興奮異常，不顧即將輪到他們參加沿途借物的障礙賽跑，直嚷著「太強了，快追啊」，紛紛說要跟上去找出那個已消失在群眾之中的男人。不知道那男人後來去了哪裡。接下來換他上場出賽沿途借物，邊跑邊急著向觀眾借來眼鏡、手錶以及老爺爺，然而在整個過程中，他始終覺得那男人一直混在人群之中，視線始終鎖定在他一個人身上。

「非幹不可了。我說，阿秀啊，都到這個節骨眼上了，你不會腳底抹油吧？」

「我才不會腳底抹油哩！」上田秀不高興地說。哥哥蹲久腳麻了，終於忍不住跌坐在泥地上。「這小鬼頭在幹嘛啊？」男人嘟嘟囔囔的。幾乎可以從男人的齒隙間看到快要噴一聲啐唾沫了。哥哥站了起來。「小哥，可以幫忙跑個腿送些罐頭去入相伯伯那邊，就說是上田哥哥送他的嗎？」木江問說。哥哥猶豫了。男人吩咐哥哥：「快去！」

當天晚上出事了。大火從妓院波及常盤町，再延燒到中地頭。那時已是深夜時分。烈焰沖天。就連從妓院到火車站間剛開闢的那條新道附近，也飄落了點點火星。不知道誰先提起的，據說起火點在「彌福」妓院，某個和「彌福」有仇的人放的火。又有人說，是「彌福」的一個妓女與男人私奔不成，乾脆放火燒了妓院。但也有人說，是一個賣給妓院的姑娘的哥哥，不忍妹妹日日夜夜服侍男人，於是假扮買春客指名妹妹，進了房間後親手殺死妹妹之後放了火。圍觀的群眾七嘴八舌地說這把火叫做妓女之火。火勢一發不可收拾，只能靜待燒完為止。那一晚風很大，呼呼吹個不停，火焰直撲天際，不斷往旁邊蔓延開來。男人出神地望著火場，哥哥擔心和男人走失了，比起觀看火災，更專注於盯著男人看。此時的男人看起來和以往完全不一樣，體型幾乎是自己的三倍大。哥哥忽然心生恐懼：這男人究竟從哪裡來的？到這座小鎮又有什麼目的？哥哥害怕這個滿臉不在乎地搭腔說這是妓女之火的男人。為什麼能夠如此平靜地面對眼前的災難呢？縱火的人，就是這個男人。這個混在人群當中、雙手抱胸、站得挺直的男人，究竟來自何處？父母是誰？來做什麼？何時出生？現在幾歲？真名為何？上述問題的答案一概不知。唯一可以確定的只有這男人並非當地人，而是異鄉人。這男人不知是哪來的野小子，一切成謎。哥哥望著男人的面孔，再望向男人面孔後方遠處的烈火。人群中傳來竊竊私語，火場裡抬出了兩具妓女的焦黑遺體。哥哥告訴男人：「聽說死了兩個妓女。」男人由鼻子發出悶笑，回了幾句話：「哈哈，既然是妓女之火，發現妓女的屍體也是天經地義的。」接著，男人伸出偌大的手掌，摀住哥哥的頭頂。哥哥覺得男人的這個舉動是示意自己別再開口，閉上嘴巴看熱鬧就是了。與此同時，哥哥彷彿也從覆在頭上的掌心裡感受到男人的懊悔，抑或對火的敬畏。房柱坍塌下來，圍觀群眾紛紛驚呼。穿著制式寬袖短褂的青年團成員在火場周邊奔來跑去，束手無策。又有一棟大房子的屋簷著火了。「那是尾關先生家。」某個人說了這句話。男人的那隻大手在哥哥頭上搓了搓。哥哥覺得那隻手猶似說著燒啊、快燒啊。群眾後方傳來了聲響。身穿寬袖短褂的那些男人拉來水管，穿越人群幫忙滅火。男人在哥哥頭頂敲了一下，邁步走開。哥哥趕緊跟上。他不懂男人為什麼要縱火。這把火是男人出於仇恨而點燃的？還是那個不曉得誰說的、也不知道是真是假的謠言——某個不忍妹妹賣給妓院而殺害她的哥哥點燃的？到了隔天，哥哥的媽媽又帶回了另一種講法，聽起來也最合情理。大家發現包括常盤町、初之町、小地頭，乃至於新道一帶，全都是佐倉家擁有的土地，所以推測是與佐倉本人或佐倉家的土地有冤有仇的人放火燒屋的，畢竟當晚好幾處地點同時失火。大家不方便明講，但私底下都認為佐倉如此遭殃也是罪有應得。不過，哥哥聽完那種講法之後笑了。因為那男人正是招人怨恨的佐倉的手下。其實是佐倉下令男人放火的。

哥哥去了上田秀家，那男人正在喝酒。「喔，來啦？」男人說道。哥哥沒踏進門裡，只站在玄關前的水溝邊，學著男人的模樣吐口水。這間屋子到處都是修補的痕跡。鄰家門戶大敞，可以看進裡面有個女人在後門洗東西。「昨天真有意思哩！」男人說道。醉醺醺的木江發出古怪的笑聲，「這下真是痛快極啦！」說著，支起一條腿而坐。街上有四個孩童在玩單腿跳的遊戲。男人伸手摸了木江的胯間。「老安，人家可不是妓女，而是阿秀的老婆哪！」「不打緊、不打緊。」上田秀帶著酒意說，「古人說，寧可棄妻不可棄友，寧可信友不可信妻。」「人家不喜歡嘛！」木江嗲聲嗲氣地說。哥哥踏進泥地。「進來進來，過幾天哥哥我不但買得起牛，也買得起馬了。」上田秀說，「去跟你媽說，上田秀哥哥過幾天就要買牛買馬，也會讓我當上牛馬販子，要你媽別擔心。」

「又誇海口了。」木江看著哥哥，希望他附和。她理了理和服襯衣的下襬，嚷了聲「哎唷我的腰」之後站起身來，「小哥，進來吧，一塊參加我們的慶功宴。」說完，木江牽起哥哥的手。她的手又冰又粗，身上飄來酒氣和脂粉味。「都快忘了是什麼時候的事了，從前每回拉著人家進屋時總是一副急吼吼的模樣，可如今呢？真是個薄情男子。」「少囉唆！」上田秀訓道。

「居然敢對人家說少囉唆？把自家老婆賣去當妓女，拿了錢去賭，還哄人家等賺了錢就來贖身。」

「老婆？又沒明媒正娶。」上田秀喝光了杯底的酒。

「是呢，真該感謝老天爺唷，只因為生在這種時代，像人家這樣的好姑娘居然被賣進妓院了。」

哥哥在男人旁邊盤腿而坐。「喝吧。」男人說著，往杯子裡斟酒。那是有濃濃酒麴味的私釀酒。「一口乾了。」哥哥按照男人的指示，一飲而盡。「嘿，了不起、了不起！」男人和阿秀連聲稱讚。男人又幫哥哥續了酒，問道：「怎樣，昨天有意思吧？」哥哥點點頭。「只要和我聯手，包管有看不完的新鮮事！」男人和上田秀笑了起來。昨天還堆在拉門前的那些罐頭已經不見了。相同的位置現在擺著四只柳條箱，紅色和服的一角露在箱外。哥哥喝醉了。哥哥睡著了。現在才晌午時分。屋外孩童的玩耍聲，交織著男人和上田秀的說話聲。哥哥從來不曾玩過孩童的遊戲。也許單是為了讓媽媽、三個妹妹與自己餬口早已分身乏術，根本無暇多想，又或許覺得自己十一、二歲已經相當於大人了，總之，哥哥忙著穿梭於不同的屋子之間，從不曾想過要和誰玩耍，或者在工作中玩樂。媽媽還得天天出門叫賣。在那個時代，如果不以物易物就無法謀生了。換句話說，只要手中握有貨物，無論是什麼樣的人都活得下去。能夠維生的並不是金錢。人人把工作和生活都當成遊戲，也如同遊戲般遍嘗苦楚。「哎呀，真可憐。」木江說。「這小哥怎麼睡在這種地方呀！」木村說著，捏著哥哥的鼻子。哥哥猛地張口呼吸。「別捉弄他了，讓他睡吧。」上田秀出言阻止。

哥哥不知道睡了多久，直到木江嚷著「哇，下雨了」才吵醒了他。是雨聲。「嘿，真是雨哩！」這回是男人的聲音。哥哥忽然覺得喘不過氣。媽媽正在哪裡躲雨呢？三個妹妹會不會又淋著雨在外頭玩得不肯回家，就這樣著涼了？二妹患過肋膜炎，好不容易才活下來。這女孩怕生，時常嘔吐發燒，而且很愛乾淨。幾個兄妹中就屬她最像爸爸，也是爸爸最疼愛的孩子。哥哥姊姊的生父為了帶這個二女兒求醫，不惜變賣了山林及田地。醫生說活下來的機率不到一兩成。生父下班回來總是急著喊「喔，可愛的寶貝」，隨手扯下工作服，趕快去拍撫這個發高燒、呼吸微弱、手腳只能稍稍移動的女兒的身軀。「真可愛，快點好起來，等妳好了以後，就讓妳穿上紅衣裳、插上髮簪喔。」而每當生父這樣拍撫身軀時，她總會流下眼淚，彷彿感覺到父親的辛酸。這個二妹的背部動了大手術，活下來了；然而，生父卻死了。「也好，偶爾下場雨，圖個涼快。」木江說。「連心情也爽快得很哪。」她笑著說。「還在妓院那時候，下雨時開心的就只有人家一個呢。」

「妳沒腦子嘛。」上田秀說。

「是是是，人家沒腦子。若是有腦子，又怎會待在妓院裡賣身呢？一心一意就等你這個滿嘴胡話的人什麼時候才會說幾句甜言蜜語。我說，老安，大家都不喜歡雨吧，總是嫌棄又下雨了，可就人家一個開心見到雨，總嚷著下雨囉下雨囉，老天下雨囉！也說不出什麼原因，反正可以得到滿滿的精力。每逢這種時候總被媽媽數落：再這樣嚷嚷，待會兒可要下成瓢潑大雨啦。」

「這雨下得還真大。」男人說道。雨點猛烈地打在屋頂的白鐵皮上。上田秀瞄了哥哥一眼，「喂，老安的手下，該起來啦！」哥哥起身，耳朵和腦袋裡面都熱燙燙的。屋外一片明亮。落在路面反彈上來的雨滴，跳到了窗邊拉門上。男人往打著呵欠的哥哥頭上敲了一記，「快吃！」同時遞來一隻雞腿。哥哥傻愣愣地看著那塊雞腿。「別怕、別怕，絕不是狗肉。」男人笑著說，眼白微微泛青。哥哥想起了昨晚男人的眼睛映著火光，赤紅一片。男人的眼睛、鼻子、嘴巴，無不透著凶狠粗暴，與親生父親的長相截然不同。哥哥生父相貌十分和藹，可是這個男人的臉孔很恐怖。況且身形高大魁梧。

他覺得自己和這個男人長得很像。然而，當一個人得知，自己長得很像另一個人的時候，該有什麼反應才好呢。二十幾年後，這個男人的後腦杓出現了所謂的地中海禿。此後，每當聽到同事調侃他：「你後面的頭髮好像愈來愈稀薄囉。」他總會心頭一凜。同事還這樣揶揄他：「是不是欲求不滿啊？不如等下聚餐的第三攤，大夥一起去洗土耳其浴吧？否則欲求不滿壓抑太久導致少年禿，未免有礙觀瞻喔。」他回嘴：「什麼少年禿，已經是中年禿囉。」站在置物櫃前換下工作服的山本偷窺他赤裸的上半身，接著用揭發秘辛的口吻宣布：「他沒有禿頭啦，那是在澡堂裡自己拿刮鬍刀剃頭，不小心把腦袋後面的頭髮剃太短了而已。我可以幫他作證。洗完澡後他還拿吹風機把陰毛吹成三七分呢。」

那男人喝酒，談笑。雨嘩啦啦下個不停。隔著牆可以聽見鄰家小孩的哭聲。哥哥茫然地望著窗邊拉門上布滿雨水。

男人吃了肉。「喂，不吃啊？」男人敲了哥哥的頭。哥哥搖搖頭。所有的一切都被雨淋濕了。家門前那片麥田被雨淋濕了，大水溝被雨淋濕了，公用水井也被雨淋濕了。說不上什麼原因，心裡十分不安，非常哀傷。從柳條箱露出一角的紅色和服吸引了哥哥的視線。男人和上田秀正在大口吃肉。這個上田秀的家裡有食物，還有可以給妹妹們穿的衣服；而自己那個家應該什麼都沒有，只有媽媽以物易物換得的剩餘物資以及已經酸臭的食物，能讓他們吃食穿用。這時候，三個妹妹由於下雨而不能到外頭玩，大概只能待在家徒四壁的屋子裡，吃完媽媽出門前燙熟的芋頭丁和地瓜丁之後，湊在一塊唱唱歌、玩玩布娃娃了。

「小哥，在想什麼呢？」木江問，「要不要姊姊我抱抱你呀？」

「不要。」哥哥拒絕。

「哈哈！」男人笑了，「你可別落入這位木江姊姊的手掌心喔，她技術一流，是妓院裡最頂尖的紅牌呢！」

「別對孩子說胡話！」木江笑著換了坐姿，支起一條腿，「話說後來呢，阿秀一撈到錢，就趕緊來幫人家贖身了，還銜著彌福的老鴇罵了一大通『笨蛋、傻瓜、畜生』。所以說到頭來，最占便宜的就是你這傢伙嘍。明明借了一大筆錢，可是現在借據全被燒光，誰也不知道了。」上田秀聽完，滿臉壞笑。酒瓶已經空了，一滴不剩。

哥哥和男人一起離開屋子，走進小雨中。「要去哪裡？」哥哥問，男人沒有回答。兩人先爬上坡道，來到妓院火場的廢墟。「哇，這麼嚴重！往後咱們這些男人該上哪兒找樂子才好呢？」男人刻意提高嗓門，好讓站在廢墟裡的其他人都能聽見。白煙四起。慣見的景象大不相同了，從這裡可以一路遠眺至新道那一帶，中間沒有任何屋宅遮擋視線。灰燼的氣味直衝入鼻。「這地方變得好大好大喔！」哥哥一說，男人慌張起來，罵了哥哥一聲「笨蛋」還敲了腦袋。哥哥不曉得男人為什麼慌張，也許是被哥哥識破了秘密。如今的初之地、常盤町以及中地頭等等地方，已經發展成為那座城市的市中心了，舉凡超級市場、銀行、百貨公司甚至高級和服鋪，各式商店應有盡有。

兩人去了位於新道的權叔家。男人帶著錢去的。屋裡約有五個男子聚賭，那男人隨即加入賭局。這間小屋子看起來只是一個入口掛著草簾的窩棚。哥哥在屋外和山羊玩耍，還去摘了些長在新道山邊的嫩草來餵山羊。濕漉漉的草上沾滿雨水。山羊嚼著濕草，垂墜的乳房隨之左右擺晃。不久，屋裡傳出了爭執聲。男人和一個紅面男子衝出屋外，兩人都光著腳。紅面男子只穿著一件內褲，臂上有刺青。「臭傢伙！」紅面男子一拳揮來，打中男人的肩膀。「我聽你在放屁！」紅面男子抬腿一踢，沒踢中。男人悶聲不吭。「竟敢瞧不起人！喂，你這個外地的，憑啥在這地方撒野？」權叔從草簾旁探出頭來勸阻：「別打啦、別打啦！萬一警察來了怎麼辦？」紅面男子看準男人的鼻心又是一拳。男人一屁股跌坐在山羊旁的草叢裡，趕緊爬了起來，兩眼死死盯著紅面男子，一把抄起羊舍的門棍，猛然揮擊紅面男子的頭頂和肩膀。紅面男子撥開門棍，撞向男人。男人掄起門棍打中對方的臉，頓時血流如注。紅面男子仰天倒地，男人順勢高舉揮下，打斜擊中對方的肩頭至腹腰處。「住手！快住手！」權叔大叫，衝了出來。男人又朝紅面男子的胯下狠踹一腳。權叔撲向男人阻擋攻勢。在屋裡聚賭的那群人全都衝出來了。「走！」男人喊了哥哥，就這樣赤足逃離了。哥哥還愣在原地，望著男人飛也似地跑走了。

不知不覺間，那男人開始常來哥哥家，不久後就住進來了。媽媽又有了身孕。他在媽媽肚子裡六個月大時，男人由於賭博而被警察抓走了。如果只是這樣，媽媽應該不至於和男人分手，問題出在那男人除了媽媽，竟同時讓另外兩個女人懷孕了。不愧是那男人的一貫作風。媽媽不願意和這種用情不專的男人在一起，不顧自己挺著大肚子，專程去了拘留所痛罵一頓。男人出獄時他剛滿三歲，一出獄就馬上來找媽媽了。媽媽非常生氣。男人也來看了年幼的他，據說，他對男人講了這樣的話：「你連一天都沒養過我，不是我爸爸！」不過他完全沒有印象了。這段話，使得媽媽拒絕男人的一切央求，警告對方永遠不要出現，當下就把男人攆走了。那個男人，如今即將死去。大前天晚上，他上完日班回到家裡，接到了住在鄉下的媽媽打來的一通電話。接起電話時是他現在的爸爸的聲音，後來才換媽媽講。媽媽語氣冷淡地告訴他，那男人快死了。騎摩托車時高速撞上砍伐後殘餘的樹根，撞斷了肋骨。他不由得覺得這件事十分詼諧。「年紀一大把了，還騎摩托車到處跑。」他說。「是啊，」媽媽搭腔，「他大概還當自己是小伙子吧。不行嘍，那老頭恐怕不行嘍。」媽媽說到這裡，直接問了他會不會回來見那男人最後一面，又說：「你已經是成年人了，媽媽不會要求你該怎麼做，自己決定就好。」他回答媽媽，自己不會去見那個男人。

他無時無刻都感受到那男人的視線。哥哥在二十四歲，亦即他十二歲時，自殺了。如果哥哥的聲音、哥哥的呼吸、哥哥的眼神，是亡者的聲音、呼吸、眼神，那麼從十二歲到現在這個年齡，他分分秒秒都感受到這位亡者的視線。可以說，那男人的視線，是現世生者的視線。所有人，都將死去。所有人，都將消失無影。他說了這件事。就在接到媽媽來電的大前天晚上。「大家一個接一個死掉了。」

「怎會發生這種事呢！」家裡女人說，「以前每次回鄉下，他都會說想見個面。這樣一來，往後回鄉下又少了一件期待的事了。姊姊總會抱著老二，跟家裡說聲在附近散個步就回來，帶孩子去讓他看看，倒是沒邀我一起出門散步。孩子畢竟是他的孫女，可我也是媳婦呀。」

「我女兒不是他的孫女，妳也不是他的媳婦！」

「不要這樣說嘛，他好可憐。」

「一點也不可憐，他根本以此為樂。他躲起來偷看，暗自竊笑：我跟妳這婆娘分手，和別的女人在一起，還能偷偷摸摸看小孩、偷偷摸摸找小孩見面，誰都不知道！所以妳不必同情他。男人都喜歡玩這一套。男人啊，最喜歡別人當自己是不知打哪來的野小子了。」

「可是這樣心裡不安穩呀。」

「什麼安穩不安穩的，關我屁事！」他的語氣滿是不屑。

為求慎重起見，他撥了電話給二姊。他不敢輕易相信媽媽的話。

「傷勢很嚴重，醫師說不行了。」姊姊告訴他。同住屋簷下的她爸媽坐在沙發上看著他。四歲和一歲九個月的兩個女兒正在搶奪積木。手足當中唯一住在鄉下的二姊並沒有問他要不要回去。「這樣啊，原來是真的。」他隨即掛上了電話。

他在女兒們身邊坐了下來。女兒都沒理睬他，自顧自地拿三角形、四方形和圓形的積木疊出房屋形狀的高塔，然後推倒。這棟房子很小。不對，這棟先蓋後售的成屋絕不算小。樓下有個三坪的房間，二樓分別是兩坪多和三坪的房間，另外還有四坪左右的客廳兼餐廳，比他一年前租的那間來得大多了。那是向農戶分租的房子，他經常和房東吵架。莊稼人的欠缺思慮不時惹怒了他。上完夜班回來正在打盹，房東偏要開那台轟隆作響的耕耘機下田，問題是那一小塊田地根本不必動用到機器。再加上房東家的孩子又吵得要命。忍到最後他終於爆發，不顧身上只有一條內褲，光著腳就衝出門外，一路直奔到莊稼人身旁大吼：「你這個沒腦袋的傢伙！這玩意已經吵了幾個鐘頭知道嗎？當心我砸爛這台破東西！」房東太太趕緊跑過來安撫他消消氣。於是，他和同樣租屋度日的女方父母談妥各付一半房貸，離開了空間狹小、住起來又非常不舒適的租屋，搬進這個家了。她爸媽此時似乎不知道該說什麼才好。女人調皮地告訴爸媽：「那個人是阿浩的男朋友喔！」「笨蛋！不要亂講話！」他斥責女人。

「還是回去一趟吧。」她媽媽建議。

「用不著回去，沒見到最後一面也不會怎樣。」

「這樣啊……」她媽媽欲言又止。

「鋼琴，我打算擺在這裡。」她爸爸改變了話題。

「鋼琴？大人彈的那種鋼琴嗎？」他反問。

「內山先生那邊有一台鋼琴挺便宜的，只要我調個音，修理一下就沒問題了。」

「是史坦威嗎？」女人問，「要是家裡擺一台來歷不明的鋼琴，客人來玩的時候看到了，沒面子的可是爸爸喔。」

「我怎麼可能讓那種來歷不明的東西進家門呢？」她爸爸笑了起來，「雖然不到史坦威那麼高的等級，但也只稍微低一級。」她爸爸是調音師。

他坐在兩個女兒身邊，漫不經心地看著她們玩積木。兩人剛洗過澡，都穿著睡袍。他從背後抱住小女兒，女兒卻口齒不清地大叫著「鼻要！鼻要！」並且推開他。他忽然感覺眼窩裡湧出了類似淚水的液體。那個男人和自己究竟是什麼關係呢？這個魁梧的身材是來自那男人的遺傳，火爆的脾氣似乎也和那男人一樣。那男人不想想自己已經幾歲了，還騎著摩托車到處跑，結果就這樣撞上砍伐後殘餘的樹根了。

真希望洗去所有的一切。真希望淨化所有的一切。隔天，他上夜班，有一搭沒一搭地想著那個男人，以及把那男人帶到媽媽身邊的哥哥。雨下個不停。他任由雨點打在自己身上，又冷又痛。「是two thousands pound對吧？」美國人威利又和往常一樣開他玩笑了。「笨蛋，你這隻洋猴子又亂講話了！是three thousands啦！」他反駁。三個小時左右的補眠空檔，他進了澡堂。「今天不拿吹風機吹乾陰毛嗎？」同事促狹地問。「反正睡了以後又亂了。」他回答後，隨即去了自助餐飲區。那裡擺了一台點唱機。他只投入一枚硬幣，一再播放都春美⑮的唱片。「你還真愛聽她的歌啊。」同事說。

他喝醉了。聚餐的第三攤去了有陪酒女的酒館，在那裡花光了身上的錢，一毛不剩地鑽進一輛計程車，回到家門前。然後，為了微不足道的小事暴怒，對家裡的女人拳打腳踢，抓起餐椅砸爛水晶燈，使出美國人嘲諷只有two thousands pound的強大臂力抬起雙門電冰箱扔了出去。剛才和同事在一起時，心情簡直好得不像話；但在瞥見家裡女人幫忙付完車資轉身露出被吵醒的不悅表情後，立刻心煩氣躁，火冒三丈了。「臭女人，竟敢叫我野小子？」他把　臉錯愕的女人用力推進玄關，一把揪住頭髮拖進客廳，甩上門，不由分說揚手就打。「野小子有什麼不對？」女人被他打得跌坐在地，撞上了她爸爸說要用來擺鋼琴的電話旁邊那面牆。「說啊，有

⑮都春美（一九四八～），日本演歌歌手。

什麼不對啊？」他咆哮，感到身體瞬間著火似的。他盯著女人。女人倚著牆，垂著頭，既不打算回嘴，也沒有任何舉動，彷彿已經明白這是上上之策。他十分不滿女人的態度，喊了聲：「起來！」見女人沒有反應，抬腿踢她起來。女人抱頭縮成一團，蹲在牆邊。

平時他說一句這女人就頂一句。在做這份工作之前，也就是還沒找到工作的時候，女人幫他介紹了各式各樣的職業。他每一家都去應徵了，每一家也都拒絕了他。現在這個工作是高中同學介紹的。女人只管開口指使他到這裡、去那裡，他為了餬口而決心厚著臉皮前往應徵，結果總是以「很遺憾您不適合這份工作」的理由遭到當面回絕，這種屈辱的滋味她嘗過嗎？沒錯，他確實不適合。完全無法忍受。任憑他再怎麼努力，終究不可能在女人的表姊經營的珠寶店裡，面對盛裝打扮的女客人，用他粗大的手指拿出一顆珍珠，嗲聲嗲氣地稱讚「配戴在您身上真是太美了！」的確，在這個時代、這個現實社會中的生存能力，家裡女人遠遠高過他數倍、數十倍。然而，女人現在一句話也沒說，只穿著褪色的黃睡衣，外披寬棉襖似的睡袍，屁股朝著他蜷成一團。「臭女人！」他使出柔道的腳掃技法，踢了眼前的屁股，女人的頭叩的一聲撞上牆。「妳說啊，野小子礙著妳了嗎？」

「那個字眼是你說的呀！」女人哭了出來，兩手撐著地面，頭緊靠著牆壁。「我從沒說過那個字眼，只在你說了以後點頭附和而已呀！」「胡扯！」他揪起女人的睡袍後領。女人全身癱軟。他猛力一拽。女人往後仰倒，額頭腫了起來。他瞪著那張臉，發現女人以畏懼的眼神看著自己，他一聲不吭再踹了一腳。女人既沒哭泣也沒尖叫。她爸媽起身出來察看。

「怎麼了？」她爸爸眨著眼睛問道。「請不要過來，別干涉！這是我們夫妻之間的問題，是夫妻自己的事，請少管閒事！」他把她爸爸推出客廳，關上門。女人沒哭。他拿起擺在沙發旁書架上的威士忌，斟入同樣擺在書架上的紅茶杯裡。女人和她爸媽以及兩個女兒，似乎會在深夜時全家和樂享用紅茶。他一口喝了酒。「這樣啊，原來你們這些傢伙居然用這種眼光看我，很好！」他撂了話。女人抬起頭來，像在揣測他的怒火是否已經消退了，囁囁說著：「是你用那個字眼說過爸爸的。」

「爸爸？哪個爸爸？」女人聞言沉默了，突然哭了出來。「不准哭！」他高聲喝止。

「你明明比誰都清楚，我絕對不可能說那種話的。」

「我是野小子，那傢伙也是野小子。」他說。「聽好了，要我講多少遍都沒問題，從今以後如果再敢把那傢伙當一家人似的喊他爸爸，我就扭斷妳的脖子！那傢伙不是爸爸，是野小子！叫他野小子還便宜他了！」忽然間，他悲從中來，卻不知道為什麼。他覺得大家都快要死掉了。以後再也找不到任何人了。這個世界，還活在這一邊的生者的世界，以後就找不到任何人了。無法忍受。他猛踹沙發扶手。這張沙發是她爸媽從租房子時一直用到現在的，踢不到幾下，扶手就掉了。「快住手！」女人央求。「少囉唆！」他怒斥。真想把他們兩家從兩間租屋分別搬進這個家後才買下的那台雙門冰箱抬起來扔到外面去，就和女兒的童話圖畫書上那個力大無窮的金太郎輕輕鬆鬆舉起一隻熊扔向遠處一樣。她媽媽仔細儲放剩餘食物的各色茶罐、奶粉罐從架子上紛紛掉落。他嘗試抬起冰箱，失敗了。重量肯定有上千磅。沒吃完的乳酪、剩下的黃蘿蔔乾、萵苣、小黃瓜、半顆葡萄柚，都是因為存放了那些剩餘的食物，才會變得那麼重。他使出柔道大外割的技法，加上相撲抱住對手摔出場外的招式，把那台雙門冰箱放倒下來甩出去。接著他打算處理彩色電視機。就是討厭電視機。早從仍向農戶租屋的時期，他連黑白電視機都不准家裡女人和女兒打開來看。不但會發出噪音，看了更礙眼。尤其下了夜班回來時，更讓人心煩意亂。有時晚上睡到一半睜開眼睛，赫然發現家裡女人開著電視調低音量，不出聲地笑個不停。他原本準備照樣把新買的彩色電視機摔壞，但腦中隨即浮現兩個女兒明天早上醒來看到電視機破了大洞時又哭又鬧的模樣，於是打消了主意。他高舉餐椅，打碎了小型水晶燈。那是買下這個家的時候，不論是房屋仲介公司的廣告單抑或室內裝潢照片上都印有這件號稱現代購屋必備的家飾品。燈光應聲熄滅，玻璃碎片散落一地。他再一次舉起餐椅瞄準水晶燈，使勁揮落。

早晨，他在二樓的房間睜開眼睛。家裡靜悄悄的。女人抱著小女兒俯臥，睡在兩個女兒共用的二坪多房間。沒看到大女兒。他走下樓梯。女人的爸媽也不在。水晶燈的燈座已經拆除了。家裡看起來和平常沒什麼不一樣。不對，他發現比平常整理得更乾淨了。一塵不染。空蕩蕩的。他納悶這是怎麼回事。「喂，奶奶和諾妮呢？去哪裡了？」他朝還在睡的女人喊問。聽見小女兒醒來的聲音了。「繼續睡！」接著聽到女人不讓女兒爬起來的阻止聲。女人沒有回答他的詢問。他去小便了，濃濃的酒精味。他餓了，爬上二樓想讓女人趕快幫他張羅吃的。已經醒來的女兒看見他，直嚷著「爸爸！爸爸！」那甜蜜無比的笑容宛如闊別一年的父女重逢。女人依然趴著沒動。「喂！」他又喊了聲。「爸爸！爸爸！」女兒在被窩裡手揮足踢，掙扎著想起身。「那不是爸爸。」女人告訴女兒。「過來！」他喚了女兒。女兒拚命想鑽出被窩。「那不是爸爸。」全身被壓得牢牢的女兒掙扎著想自女人身下逃開，放聲哇哇大叫。

鳥兒飛到了設置在與鄰家分界的鐵欄杆上的餵鳥器，上面擱著已變硬的吃剩麵包，鳥兒啄起一大塊吞了下去。梅樹上好像也歇著一隻。在仲夏時節逐漸捲曲轉黃的梅葉，已掉得差不多了。愈看眼睛愈痛。外面的一切看起來都是透明的。好安靜。沒有宿醉。向來如此。不論前一晚喝得再多，再怎麼發酒瘋，身體倒是從來不曾頭痛、反胃或發燒。同事和酒友都說他喝了酒以後，酒液全由那身異於常人的大塊頭揮發散去，燃燒殆盡了。還說他與那高壯的身軀是不同的個體。他斜倚在沙發上，清楚感到心臟從自己體內跳到外面，就像小時候在自然教室解剖青蛙的那顆心臟一樣，曝露在空氣中不停地收縮、抽搐。悄然無聲。他覺得自己正在生死線上徘徊。眼睛好痛。鳥兒飛了起來。

右手背又紅又腫。又有一隻同類的鳥飛落在餵鳥器，吞下麵包屑。太陽恰好來到兩棟房子之間，光線照射在設置餵鳥器這一帶。梅樹的樹根旁，一串紅的花朵隨風搖曳。花色宛如鮮血一般。也有一些凋謝的花朵褪了色。真希望就這樣死去。就和挺立著枯萎的小草一樣死去。可能是因為四周太安靜了，那隻鳥把麵包屑吃得差不多後，先輕巧地跳上欄杆，再跳上鄰家的屋簷。他凝視著搖曳不停的一串紅，忽然開口說：你這種東西沒有活著的價值，去死吧！他繼續對著一串紅說：大家都安安分分地過日子，忍氣吞聲地活著，你看到了沒？忽然間，哥哥的臉孔浮現在他眼前。這陣子常常夢到哥哥。夢裡的哥哥總是帶著傷。他問哥哥：到底上哪去了，我一直在找你！

他倏然想像了哥哥小時候的模樣。又想像了那個男人的長相。兩人的相貌，他已從三個姊姊和媽媽以及養父那裡問過一遍又一遍，所以不難想像。腦海裡的哥哥和那男人栩栩如生。他聞到了葉子的氣味。那是艾草。媽媽摘回了滿滿一大籠艾草的嫩芽。那是什麼日子呢？媽媽挺著大肚子。自從那男人住進家裡之後，生活狀況突然變好了。相較於媽媽以前出外叫賣以物易物的那段日子，簡直是天壤之別。那一天應該是三月三日，擺出古裝偶娃的女兒節。媽媽把艾草揉進麵粉團裡做成了小蒸包。男人用腳底板撐住哥哥的三妹的肚子，然後放開手。三妹戰戰兢兢地把腳向後伸直，手臂模仿老鷹展翅的樣子張開。「飛高高！飛高高！」男人將腿向上頂了頂。三妹癢得咯咯笑。「好，結束了，接下來輪到志代。」男人向一直安靜坐在一旁看著三妹露出微笑的二妹招招手。「不行不行，我還要、我還要！」三妹屁顛屁顛地準備爬到仰臥著的男人腿上。「不可以、不可以，要按順序來！」男人說著，又朝二妹招手，但二妹光是看到要她過去就害怕了。二妹體弱多病，並且討厭這個男人，總不肯親近。二妹緊緊貼著哥哥，猶豫著該不該回應男人的招手。「來，要飛高高喔，接下來換誰呢，誰想飛高高呀？」男人說道。三妹嚷著「我要我要」爬了上去。男人將腳底抵住三妹的肚子，扶住她，然後將腿朝上頂直，「來嘍，好高喔，飛高高！」三妹開心笑著，身子在男人的腳上扭來扭去，不停地笑。笑著笑著，就這麼滑下來，一屁股跌在地上。男人馬上又問，「接下來換誰呀？」試圖引來二妹。只見三妹奮力爬起來尖叫著「換我」並撲向男人，而同一時間二妹也跑向男人身邊並喊出「我」。「照順序，照順序來。」男人說著，牽起二妹的手，腳底抵在她肚子上。就在這一刻，二妹似乎後悔了，癟起嘴來想哭。男人仍舊逕自抬腿高舉，「來啊，很高吧！」二妹在上面扭動身子，抽抽噎噎地哭了起來。「好高、好高！飛高高、飛高高！」男人喊著。二妹放聲大哭，拚命掙扎，隨即摔落下來，屁股應聲著地。「你在幹什麼！」媽媽高聲斥責男人，「那孩子不是一般孩子，身子弱得很，這樣亂來，她身子哪裡吃得消呢！」男人爬起身來。二妹去了哥哥身邊。哥哥十分內疚，彷彿是自己弄哭妹妹而遭到媽媽的責罵。

大妹的個性像男生，所以很快就叫那男人爸爸。三妹也這樣叫。只有撮合男人和媽媽在一起的哥哥，以及特別怕生的二妹沒有喚爸爸，儘管媽媽囑咐他們要這樣稱呼。哥哥喚男人「叔叔」，但還是覺得尷尬，因此連「叔叔」這個稱呼都盡量避免使用。自從男人住進家裡，二妹就經常發燒。有時二妹深夜發燒，男人出去賭博不在家，挺著大肚子的媽媽只好在家裡翻箱倒櫃找錢，由哥哥背著二妹趕往火車站前的醫院。如果家裡沒錢的時候，媽媽就吩咐哥哥去賭場把男人拉到醫院，還叮嚀說萬一男人堅持無法抽身，至少要向男人索錢送來醫院。哥哥立刻拔腿狂奔。若是男人不在賭場，哥哥會問出他的行蹤，轉往風化區的妓館找人，偶爾甚至不巧撞見男人抱著妓女正在興頭上。

男人對待女人和小孩體貼又溫柔。那是什麼時候的事了呢。印象中是他小學三、四年級吧。當時，媽媽只帶走他和現在那位爸爸住在一起了。記得那時是夏天，河裡還有木筏。他和朋友一起在木筏與木筏之間比賽游泳。先扔一粒白石子沉到河底，然後潛下去撿起來。河川的上游就是古城的遺址。蟬鳴刺耳。有人在偷窺。他隱約察覺得到。不過他很快就把這事拋到腦後，專心和朋友比賽。他們在水中待了好幾個鐘頭，玩到連嘴唇都發紫了，渾身哆嗦著爬上木筏，不一會兒又跳進水裡。終於，他們穿回衣物，準備離開河邊了。這時忽然瞥見那男人躲在苦楝樹下，喊了他一聲「小兄弟啊」。男人站在那裡，一直站在那裡注視著自己，這種舉動讓他覺得難為情極了。那一刻，不禁令人好奇男人如何能從那樣橫眉豎眼的面孔、那樣高大魁梧的身體裡，發出這般溫柔的聲音呢。不對，那並非由衷發出的溫柔聲音，更像是做生意時假惺惺的客套口吻。不是男人拋棄了孩子，而是孩子拋棄了男人。所以，男人自然必須裝出溫柔的聲音來喚他。

媽媽和哥哥姊姊們住的地方很大。外婆和舅舅從古座來到這裡住了很長一段日子。男人曾經與舅舅搭檔，做起販賣牛馬的營生。當舅舅得知媽媽懷了男孩後，簡直當成自己的孩子即將誕生那般欣喜，連連稱讚，「原來是男孩啊，太好了、太好了！」甚至高興得喝酒跳舞慶祝，看得男人目瞪口呆。舅舅和男人帶著哥哥去深山買牛，哥哥雀躍不已。可惜他們去了高森，沒能找到中意的牛隻，於是把帶去的錢花了一大半改買地瓜、柿子以及稻米，統統塞進米糧袋裡扛回去。為了避免被警察抓到，於是預先藏在途中經過的防空洞裡。果不其然，警察在路上布下崗哨查緝，男男女女去遠地採買回來裝滿袋子和籃子的物資，全都遭到沒收了。[16]也就是從那個時候起，男人用光了這輩子的運氣。

男人和舅舅繞去位於八橋的鬥雞場。兩人商妥，藏在防空洞裡的行李之後再去拿就好。哥哥生父的弟弟帶著兒子金治，已經先一步來到八橋了。金治一看到哥哥就問：「你去過哪兒了？」哥哥回答：「哪兒也沒去。」男人及舅舅去了房子的後

---

⑯日本政府為因應二戰期間至戰後的民生物資及糧食嚴重缺乏，而實施相關配給制度。

面，男人還叮嚀哥哥：「待在這裡玩。」八橋的這戶人家有大房子還有大院子，好像是相當富裕的農戶。金治拿來他爸爸給買的兩隻黃絨絨的小雞，還指著院子水井那邊說：「就在那裡買的。」只見一個頭纏布巾、坐在木台上的女人面前擺著一個箱子。金治手掌上的小雞彷彿陷入沉思般閉著眼睛，他伸出手指碰了頭，小雞睜開眼睛，啄了起來。「這隻快死啦！」金治咧嘴笑，嘴裡缺了門牙。金治兩手各端著一隻小雞，把其中一隻放到地面。這隻還挺有精神，睜著眼睛東張西望，到處走動。「用小雞來賽跑吧！」哥哥說。金治把快要死掉的那隻也放到地面。快死的這隻左搖右晃地走了幾步，突然停下來閉上眼睛，宛如頭暈似地搖擺著。金治蹲下來，用手指戳了小雞的屁股，牠又開始走動了。「餵些水也許會好一點。」哥哥提議。金治沒有理會，不想再聽哥哥的忠告，把兩隻小雞又擱回左右兩邊的衣袋裡。八橋這裡的水井後面有一間馬廄，裡面有匹黑亮的大馬。他們兩人在那裡看了好一會兒。哥哥興起了當馬販子的念頭。主屋來了一個女眷趕走兩人：「你們要是被馬踢了可不關我的事喔，快去那邊，到鬥雞那邊玩耍去！」於是，兩人逛了逛牛舍和堆放薪柴的棚子，還偷看了一個不知是受過燒燙傷還是遭過炸彈使得手指像鴨蹼那樣連成一片的女人在焚燒稻稈和木片。明明不冷，那女人卻在火堆前烘著手。「啊！」金治叫了一聲，急著從衣袋裡掏出小雞。兩隻都死了。「可惡！」金治咬著下脣，「只好這樣了。」說著，開始拔雞毛。金治遞了一隻給哥哥，要他照著做。雞毛很難拔。金治去屋後折了兩根竹子過來，把竹子從嘴喙刺穿進去，拿到火堆上烤。雞毛著了火，劈哩啪啦作響，一下子就烤焦了。哥哥也跟著放上火堆。正在撥弄火堆的女人嫌雞毛燒焦冒出黑煙，罵了句「臭死啦」。

兩人一邊咬下焦黑的小雞肉嚼食，一邊走到屋後。約莫二十個大人在那邊。茅草屋的木柱圍欄裡，兩隻鬥雞正在浴血奮戰。哥哥在人群中尋找男人和舅舅的身影。男人的位置離舅舅有點遠，站在一個大鬍子的旁邊，朝茅草屋裡探頭探腦的，還頻頻吆喝助陣：「哎哎哎，右邊進攻，上啊上啊！」哥哥擠到了男人身邊。大鬍子看了哥哥的臉，連聲稱讚「好樣的、好樣的」。兩邊的鬥雞皆已渾身是血。褐色那隻啄了綠色那隻的脖子，還踢了牠。羽毛漫天飛舞。男人似乎下注在綠色那隻身上。

「慢吞吞的做啥？當心我扭斷你的脖子烤來吃！」對面傳來叫囂聲。眾人大笑。哥哥為男人下注的綠色那隻加油。兩隻鬥雞四眼相瞪，突然同時啄擊對方的脖子和眼睛下方的面頰，兩頸交纏，跳飛起來並且張開利爪踢劃對方。每一次交戰都揚起一陣風，把堆黏在茅草屋角落的那些羽毛吹捲了起來。「快上啊！幹掉牠啊！」哥哥吶喊。「太弱了、太弱了！那種膽小鬼沒兩下就會被打哭了啦！」男人將手摀在哥哥頭頂上。綠色那隻啄中了對方的眼睛旁邊。「上啊！」男人大喊。幾乎就在同一瞬間，綠色那隻跳起來踢出一腿。接著彼此又互瞪，雙雙把頭放低，張爪踢蹬。「喂喂喂，該不會怕了吧？」「哎，再不快點分出勝負，太陽都要下山啦！」眾人罵聲不斷。對方的尖喙恰好和眼睛等高。就在眨眼間，褐色那隻猶如勝券在握，使出截然不同的戰術，極其快速地騰空飛起，踢出一腳。眾人紛紛鼓譟。綠色那隻被踢中右眼，血流如注。這一擊令牠亂了陣腳，開始胡亂撲騰踢蹬。自此，綠色那隻喪失了鬥志，在短短不到一分鐘後就只能任由褐色那隻猛啄狂踢了。「完了完了，賠慘啦！」男人將手從哥哥頭上拿開時喃喃說道。綠色鬥雞雙眼都被弄瞎了，驚慌失措地滿場跑。一個貌似飼主的人伸長了手，一把拎出了綠色鬥雞。「沒用的傢伙，趕快扭斷脖子了啦！」某個人撂了這段話。

舅舅過來這邊，看著男人說：「完啦完啦，這下輸得真慘！」接著問哥哥：「小傢伙，要不要去吃點東西？」男人從口袋裡掏出錢來，「剩下這麼一丁點，別說牛了，啥都買不起了。」男人的聲音中充滿怒氣，「好，管它的，就押這最後一把！」

男人和舅舅喝了酒。哥哥吃了好像是用地瓜做的小蒸包。舅舅和媽媽長得很像。或者應該說，舅舅和媽媽都長得像外婆。古座那邊總共有三個舅舅。舅舅的生父和媽媽的生父是不同人。舅舅坐著的時候看不出來，一站起來馬上比男人矮了一大截，只和男人的肩膀一般高。

一個穿長靴的男子抱著一隻爪子綁上刀片的黑色鬥雞走過他們面前，把鬥雞放進茅草屋內的圍欄裡。「慢著慢著！」舅舅嚷著，啜了一口杯子裡的酒，「綁上那玩意，誰輸誰贏可難說了。」「有意思！」男人霍然起身，一飲而盡，直視哥哥的眼睛，「好，就靠這一把連本帶利贏回來！如此一來，明天就能去買牛啦！」說著，笑了起來，「不去高森了，換成去甲子山吧。」渾身酒氣的男人問哥哥：「小兄弟，我問你，買了牛以後打算怎麼辦？不如讓牛拉車，給媽媽和三個妹妹坐上牛車，連鍋碗瓢盆也一起堆上去，翻山越嶺去天王寺吧？」哥哥聽不懂男人的話。哥哥根本沒聽過天王寺這個地名。那是什麼地方呢？男人看著哥哥，露出笑容。哥哥直到這時才覺得男人長得真魁梧。沒有人知道這男人的父母是誰？故鄉在哪裡？父母是如何將他拉拔長大的？男人往哥哥頭頂敲了一記，示意他跟上來。

男人鑽進了在茅草屋內的柵欄邊圍觀的人群中，大家正在下注。長靴男子貌似就是這處位於八橋的鬥雞場的莊家，只見他揚著手中的紙片，逐一彙收賭資，還扯著嗓門大喊：「快啊，誰還沒下注？」男人掏出身上所有的錢，全押了這一把。鬥雞比賽立刻開始了。兩隻鬥雞同樣在右爪後方突起的那根叫做距的部位綁上刀片，踱步時也都有點跛，彼此皆將自己腳痛的理由怪罪於對方。牠們互啄，互踢，刀片深割入肉，賽場立刻化為一片血海。雙方不顧血沫四濺，拚死搏鬥。其中一隻的雞冠幾乎被從中對剖，癱垂下來；另一隻的眼睛下方被劃了一道深深的傷口，鮮血泉湧，不斷流淌在黑色的羽毛上。茅草屋裡噴得到處是血。雞冠被剖半的那隻佔了上風，瞄準嘴喙的上方，猛力使出一爪子，立刻皮綻肉開。對方發出慘烈的長啼。其實此時勝負已見分曉，可惜誰也沒有察覺。牠們繼續在茅草屋裡啼叫兜圈，淌血跛行。霎時間，雙方騰起互踢。雞冠被剖半那隻打個了滾隨即起身，抬腳一踢。雞冠被剖半那隻又摔跤了，腳似乎被刀片劃裂了。另一邊渾身是血、發出長啼的那隻站定不動，有那麼一瞬間看起來宛如人類正在反省自己現在到底在做什麼的樣子。雙方再一次飛起來互踢。雞冠那隻跌倒在地。對方立刻看準牠的眼睛踢了一腳。眼窩裂開了。繼續猛踢。爬不起來。發出長啼那隻再度猶如反省似地昂首立定，嘴喙上緣依然汩汩冒血。「混帳！什麼玩意！」男人咒罵。長啼的鬥雞再踢一腳，同樣定住不動。長靴男子並未像上回那樣抱出鬥雞，只嚷嚷著「時間到！時間到！」眾人一陣鼓譟。被留在場內的發出長啼的鬥雞彷彿突然想起什麼似地，又朝雞冠那隻踢了一記。男人是賭雞冠那隻贏。

「小兄弟，走了。」男人說道。哥哥可以感覺到男人的失望。「明明是那隻禁不住痛，先叫了呀！」哥哥抱不平，但男人並未搭腔，只對哥哥說：「走了走了，否則又要挨罵。你媽會氣呼呼地罵我又去賭鬥雞了。」「可是你真的輸得精光了啊？」男人沒理會哥哥，逕自邁開步伐。哥哥接著說：「沒錢買牛了。」男人盯著哥哥看，「怕啥？不過是買牛的錢罷了，隨隨便便就湊得到啦。萬一怎樣都湊不到的話，只要想盡辦法湊出來不就得了？這麼簡單的道理，小兄弟懂嗎？」「懂。」哥哥回話。男人哈哈大笑。舅舅無奈地看著眼前的兩人。

那晚，男人不在家。遠處發生火災了。「人家想看！人家想看！」吵著要看熱鬧的大妹挨了媽媽一頓揍。挨揍的大妹沒哭，反倒是二妹猶如被脾氣暴躁的媽媽狠狠打了屁股和後背似地放聲大哭，像是疼得不得了。外婆抱著安撫，仍舊哭個不停。舅舅噴著滿嘴酒氣連聲哄慰「乖乖別哭了」，依然勸不住。媽媽頓時暴怒，「這孩子真是的，自己又沒挨揍，哭什麼！」挺著大肚子的媽媽很難受，直喘著粗氣，從外婆懷裡抱出二妹嚇唬說：「再哭的話，虎姑婆要出來找壞小孩嘍。」二妹還是抽抽噎噎的。

「志代，過來哥哥這邊。」哥哥開口說。二妹邊哭邊爬進哥哥的被窩裡。三妹早就睡著了。二妹把棉被拉高到頭頂，整個人蒙得嚴嚴實實的，彷彿方才挨打的後背和屁股總算不疼了。媽媽喊她，「志代，去媽媽那邊睡。」二妹乖順地照做了。「人家也要！」大妹嚷著。「這孩子老是這樣！」媽媽向與舅舅坐著對酌的外婆抱怨，「都已經這麼大了。」

「還是小寶寶哪。」外婆笑著看大妹鑽進媽媽的被窩裡。

哥哥爬起來了。媽媽不讓他出門，但哥哥沒聽勸，逕自出去了。

失火的地方是八橋那家鬥雞場。主屋已經燒光了。眼看著赤紅的火光漸漸轉為金黃。男人，就在那裡。男人一認出哥哥，便對他說：「小兄弟，火在燒、火在燒！這可是鬥雞的怨火喔。不管看多少次，火這玩意真是百看不厭哩。你瞧，坍下來啦、坍下來啦！」男人附在哥哥耳畔，繼續說了這句話，「最好全都燒光光。」男人的話音方落，火焰旋即從主屋正中央直衝天際。「火好大、火好大！」哥哥急急嚷著。那一刻，哥哥究竟抱著什麼樣的心情看著這場火呢？火是男人放的。毋庸置疑。如同之前妓院那一帶的祝融之災是男人與上田秀帶了哥哥去幫忙，三人一起放的火，今天這場火也是男人點燃的。確實是男人幹的。火星劈劈啪啪迸落下來。消防隊正奮力澆水，大概已經無力回天了。「讓開讓開！」有個聲音要人群讓出一條路，一匹馬被牽了出來。馬兒拚命掙扎，幾乎要把韁繩甩開了。黝黑身軀上結實的肌肉不斷隆起。火舌蔓延到屋頂上了。也許是在風的吹搧之下，火舌時而竄冒，時而縮隱，旋又匍匐探出身影。

「真有意思呀。一旦著火了，接下來就什麼都沒有了。」男人說道。八橋這間房子的後方是一座山，隔壁是一棟杉皮屋頂的宅邸。每當火星濺向那棟宅邸時，圍觀群眾必定發出一陣驚呼。一群男人往杉皮屋頂和木板牆壁上不斷潑水。在火光的映照下，可以看見熱氣蒸冒而出。「就算是豪門大院，畢竟是木頭蓋的房屋，紙糊的窗門。小兄弟，你說是不是啊？」男人對哥哥說道。「熊熊大火燒個不停呀！」哥哥看了男人一眼。八橋房子的住民在群眾後方大叫：「馬兒逃走啦！」一群眾頓時議論紛紛。男人彷彿突然回過神來，湊向哥哥耳邊，吹著氣說道：「我說小兄弟，該回去你媽那邊了。」

「為啥啊！」哥哥的聲音很不高興。「不為啥，要是讓你媽知道你又和我一起去了什麼地方，小兄弟肯定會挨罵啊。快回去媽媽家，小心火燭，睡個好覺。等明天一早醒來，就會看到我牽一頭強壯的紅牛回來了，像變魔術一樣！」這話聽得哥哥不禁皺起眉頭。火焰再度高高噴發，映出了哥哥和男人的臉。

一串紅的花朵隨風搖曳，有時如鞠躬般向前倒，旋即挺起。旁邊擺著家裡女人春天買來的盆栽，預備等一串紅凋謝之後換栽的西洋櫻草。葉子看起來粗糙硬挺，與一種常可在山邊或空地摘來餵山羊吃的羊蹄菜很相像。一串紅的花朵又彎下腰來，與羊蹄菜的葉子緊緊相偎了。凝視著這些隨風擺盪的花草，令他倍感痛苦。花也好草也好，全都活得俯仰無愧，理直氣壯，我卻比草還不如。他喃喃自語，走向流理台，喝了水。那男人的事，在喝酒的時候可以完全拋到腦後，為何一回到家就立刻浮現眼前呢？難道除了現在那位爸爸以外，我也承認那男人是自己的另一個父親了？不，絕非如此。承認我是這個家的孩子的人有媽媽、哥哥、三個姊姊，還有現在的爸爸。爸爸在我中學畢業時，在戶籍上將我登記為親生子；至於那個男人，對我而言又算什麼呢？生物學上的父親嗎？未免太狂妄自大了，簡直笑掉我的大牙！然而，那男人卻是帶我來到這個世上的其中一人；不對，應該說是讓委身於其的媽媽懷上我的那一滴精液的提供者。就算那是事實好了，可是，那件事實又有什麼意義呢？我連一天都不曾和那男人住在一起，連一次都不曾被那男人攔腰抱住，連一回都不曾讓那男人搓撫頭頂，那男人只是站得遠遠地看著我而已。媽媽不許他接近。身為媽媽兒子的我同樣不許他接近。那男人出獄的第一件事就是來找媽媽，發誓自己會改過自新，懇求再給一次機會。媽媽拒絕了。那男人退而求其次，想帶走我，帶走自己的第一個孩子，更何況是個男孩子。據說我對男人講了這段像是媽媽平時諄諄教誨的話：「你連一天都沒養過我，不是我爸爸！」男人一聽，垂頭喪氣地轉身離開了。假如是小猴子或是狗崽子，也就罷了；甚至是吃著結實纍纍的香蕉和芋頭、天天玩樂度日的土著小孩，也就罷了……。忽然間，他的想法愈來愈古怪——反正本來就是土著啊！任憑自己絞盡腦汁，也始終無法改變那男人以及現在的爸爸同樣存在的事實。騎摩托車高速撞上砍伐後殘餘樹根的這種死法，簡直再適合那男人不過了。對那男人而言，除了目前已有一個女兒與兩個兒子的堂堂正正的親子關係，亦即自己承認是親生子、孩子也承認自己是親生父的三個孩子之外，與此同時，還有另一段不知該如何定名的關係中的另一個與自己長相神似、體格神似的壯碩男子，竟能在遙遠的彼方同步感覺到自己即將猶如枯草般悄然嚥下最後一口氣，應該可以說是夙願以償吧。不，也許那男人的夙願並非如此，而是殷殷企盼他能夠來到自己的面前，如同浪花小調和說書故事裡頭的情節，上演一場隱藏多年的父子相認大戲——孩子一見到頭部胸部紮滿繃帶的男人，頓時一股該說是思念抑或親情的情感促使這個不是猴子不是小狗不是野獸，而是早晨四條中午兩條腿晚上三條腿的人類全身滾滾熱血充盈五體，對著這個奄奄一息的男人喊一聲「爸爸」。淚水湧出，胸口一窒。不知道想過多少次了，好想見面，見到面之後住在一起生活。從小就天天盼望可以過著隨口互喚爸爸、兒子的生活，如果能夠那樣不曉得該有多好。心中當然也有不少怨恨。就算當初真是我親口說出你不是我爸爸、我也不是你兒子的那番話，畢竟那時只有三歲呀！這不就等於多年來一直要求一個三歲小孩為自己說過的話負起責任嗎？唉，把我帶到世上的男人就快死了。爸爸！我的爸爸，我的親生父親！淚水盈眶，淌了下來。真的快要死掉了嗎？你即將去另一個世界了嗎？二十四歲的哥哥在我十二歲那年白縊身亡了。外婆也死了。舅舅也死了。親愛的家人一個接著一個死了。明知如此，你這就要走了嗎？

他站起來，推開了木板覆材上留有磨損痕跡的門扉。首先到洗臉台喝了水，接著小便。走下樓梯的小腳步聲傳來。小女兒穿著外出服，兩手捧著自己的棉被和枕頭下樓了。平時若是少了這兩樣東西，就算用盡各種方法也沒辦法把小女兒哄睡。女兒找到了坐在沙發上的他，笑著大喊：「爸爸！爸爸！」撲了過去。睡在樓上的女人喚了聲：「窩具！」那是他們一家人叫小女兒時的暱稱，來自小女兒咬字不清地嚷著「我要出去」時的縮詞。女兒彷彿沒聽見女人的呼喚，仍然趴在他的腿上一股勁地喊著：「爸爸！爸爸！」他將女兒抱了起來，撫著那頭捲曲的細柔髮絲。過了一會兒，女兒嚷嚷起：「鼻要！鼻要！」並推開他的手，滑落下去，踩得地板咚咚作響一路跑到流理台，學著常站在廚房裡的家裡女人和她媽媽的樣子，舉起小手拍打著不鏽鋼流理台，直嚷著：「水水！水水！」他站起身，走向流理台，拿起印有女孩圖案的杯子接了水。女兒大叫：「鼻要！鼻要！」並用力揮開了他遞過去的杯子。杯裡的水灑了出來。「水水！水水！」女兒還是一直重複這個詞。他換成另一只印有小鹿圖案的杯子接了水。這回女兒乖巧地端過去了。

他讀圖畫故事書給女兒聽。兩人反覆看了又看嚕嚕米目送白鴿飛上天空的那一段，還模仿了鴿子拍翅的啪啪聲，以及鳴叫的咕咕聲。他抱著女兒，摸著她的頭。由於手夠大，足以將女兒的頭全部覆進掌心裡。天空湛藍。白鴿依依不捨地俯瞰著畫在地面草叢裡那個微小身影的嚕嚕米。「嚕嚕米再見，鴿子再見，我們下次再見喔」這段印在圖畫故事書上的鉛字，彷彿化為聲音，在他耳畔低語。他聽見了鴿子展翅飛翔的聲響。你到底要飛去什麼地方呢？他凝視那隻白得炫目的鴿子詢問。你會來到這遙遠的東京嗎？

他看著女兒。昨晚的事太不真實了。真希望有人來救他。多麼希望有人能把他從這裡、從他眼前所見的這一切，拯救出去——我希望自己是個坦率溫順的男人，既不想殺任何人也不想被任何人殺，既不想打傷任何人也不想被任何人打傷，只希望自己是個和藹的人，是個好人。女兒就抱在他的懷裡。一伸手摸摸她的小肚子就咯咯發笑。女兒的小肚子圓滾滾又硬邦邦的，幾乎讓人懷疑裡面究竟塞著什麼東西。

女人下樓了。臉孔變形，面頰腫起一大塊暗紅的瘀傷。女人進了廁所，在裡面待了很久，走出來後開口說的第一句話是：「離婚吧。」女人坐了下來，繼續說：「我爸媽都上了年紀，讓他們親眼目睹自己的女兒被打得半死，簡直和在地獄沒兩樣。你喝醉了，不知道自己在做什麼，但是我們沒喝酒，全都很清醒。你一旦發起酒瘋，誰都阻止不了。忘了那是多久以前，有一次聚餐後回來發酒瘋了，也許你自己記不得了，可是你確實把那個前來攔阻的男人平舉起來用力一摔，根本存心殺死對方！你一喝醉就變成了魔鬼。平常雖是個急性了，但至少很體貼。當初買下這個家的時候，我爸媽就很擔心這件事。」

「那是因為我聽到那傢伙快要死掉的消息，昨晚才會變成那樣。」

「什麼叫做那傢伙？那只是無聊的藉口，跟我一點關係都沒有，我不想聽！你完全不記得自己昨天晚上做過什麼事了。因為爸媽早上起床後全都打掃乾淨了。椅子摔壞了，冰箱扳倒了，水晶燈的碎片滿地都是。你也該想想爸媽看了是什麼心情！」女人哭了出來，「這不就是地獄嗎？這不就是你打造出來的地獄嗎？」

「這樣啊，那就離婚吧。」他說。「不過呢，到時候我會把妳和妳爸媽還有兩個小孩統統宰掉。」女兒坐在他膝上看圖畫故事書，他說完這段話，摸了摸女兒的頭，接著說：「我不是開玩笑。既然失去了一切，區區這種事當然做得出來。我絕不是那種厚著臉皮夾尾巴逃走的人！」女人止住哭聲，直視著他問說：「為什麼沒有任何理由竟能做得出那種事呢？」「理由？那種玩意等宰了以後再想就行啦！」他頂了回去，「看要一百個還是一千個理由都掰得出來！」

「好啊，動手啊，敢殺的話就殺吧！這樣你就心滿意足了吧？」

「沒錯，到時候會拿斧頭把你們的頭一顆顆砍下來。我可不是那個只會嘴上逞強卻光說不練的傢伙！」

「你是指爸爸吧？」女人沉下臉來，「你沒資格批評他！」

「隨妳怎麼講都好，反正我說會動手就會動手。妳就是滿口大道理，所以才會被我揍。」他把女兒從膝上抱下來，女兒生氣了，於是又抱上來摸摸頭。

「男人打女人，根本是人渣嘛。」女人忽然低聲嘀咕，「再也受不了了，每次你一喝醉，我就要遭殃。挨打的人痛得睡不著，只能抱著孩子哭一整夜，打人的人卻拚命灌酒發酒瘋，然後躺成大字形呼呼大睡。看到你睡得一臉香甜，我真恨不得拿把菜刀刺進去。在你眼裡，我到底算什麼？拳擊選手用來練習的沙包？還是可以又踩又踢的動物？在你眼裡，我到底算什麼呀？不曉得你昨天晚上和公司同事發生了什麼事，一進門，二話不說就打我踢我。你還記得自己說過哪句話之後就開始發酒瘋嗎？」女人問他，他搖搖頭。「你看，你根本不記得，卻拿一件連自己都不記得的事當作發酒瘋的藉口。一開始你指責我說過你的那個爸爸是野小子，瘋狂打我，後來又嚷著是野小子、那個爸爸就是野小子，我不肯承認說過那種話，結果你又繼續發酒瘋了。」

「那傢伙，」他盯著女人的臉一字一句說，「不是爸爸。」

「你說的話和做的事，全都沒有半點道理！我已經累了，受夠了。我還活著，我爸媽也還活著。這個世界並不是只繞著你一個人旋轉的。我有屬於我的世界，孩子的外公外婆也有屬於他們自己的世界。孩子們一天天長大，諾妮都已經懂事了，只要聽到外婆告訴她今天要去村川那邊就明白是怎麼回事，乖乖拿出自己的洋裝，請外婆幫她穿上。平常讓她做不情願的事總會又哭又鬧的，可是遇上這種時候她卻聽話得很。」他不禁低聲抱怨：「居然沒站在爸爸這邊。」「諾妮心裡明白，自己的爸爸又發酒瘋了。扔出整台冰箱，打碎水晶燈，都是爸爸做的。我受夠了，真的累了！」

「好啊好啊，」他說，「趕快和那種壞傢伙分手才好。分手以後，就跟我在一起吧！」

「我累了。我也曉得你不是那種壞人，可是偏偏一喝得爛醉，就像火山爆發一樣。你把其他人都看成蛆虫吧？你覺得只有自己是世界上獨一無二的人吧？但是，我和你到底有什麼地方不一樣呢？說啊？你說啊？你倒是說說看男人憑什麼可以蹬女人踢女人啊？」
「都怪那傢伙不好，誰讓他力氣那麼大。錯就錯在不該讓那種傢伙黃湯下肚。」
「知道的話就別喝！為什麼非要喝到發酒瘋不可呢？」女人霍然起身，把女兒從他懷裡抱走。女兒掙扎著不肯，死命抱緊他的膝頭。「你想想孩子們外公外婆的心情。一個從小細心呵護長大，連拍頭都捨不得的寶貝女兒，竟然眼睜睜看著她被打！原以為可以過著含飴弄孫的幸福生活，沒想到一個好好的家卻被摧毀成殘破不堪。沒錯，房屋貸款和頭期款的借款都是一人一半，也許你不這麼認為，但這個屋子畢竟是外公外婆活到那把年紀才終於擁有了自己的家，結果被你搞成了這副德性，你根本不是人，是惡魔！」
「是野小子。」
「你根本是惡魔，沒血沒淚，披著人皮的惡魔！我們不是魔鬼，而是人！」
「隨妳愛怎麼講。」他好痛，體內深處陣陣抽痛，發出無聲的哀嚎。他心想，該不會那男人已經死了？頭顱受到重創，臉面血肉模糊，倒栽蔥似地胸部撞擊地面，肋骨斷折，骨肉剝離，刺入體內，內臟破裂。儘管如此，依然活著。那男人是否已經從毀壞且劇痛的軀體裡得到解脫，獲得自由了？就算遍體鱗傷、疼痛難耐，他還是希望男人能活下去。他希望男人能繼續留在世上，留在這個自己還活著呼吸、女兒還活著呼吸、媽媽也還活著呼吸的世上。不，那樣實在太痛苦了，還是希望男人盡快得到解脫獲得自由。他在腦中清晰地刻畫出男人全身紮滿繃帶躺在病床上的身影。那個男人，就是他。他，就是那個男人。不，不是那樣，他絕不是那個男人。他在女人一連串譴責之下開始思索，那男人對他而言究竟具有什麼意義？那男人也曾經像這樣被女人斥罵是惡魔、是摧毀者嗎？他抱著女兒，淚水奪眶而出。眼前的男人真是高大魁梧。「小兄弟……」男人的喚聲在耳邊響起。焰火沖天。每一次火舌竄出，總有某些圍觀群眾發出驚呼。男人可以感覺到哥哥正盯著自己看。火光會把人帶入一個如夢似幻的恍惚之境。男人摸了摸哥哥的頭。縱火的人，的確是自己。可是一點燃，火苗就自行竄移，逐一吞噬了所有東西。這一幕令男人覺得不可思議。「我說小兄弟，」男人彎下身，附在哥哥耳邊說道，「小兄弟現在就回去媽媽家，我要到阿秀那邊一趟，商量生意上的事，明天醒來包管你開心！」男人說著，原先擱在哥哥頭頂的手向下朝肩膀輕推了一記，「快走啊，都說了讓你走還不聽話，小心敲你腦門。媽媽挺著大肚子，你得跟在旁邊仔細照應。」

男人邁步而去。沿著八橋前方的那條街穿過了開鑿的山路，從那裡右轉，就是山田秀的住家了。嚴格來說，那間屋子已經不是上田秀住的地方，而是木江家才對。其實上田秀早就和別的女人在一起，把那間屋子讓給木江了。木江一看到男人出現就說：「又來了場大火呀！」「妳少管！」男人訓道，「小小的鎮上住了那麼多人，難免要遇上幾場火的。」說著，男人從衣袋裡掏出一疊錢，分出約莫一半遞了過去。

「真能收下那麼多嗎？」木江問說，「不必拿一些給那個小哥的媽媽，還有另一個綁兩根馬尾辮的姑娘嗎？我可是知道的唷，馬尾辮那姑娘的肚子也大了吧？」

「少囉唆，收下就是。妳現在的身子還去街上當潘潘[17]，肚裡的孩子可活不成了。」

「你這人還真有意思，一口氣讓三個女人大了肚子，到底打算怎麼辦呢？那個

---

⑰二戰後日本出現一些專門招攬美軍的街娼，一般稱之為潘潘女郎。

小兄弟的媽媽一定會很生氣。這不關人家的事喔，人家只是想生個自己的孩子而已。不過，小兄弟的媽媽可不是這個想法，她是真心想和你共組一個家。另外那個姑娘也一樣，不曉得你編了什麼甜言蜜語，總之她滿心以為你是光棍一條。要是三個大肚子的女人這時候見了面，想必會揪著頭髮拚個妳死我活，這齣戲肯定很精采，比老安放的火還要精采！」

「笨蛋，給我閉嘴！」

「為啥要閉嘴？」

「我說閉嘴就給我閉嘴！」

「為啥？為啥人家非得閉嘴不可？難不成人家做了什麼壞事嗎？」

「好好好，妳都對。」男人讓步，吃起了木江的妹妹從山裡帶來的柿乾。

「就算這三個女人見了面會打架，倒不至於埋怨老安，只可憐生下來的孩子們沒好日子過。雖說都是兄弟姐妹，卻沒辦法住在一起，只能各奔東西。老安呀，等三個女人都生了，能不能安排見個面，好讓大夥相互瞧一眼幾個小傢伙長得什麼模樣？」

「說什麼傻話！」男人罵道。

哥哥直接回家了。家裡漆黑一片。哥哥推開門。身後的麥田隨風搖擺。哥哥感覺生父就站在自己後面正要一起踏入家門，立刻回頭探看。沒有人。男人說得對，屋子是木造紙糊的。這裡絕不是生父的家，也不是那男人的家，而是媽媽的家。媽媽在這裡懷上孩子，即將生下孩子。這裡可以說是媽媽的巢窩。哥哥想像著這個家著火的情景，喃喃自語：要是燒掉了，重蓋一間就行。哥哥悄悄鑽進被窩裡。「小傢伙，哪裡失火啦？」舅舅問說，哥哥回答八橋。舅舅沒再多問。哥哥心想，萬一是那男人放的火，那麼媽媽肚子裡的小孩就會變成縱火犯的小孩；要是那男人殺了人，那麼肚裡的小孩就會變成殺人凶手的小孩了。真後悔。事到如今已經太遲了，早知道媽媽要懷上孩子，找工作搭檔時應該選個更老實正經、和藹可親、不會危害別人的好人。那傢伙是壞人，是惡魔，毫不在乎地放火燒了別人家，毫不在乎地毆打別人，那傢伙就算殺了十幾二十個人也一副不痛不癢的嘴臉，那傢伙太壞了，那傢伙會帶來不幸、會使人身陷地獄，那傢伙明知道就算只是一間木造紙糊的屋子仍須費盡辛勞才能蓋好，依然毫不在乎地破壞、燒毀，還那樣樂呵呵的。

他想到此時此刻，那男人的頭骨碎裂，顏面毀容，肋骨斷折。

淨德寺旅行團

為求慎重起見，他在行人保護時相十字路口清點了人數。包括關口由起子和他在內，正好十八名。這樣就放心了。他不由得露出了微笑。和尚見狀，語帶鼻音地說：「給您添麻煩了。大家都上了年紀，不好意思。」和尚說著，抬起他那肥厚得令人懷疑裡面沒有骨頭的蒼白手指搓撫下巴，就像女孩托腮那樣，應該是這個和尚的習慣動作。他不置可否地笑了笑。這時，有個左手拎著小女孩似的提包、身穿洋裝的老太太，和另一個踩著如跳舞般輕快步履的駝背老太太，眼看著就要闖紅燈了。「請勿穿越馬路！不要穿越馬路！」他連忙按下手持式擴音器的開關叫喚，「等變成綠燈了再過馬路。人和車子賽跑是贏不了的喔。」他的話逗得這群老人家哈哈大笑。「難得大老遠前往淨德寺禮佛，萬一一個不留神，直接去了西方極樂世界，不就白跑一趟了嗎？」有個男士聽完他的話笑了。男士的大衣被一個貌似十三、四歲的女孩揪著搖晃。女孩的臉部寬大而浮腫，一看就知道是智能不足。男士沒有搭理。女孩「喔喔、喔喔喔」地叫著，突然張口咬住男士的大衣下襬。男士終於察覺了，伸手輕搭在女孩的頭頂，眼角的笑意未斂。從女孩嘴裡抽出來的大衣下襬被口水沾濕了。行人保護時相十字路口的號誌變成綠燈了。「好，過馬路囉！」他立刻宣布。經過的路人都笑了。這個行人保護時相十字路口裝設了聲響號誌，隨著燈號的變換，傳出了童謠《小馬兒和馬媽媽》的旋律。

高舉旅行社旗幟、肩背手持式擴音器的他帶隊走在最前面。經由關口由起子介紹而來的和尚，從一開始和旅行社討論這件旅遊規劃案時，就一直煩惱自車站到淨德寺這段二十分鐘的距離，究竟該搭巴士抑或步行前往。他主張租巴士。但是和尚認為租車會超出預算，不如從車站走一段路到淨德寺，亦不失為一種醞釀朝聖氛圍的方式。在火車上有說有笑的這些老人家，此時一個個都不講話了。宛如溫馴的羊群，默默地走在拱廊商店街上。淨德寺的周邊地區發展繁華，已成為一個時髦的城市，幾乎和東京那邊沒有太大的差異。這裡車站前的景貌，與他目前住的地方十分相像。沿途有咖啡廳，有民藝品店，也有麵包店。關口由起子陪著和尚邊走邊聊。

一行人爬上了淨德寺的石階。映入眼簾的是仁王門。門上歇著鴿群。一個以長布巾裹頭蒙頰的駝背老嫗在仁王門的正下方擺攤做生意。攤上的小碟子裡擱著汆燙黃豆，每碟十圓。他透過手持式擴音器宣布了隔大的行程：「我們明天還會來這裡，所以今天只停留三十分鐘，要參拜的人請把握時間。」這群老人竟沒有任何一位表示不滿。「明天一整個早上都在這裡禮佛祈福，時間非常充裕，有什麼話請留到明天再向菩薩慢慢稟告吧！」誰也沒笑。這群老人家只站在仁王門外，安靜地望著門內的淨德寺正殿，以及右手邊那尊高大的地藏菩薩像。所有團員全圍在他的身邊，動也不動。「呃，從現在起的三十分鐘是自由活動時間，大家可以隨意走走喔！」說完，他關掉了擴音器。一時興起，他買了一碟十圓的豆子。鴿子突然統統飛過來了。有的停在他頭上，有的停在他肩上，也有的不停撲騰著翅膀。他把手裡的豆子朝石階下方撒去。鴿群爭先恐後地飛向了豆子。男士也跟著他買了一碟。一隻鴿子瞧見飼料，飛來歇在男士手上。男士的左手使勁一甩，把鴿子甩下去了。然後男士彎下身，牽起傻女孩，讓她張開鬆軟白嫩的掌心，擱上一把豆子，接著溫柔地告訴她：「用力丟。」頭上綴著粉紅色髮夾的傻女孩似乎沒辦法理解男士的意思，再次發出了「喔喔、喔喔喔」的聲音。鴿群一下子撲向了女孩，根本數不清有多少隻。好多鴿子紛紛停在她的頭頂及肩上，以及她緊揪著男士大衣下襬的手背和手臂上，推來擠去的。男士又一次告訴她：「用力丟。」並且拂去正要停到自己手上的鴿子，順便趕走了站在女孩頭上的兩隻。鴿子飛起來，又回來歇停了。女孩不曉得該怎麼扔，只把豆子牢牢攢在掌心，繼續發出「喔喔、喔喔喔」的聲音。男士抓起女孩的右手，把攢緊的手指一根一根掰開，讓裡面的豆子可以撒出來。「別光站著不動。」男士說。女孩揮了揮攢著豆子的手臂，並且尖叫了起來。隨著她朝左右揮動手臂，停在上面的鴿子也拍起翅膀跟著調整平衡姿勢。這樣揮動幾次以後，許多鴿子察覺飼料就在她手裡，於是一隻兩隻地朝她手臂飛來，還有不少隻湊到男士那邊。一些豆子從女孩的手中撒了。她持續尖叫。男士想抱起她，無奈女孩手揮腳蹬拚命掙扎。男士打橫抱起了她，裙襬掀捲上來，露出了應是為了這趟遠行而特地添購的白色褲襪和白色毛料內褲。男士把女孩抱到了仁王門的柱子旁邊。

「剛好飼料快餵完了，」他說，「所以鴿子得拚命搶食。」

團員中的一個老太太聽到他的話，喃喃地說：「這些畜生真可怕呀……。」大批鴿子在男士和傻女孩後面窮追不捨。傻女孩緊張得發起脾氣，「啊啊啊」地叫個不停。那位貌似其父親的男士則掰開她用力握住的拳頭，揀出已被壓扁脫皮的豆子。「美代子，妳看妳看！」男士溫柔地對她說，並把壓扁的豆子擱在自己的掌心，「丟！丟！」隨著男士的喊聲，扔出一粒又一粒豆子，就和壘球投手擲球的動作一樣。鴿群紛紛移往豆子飛落的方向。

抬眼望去，太陽恰巧落在菩提樹的正上方，僅餘枯枝，葉已落盡。他耳中聽著幾位老太太的交談，心想這明明是第一次擔任禮佛銀髮團的導遊，眼前的景象卻彷彿已經見過好多次了。他張嘴打了個大呵欠。眼中映入了關口由起子與和尚等人相偕走向日蓮上人筆塚的背影。

腦海忽然閃過一個念頭：會不會已經生了？家裡那女人的預產期就在今明兩天。她已經做過幾次墮胎手術了，婚後三次、婚前一次。婦產科醫師警告她，這次再拿掉就不能生了，所以她才決定生下這個孩子。差不多一個月前，家裡女人的媽媽住進了他們的公寓。預產期不巧和這趟「淨德寺旅行團」撞期了。他用男人陪產也幫不上忙的理由，拒絕了找同事代班的要求。即將生下的孩子，他其實挺好奇的。很想瞧瞧自己射進女人子宮裡的一滴精液，會變成什麼形態。不過，僅此而已。他覺得世界上再沒有比小孩更麻煩的東西了，只會妨礙父母找樂子的時光。於是，他勾搭上了關口由起子。

女孩繼續「啊啊、啊啊」地嚷個不停。男士蹲下來，用傳統手巾擦掉從她嘴角淌下的口水。不曉得這男士是做什麼維生的，手指粗糙，指甲特別厚。他掏出菸，點燃後吸了一口。家裡有那種智能不足的小孩，一定很辛苦。瞄了手錶一眼，思考接下來的行程。從這座淨德寺出發前往位於山裡的溫泉鄉，在四點半抵達，今天的行程就算結束了。用不著準備宴會，也不必導覽夜遊。這次的團員猶如養老院的住民，自己這個導遊就像一頭牧羊犬，任務是嚇唬那些四處徘徊的羊群聽令行事。把這些老人扔進旅館以後，從四點半起，就是屬於他一個人的自由活動時間了。不對，應該說是他和關口由起子的自由活動時間。關口由起子是和尚的遠房親戚，這個旅行團是透過關口由起子的介紹才促成的生意。他自認對女人頗能手到擒來。話說回來，當關口由起子面露一抹諱莫如深的微笑，說了句「我也會去喔」，並把這趟禮佛之旅——後來由他命名為淨德寺套裝旅遊行程——的案子交給他承辦的時候，不禁覺得這女人真是個厲害的角色。原本在他眼裡，這女人只不過是個抹上口紅、施上脂粉、穿上衣服的生殖器。「真的可以嗎？」在幽會的房間裡，他每一次都會這樣問她。「沒關係。」她回答。「萬一怎麼了，可不關我的事喔。」「我說沒關係就是沒關係！」這是他們固定的一問一答。他覺得這就是幸福。他和家裡的女人哪怕只有一次像這樣沒戴套，保證立刻中獎。也許這叫做八字契合吧。反正他和關口由起子八字不合就是了。

鴿群聚在仁王門下方尋找飼料。三個老太太坐在松樹下的長椅聊天。那邊也來了幾隻鴿子。他走向了長椅。「請坐。」老太太們笑著邀他坐。「妳們說，他和海老先生[18]長得真像，對吧？」臉上有老人斑的老太太說。在陽光照射下，可以分辨出夾在頭上的假髮片與本身真髮顏色不同的老太太說著，「這次安排得真好。」她邊解開束口抽繩布包邊說，「以前只靠住持一個人帶隊，無聊得很。」「咦，可是妳以前出來玩，從沒露出過無聊的表情哪。」「誰說的！都是妳老求著我：阿信一起來嘛，一起來玩嘛！我不得已才參加的。光是京都就去過四趟啦！」

「各位都是鄰居嗎？」他問。

「我和這孩子是姊妹，那孩子則是我那過世姊姊的女兒。」有老人斑的老太太解釋，臉上擠出了客套的笑容。夾假髮片的那位立即抗議：「姊姊，怎麼還叫我孩子呀！」另一個戴著眼鏡、面露不滿的那位則拉長了尾音笑著說：「就是說嘛——」

「這孩子從剛才就一直說你長得很像海老先生呢。」

「我說，妳親眼見過海老先生嗎？我說的可是上一代的那位唷！」

「當然見過！」戴眼鏡那位說。

「我來整理一下各位的意思……」他說，「也就是說，我長得儀表堂堂，足以去當歌舞伎演員囉？原來如此。的確常聽到人家這樣稱讚我。」三個老太太被他輕浮的口吻逗得哈哈大笑。「老實說，我一直猶豫到底該進松竹[19]呢，還是該到這家旅行社上班才好呢？」「對了對了，妳還記得嗎？」有老人斑的老太太對戴眼鏡那位說。他還以為是在問自己，愣了一下。「就是我姊姊、妳媽媽到離這裡不遠的那處溫泉鄉療養的那件事。」

「小幸哪裡記得呢！那時候她是托我照顧的，連妳家小信也一起帶來了，好過分喔！」夾假髮片那位看向他，臉上帶著即將揭露重大秘密的表情，然後往下說：「我當時才新婚一個月哪！居然塞了兩個鬧翻天的小傢伙到我家來，把石川嚇了一

---

⑱全名為市川海老藏，知名歌舞伎演員歷代承襲的藝名稱號。

⑲日本著名電影製片公司。

大跳，他根本不曉得之前發生了什麼事呀。」

「對石川姑爺真是過意不去。可是，那麼做也是逼不得已，妳要怪，就去怪那個可恨的齋藤大姑爺吧。我也受了連累哪。想想，那時候的我才剛過二十歲呢，遇上那種情況都快羞死嘍。男人家真逍遙。齋藤大姑爺過得可逍遙了，借錢來揮霍度日，花天酒地，染上病後一命歸西。可是女人家真命苦。瞧瞧姊姊，太不值了。吃醋嫉妒，遭罪受苦，到頭來還被齋藤大姑爺害得也染上了那種病，偏偏姊姊還是喜歡他。命真苦唷。姊姊來溫泉鄉療養時，病魔已經入侵腦子，人都瘋了。陪在身旁照料她的我，剛剛二十出頭哪。明明頭髮梳攏、穿著和服，為了看顧姊姊，即使人就在火車站的候車室裡，也不得不這樣哩！」有老人斑那位張開雙手比了個動作，「像男人那樣，兩腿開開的哪！」說完，老太太咧嘴一笑。坐在長椅上的三個老太太和自己，在碎石地上投下了短短的影子。「小信都變成老頭子了，連阿順也變胖嘍。」老太太們說得來勁，一齊張口大笑。他往前俯，望著自己鞋子抽菸。也許晚上可以帶著闞口由起子在溫泉鄉的街上隨意逛逛，再去看場脫衣舞秀。還是要聯絡以前帶團巴士公司員工旅遊的時候搭上線的那個湊興業公司的男人，去看場真槍實彈的男女或女女上場的成人表演？上次看表演時倒楣死了。那個女的在台上表演十八招的夾香蕉，竟要台下的觀眾嚐一嚐。誰也沒有勇氣去吃，結果只好由他吞下肚了。說不上好吃也說不上難吃，反正一樣是香蕉的味道。當時他剛出來開業，急著拓展人脈，只得硬著頭皮去做。小旅行社要想在大型同業的夾縫間生存，非得和當地勢力結盟不可。舉凡當地的流氓組織、旅館以及風化業，都得和他們稱兄道弟。

煙氣在地面映下了緩緩飄曳的淡影。

「我說，這裡供奉千手觀音菩薩吧？」有老人斑那位問道。他點了頭。本來打算向她們大致介紹這座淨德寺的必看景點，想想嫌煩，乾脆作罷。「以前不都只有師父一個人帶隊嗎？所以老是安排大家一大早起來打掃。」「妳說的是京都那幾趟吧？」「是呀，一整團都是老太婆嘛。」他無法從老太太們的話裡理出個來龍去脈，心不在焉地望著坐在已被打磨出木紋的長椅上的三個老太太，香菸夾在指隙間，煙氣從嘴鼻呼吐而出。日頭曬在身上。看著那幾個滿布細紋的面孔與矮小的身軀，他覺得很不可思議，她們是如何活到這把歲數的？一個乾澀蒼老的聲音笑著說：「前一回還讓我披上一條寫著侍奉員的綬帶，真是難為情死嘍。」「哪兒的話

——」戴眼鏡那位又拖長了尾音說，「阿姨客氣了，一大群人裡頭，就數阿姨打掃得最起勁呢。」說完，哧哧地笑。「姊姊平常讓小信和阿順照顧周到，您也只能趁這種時候活動活動筋骨，這樣不是很好嗎？就算姊姊抱怨阿順，也不會有人當真的。」「可是，我家這個媳婦真是愈來愈胖嘍。」「聽聽您說的，阿順早就不是小姑娘了，難免發福些。這麼好的媳婦，姊姊不該說阿順的不是。」

陽光點點灑落。沐浴在日光下的淨德寺，看起來只是一座平凡的寺院。他記得在簡介手冊上標注為「位於左側的慈母觀音」的那座菩薩像，應該供奉在離這座寺院不遠處那條路左轉的一間小屋裡。再十分鐘左右就該集合了；然後搭乘巴士，前往溫泉鄉；然後和關口由起子一起離開旅館；然後……。他可以感受到體內那股心猿意馬。他成功矇騙了每一個人。唯一沒被矇騙的，就只有自己了。真的打從心底渴望和女人交媾，達到那種爽快感。不知道什麼時候，長椅旁來了一大群鴿子。公鴿鼓起頸上的綠毛，繞著母鴿兜圈子咕咕叫。有些鴿子用鳥喙啄入碎石和碎石間，或者撥開碎石露出底下的紅土，尋找著掉落下來的飼料。粗估有二十來隻吧。他打了個呵欠。老太太們還在聊著阿順怎麼了、石川姑爺又怎麼了。除了老太太的話聲和鴿子的叫聲，再沒有其他聲音了。「說起那時候，實在辛苦得很。」聽起來像是有老人斑那位的聲音。「忘了那地方叫什麼來著，總之下了火車還得搭巴士，接著又得走上一大段路。從小常聽人家說我們兩個真像雙胞胎，哪兒的話，明明年紀差了一大截呀。我那時一邊爬著山坡路，一邊給姊姊打氣：快到了，就快到了！人只要幾天沒舒活筋骨，整個身子就沉得走不動。話說回來，那裡可真美。一眨眼幾十年都過去了，我還記得清清楚楚。去到那地方的隔天一早，下起雪來了。那景色美得讓人想掉淚哪。」說話聲愈發激動，甚至顫抖。他抬頭看向她們。戴眼鏡那位和夾假髮片那位都掏出手帕來摁了摁眼頭。「看過去到處都是雪，就連我們走來的那條路，也被雪埋起來了。我那時候想，原來這就叫做世事難料呀。沒辦法，當時年紀還很小嘛。總覺得憑什麼只因為是親妹妹，就得為了親姊姊而羞得不敢見人？所以一直認定最遭罪的人是我。然後呢，我們抵達的第二天早上，就下雪了。」一隻翅膀微髒的棕色鴿子左搖右擺地走向他腳邊。他作勢踢牠。鴿子忙不迭地逃開了，轉了個彎，往老太太的腳邊左搖右擺地走過去。他站了起來。棕色鴿子立刻拍翅飛了。這一飛，把另一隻和烏鴉一樣黑的鴿子嚇得跟著飛起來。於是原先在碎石地上啄找飼料的那些鴿子，一隻隻接連飛上天去。「來吧，該上場囉！」他特意用丹田之力發聲，又故意打了個呵欠。「海老先生登台的時間到囉！」他背起擴音器，按下開關。鴿群在甜酒鋪前紛紛落下。

「這年頭的年輕人就是不懂規矩！」夾假髮片那位尖聲指責，「怎麼可以叫先生呢？應當敬稱前一代為海老師尊才對！」

「犯不著那麼講究嘛。」戴眼鏡那位拿手帕拭了拭鼻水，出面替他辯護，「怎麼稱呼都無所謂。」接著嘟囔了聲「唉唷我的老腰……」，才從長椅上慢慢起身。

他喊團員集合後，與和尚一起清點了人數。簡直和帶一群小學生出門遠足沒兩樣。趁著和尚去把鑽進甜酒鋪的兩個團員找回來的空檔，他附向關口由起子耳畔，講起了悄悄話：「真期待今晚的時光……」連自己都可以感覺到語氣中流露出來的色迷迷。「不行啦！」她搖了頭。「我都期待那麼久了，怎麼可以事到臨頭才說不行？」「就是因為事到臨頭，所以跟你說不行！」他實在聽不懂她的意思。人數到齊，開始走向淨德寺下方的巴士轉運站。「我們馬上就要上車了，名產請明天再購買！」他舉起手持式擴音器提醒。一個穿著黑色厚料大衣、裹著圍巾的男士正要踏進名產店，聽了廣播後只得悻悻然轉身回來。全團人員上了巴士。他與和尚一起坐在前排座位，關口由起子則坐到最後一排。「俊先生，快來坐這邊！」一個老太太朝另一個五十開外的老先生招招手，並拍了拍靠窗座位的椅背，「你坐這裡吧！」說著，自己坐到後一排的座位，「這位子看得可清楚呢。搭火車時，你不是抱怨瞧不見外頭的風景嗎？」她嘀嘀咕咕地解釋著。根據他的觀察，這群人似乎分成了幾個小團體。並不屬於其中任何一個小團體的關口由起子，將頭倚在了車窗上。巴士很快就發車了。她的長髮隨之飄曳。坐在她旁邊的是同樣不屬於任何小團體的傻女孩與陪同的男士。在和尚的敦促下，他站起來為團員講解了淨德寺的緣起，之後又為團員說明了巴士正在行駛的這座源平嶺的傳說。其實他只不過是把寫在導覽手冊上的文字照樣背誦出來罷了，內容多是淨德寺、源平嶺和這一帶流傳的民間故事。〈慈母觀音〉講述的是一位身分尊貴的平氏家族之女產下一子名為梅貴丸，詎料竟遭人口販子擄走，於是這位平家之女化身乞丐，四處尋找孩兒的下落。某日，她在路旁獲知孩兒一度淪為乞丐且已經死去，當下成為瘋女，此後只要看到小孩，不分出身貴賤，都會掏出乳房餵奶。導覽手冊上附有一幀慈母觀音像的玉照，神情恍惚的觀音瞇眼如線、嘴角帶笑，正在哺乳。〈狗妻〉講述的是有個女子嫁狗為妻，一起住在深山裡。某個旅者聽聞此事，認為人和狗相偕度日有違常理，於是來到源平嶺雇人搜山，儘管未能尋獲狗和女子，旅者卻因冒犯禁忌而慘遭報應身亡。還有歌頌母愛的〈母業〉講述的是有備受母親溺愛的兒子長大後有了心愛的女人，反而嫌棄母親，於是以淨德寺的上人舉行法會為由將母親帶離家門，在山路上動手打算殺害母親。這時，山崖倏然崩塌。母親明知兒子想殺死自己，依然跪求上蒼饒兒子一命，可惜求情無效，兒子還是頭上腳下地墜落了山崖。從此，思念孩子的母親在山嶺上搭了個茅舍，辟穀絕粒，終日誦經。另外，導覽手冊上還有一則名為〈猴子的松茸〉的情色笑譚，考慮到這趟是禮佛之旅，這樣的內容似乎不太合適，決定就此打住。對於幾近照本宣科的敘述語調，這群老人家只默默聆聽，沒有回應。

和尚握住他的手稱讚：「真會說故事！」他回頭看了闢口由起子，她臉上卻沒有任何表情。他頓時怒火中燒，也說不上是什麼原因。並不是來到淨德寺添了香油錢，就可以讓自己變得崇高貞潔！他心想，也不想想自己做了什麼勾當，還好意思裝清高？他把手抽出和尚的掌心，坐回了座位。巴士仍在源平嶺上繞行。太陽顯得格外澄黃。和尚起身，取過他的擴音器開始講話。可以聽到坐在後排的傻女孩鬧脾氣，「啊、啊啊啊」地大叫。全車的人一齊笑了出來。他不禁覺得這個旅行團實在太奇怪了。若不是關口由起子居中牽線，他應該會拒絕擔任這一團的導遊，甚至連會不會接下這個企劃案都要打上問號。又聽到「啊、啊啊啊」的耍脾氣叫聲了。他不曉得該怎麼描述這個奇特的旅行團才好。和尚是一座名為廣開山寺的住持，而這群老人是供養該寺的信眾。是否因為他沒聽過那座寺院，所以覺得這一切莫名其妙呢？今天上午十點鐘，他在私營鐵路車站的廣場等候團員報到，只見一個個都穿上最體面的衣服，從四面八方蹣跚而來。有的團員是坐在小貨車的副駕駛座由人開車送來的。一個相貌忠厚、戴眼鏡的男士走下駕駛座，宛如送小學生參加遠足似的，扶著老太太下了車，遞上手提包，再攙著她緩緩走來。男士先向和尚說了幾句，和尚笑著回應。男士接著也向他打招呼，並行禮致歉：「不好意思，遲到了一會兒。沒辦法，奶奶動作慢。路上麻煩關照了。」表訂十點集合，但等點完名，讓團員佩上醒目的黃色緞帶識別標誌，再次清點人數後，已經是十一點了。打從一開始，他就覺得這十五名老人和自己不屬於同一個世界。他們猶如一群稍不留神就會迷失方向的羊，也像是一群愚昧無知的牛，又或者是一群從地底爬上來的幽靈。又聽到笑聲了。坐在他正後方的兩名老太太其中一位似乎拿下了假牙，說話的聲音像小寶寶，咿咿呀呀的。傻女孩嚷嚷著「美代要——」，宛如與方才那陣笑聲相互抗衡。

「結婚了嗎？」後方傳來問話。他轉身探看。很明顯是將一頭白髮染黑的老太太伸手搭在他的椅背上，望著他笑。拿下假牙的老太太則將手靠在車窗上，見到他回頭，給了一個笑容。他點了頭回答：「結婚了」。「年輕真好，讓人羨慕哪。內田太太直說，你很開心聽到人家稱讚自己長得像海老藏，你應該是客套吧，年紀那麼輕，哪裡看過歌舞伎呢？」「的確沒看過。」他老實回話。拿下假牙那位笑了。他不明白這句回答有什麼好笑的。「故鄉在什麼地方？」「關西。」「關西的哪一帶？」「和歌山縣。」「和歌山縣……就是紀州，古代的紀國，嗯，原來如此。」白髮染黑的老太太頻頻點頭。他覺得自己著實受到這兩名老婦的好一番調侃。「跟你說喔，他們也是關西人呢。」老太太彷彿轉述天大秘密似的壓低了嗓門。她指的是傻女孩與父親。女孩此時張著嘴，仰躺在父親的膝蓋上「啊啊、啊啊」地叫著。老太太把嗓門壓得更低了，「聽說，他太太前陣子跟一個小伙子跑了。」說完，喉嚨發出一串呵呵笑聲。「接下來麻煩你了。」和尚附耳說著，把擴音器交到他手中，再補了句「借過一下」，從他前方擠回靠窗的座位落坐。「山室太太，看妳們聊得挺開心的，談些什麼呢？」和尚回頭問白髮染黑那位。他關掉了擴音器，向和尚解釋：「快到了。」

他望向窗外。巴士剛過源平嶺，正沿著河邊轉彎。已經可以望見溫泉鄉了。源平嶺居於中間，串連起分別位於東西兩方的淨德寺和板倉溫泉鄉。畑中氏族流傳至今的古書上有這樣的歌詠：古有念佛聖徒者也，即延曆寺黑谷別所之法然上人，造訪西邊之淨德寺。所謂的西邊，乃是依據板倉溫泉鄉的相對位置而言。那是一座四周有著山嶺河川環繞的小鎮。而湊興業公司正是以這座小鎮為根據地，成員約有十五人，在當地頗具影響力。夾道兩旁盡是光禿禿的樹木。他等不及要好好樂一樂了。後方傳來了叫鬧聲：「美代要回家家——。」

抵達旅館後，傻女孩吵著「美代要——」的次數更頻繁了。一行人下了巴士。

老太太和老先生們魚貫進了旅館玄關，唯獨傻女孩一直大叫「啊啊、啊」。任憑男士牽手或想抱著進去，女孩說什麼都不肯，只管嚷著「回家家」，兩手亂揮，兩腳直跺。男士摸著傻女孩的頭，拿傳統手巾幫著擦拭嘴脣。「怎麼回事？是不是暈車了？」和尚詢問。男士沒回話，在女孩面前蹲了下來。看來，男士此時眼裡只有鬧脾氣的傻女孩。「美代子、美代子，像小時候那樣和爸爸一起泡澡吧！」男士勸說。「美代要回家家——」傻女孩拚命搖頭大喊。他心想，再這樣用力搖頭一定會頭昏眼花，就算本來沒暈車也要反胃了。男士站起身來，使勁抓住女孩的手，換了語氣厲聲訓斥：「快跟大家一起進去！」「啊啊啊」這回女孩搖頭大叫著跌坐在地，甩開男士的手，雙腿猛蹭。涼鞋被蹬掉了，鋪在玄關供客人除去鞋底塵土的地墊也被女孩踢得歪斜。「美代子，爸爸要打人囉！」男士抿著嘴，做出生氣的表情，揚起握緊的拳頭。女孩配合著蹬腿的節奏，不斷發出「啊、啊啊」的叫聲。「好好好，不打不打」男士說著，放下手，彎下腰，倏然抱起了女孩。雖說還是孩子，畢竟個頭不小，仍是頗為吃力。她死命掙扎，放聲嘶吼。男士抱著女孩，向他致了歉：「對不起。」直到這時候他才發現一件事，問了男士：「那是血吧？」和尚隨後附和：「沒錯，是血。」先前在巴士上找他說話的老太太尖聲喚道：「西嶋先生，你說得沒錯，是那個來了！」宛如在玻璃上刮劃的聲音。他看到女孩白色毛料內褲的褲底染著深紅色的汙漬。「在一樓的最裡面。」他提醒抱著女孩往裡走的男士。看樣子，男士並未察覺女孩的異樣。

「不曉得是不是第一次。」他問說。

「恐怕得問了才知道。」和尚說道，「真悲哀哪。」

「悲哀？」他望著和尚。

「我的意思是她在奉祀慈母觀音的淨德寺首度月經來潮。」和尚伸手搓了搓面頰，「太悲哀了。我養了一隻狗，混種的。本來不打算讓牠生小狗，終究事與願違，一下子就懷了種。竟讓我目睹被公狗騎在身上，真不檢點。我氣急敗壞，壓根忘了自己是住持，當場一腳踢飛那條名叫權太郎的公狗，趕緊幫牠沖洗，還是來不及了。沒多久，牠肚子大了，生下好幾隻紅的黑的白的小狗。」這段話聽得他莫名其妙。和尚邀他去喝杯咖啡，他藉口得去櫃台安排餐膳，婉拒了邀約。其實是託辭。餐膳和鋪床事宜早就打電話安排妥當了。他還考慮到老年人多半裝了假牙，叮嚀旅館不要端出不便咀嚼的食物。再加上多數老人家習慣少吃多餐，他還要求旅館晚間送上一份宵夜。至於榻榻米客房的墊被和棉被，都必須提前鋪好。

正當他在櫃台和旅館女職員交談時，關口由起子走出來，對他招手說了聲「來一下」。剎那間，他興奮極了，立刻回應。「我想去藥局一趟。」「怎麼啦？」他裝傻反問。「沒什麼。」她的口吻透著惱怒。「想買什麼藥，由我代勞就好。」他看著她的臉，「該不是要買讓我戴上的那個玩意吧？」「笨蛋！」她一臉正色地回答，「才不是呢！」

他領著關口由起子走出旅館，去到一家藥局。關口由起子堅持他只能在店外等候。她的語氣動作，格外具有女人味。接著，他們一起回到了旅館。「不要待在這邊！」在一間名為「彌生」的客房門口，他又被趕了一次。四位老太太看著他笑了。旅館這次為他們安排的三間客房名稱分別是「彌生」「白雪」「春菜」。其中只有「春菜」沒有鋪床，那是給他與和尚住的導遊房。

最先哭出來的是拿下假牙的老太太。接著就成了一片淚海。這座寺院位在經過板倉車站往右轉，靠近源平嶺入口的地方。紅彤彤的太陽，已經隱沒在山嶺的背後了。這裡供奉著一尊很普通的地藏菩薩，上面覆著一條泛橘的紅色圍兜。在他帶著四位老太太和關口由起子來到這裡時，神像前已經有人上了香，線香的白煙細細如絲，裊裊上升。傳說這尊地藏菩薩同樣與平氏家族一位高貴的婦人有所淵源。這位身懷六甲的婦人逃到源平嶺後，對鬼怪恩將仇報。鬼怪好心相救卻一無所獲，不單腹中的孩子沒了，連原本打算娶為妻子的高貴婦人也在三天三夜後死掉了。於是後人在這裡立了一尊地藏菩薩像，俗稱為無緣子地藏或是殺子地藏。

拿下假牙那位摸了地藏像的頭頂，又摸了面頰，喚了聲「阿敏啊……」。在她後方的三位老太太蹲了下來，嘴裡念念有詞，抽抽噎噎的。關口由起子哭著把臉埋進他的胸口。這一瞬間，他突然想到說不定家裡的女人正面臨難產。然而轉念一想，又覺得自己這一刻真有男子氣概。他摩挲著關口由起子的秀髮，問說：「怎麼啦？」「我也不曉得為什麼，忽然覺得很悲哀。」「悲哀？」他隨即反問，不懂怎麼她跟和尚講的話一模一樣。

四周漸漸暗了下來，只有天邊依然映著紅光。「阿敏啊……」老太太再次喚道。他感覺這四位老太太和自己不屬於同一個世界。微暗中，她們緩緩蹭向地藏，口中依然念念有詞。他猜測，大概正在悼念死去的孫兒吧。這時，一個女人走了過來。見他站在路中央，說了句「您好」，低著頭繼續走向寺院。女人手裡也許拿著花，因為從他面前經過時，飄來一抹淡淡的芬芳。雖然沒看清楚對方的長相，但聲音很年輕，很溫柔。漸漸地，連線香的白煙也看不見了。他催四位老太太該離開此處了，接下來要帶她們去逛熱鬧。那女人原本站在石塔那邊。就在他們準備離開時，她轉而朝地藏像這邊走來。這回擦身而過時，他搶先問候了聲「您好」。女人沒有回應。

「欸，告訴你吧。」老太太邊走邊說，「靠過來，」說著，頂了頂他的側腰，「我跟你說喔……」他彎下腰，老太太湊到耳邊壓低聲音說道，「剛才那個人，聽說以前賣過身喔！」他沒聽清楚，請老太太再說一次，結果老太太不高興了，「不講了！」談話間，已經來到了商圈。燈火通明。幾個人進了一家名產店。方才告密的那位老太太站在門外不肯進去。「怎麼不進來？」拿下假牙那位詢問，卻見她甩著手提袋，腳上的草屐蹬得劈啪作響，和三歲小孩耍性子沒兩樣。關口由起子調侃他：「老太太也想和帥哥多待一會兒呢。」大家笑了起來。

「奶奶，您怎麼了呢？是鬧彆扭，還是累了呢？」

「人家累了嘛！」老太太回答，不像是這年紀的人用的語氣。老太太害羞地笑了笑，終於走進店內。關口由起子買了冰糖蘋果。「買來送誰？」他問。「送媽媽，還有我們公司的工讀生。」她皺起鼻頭笑著說，「聽說那個小男生從來打工的第一天就對我有意思了喔。」

他生氣了，「犯不著花錢買名產給那種黃毛小子！」

「我覺得他很可愛呀。」她掏錢給店員，「才十九歲喔。」

「根本還是個小毛頭！那傢伙實在討人厭。」

「可是，人家可是貨真價實的單身漢，才不像阿廣你這樣冒充單身。」

「我是單身沒錯啊。」他堅稱，惹得她笑了。「第一次交談是他專程來找我，問我參加體育社團的學生是不是都走後門入學，所以屬於右派分子吧。」「咦，你本來就是走後門入學的呀？」看著他的臉的關口由起子突然打岔，「那個小男生的意思應該是指體育社團的學生一沒知識二沒素養吧。」「旅行社的職員哪裡需要什麼知識和素養啊！」他回了話。他的旅行社是在一棟高窄大樓的四樓。關口由起子上班的教具銷售公司則位於同一棟樓的一樓。她從店員手中接過冰糖蘋果的包裝袋。「那小子真是笨死啦！要是懂得對我鞠個躬、哈個腰，好歹也能介紹他進去四流的公司上班，還不收他仲介費喔。」「是呀，阿廣的人脈多著呢。」說著，她伸出食指戳了戳他的胸口，「阿廣前陣子還規劃了大學教授的旅遊行程吧？我聽橋口先生說的。」「噢，在床上聽他說的？」「少來！」「他是學校的學長，開開玩笑罷了。」他解釋。「你們當初練習時一定非常激烈吧？」「學長很強，就算使出吃奶的力氣也贏不過他。」橋口是他旅行社的同事。他有把握，關口由起子肯定和橋口上過床了。

四位老太太擠在名產店後方，笑著對展示櫃指指點點的。關口由起子過去一看，喊了聲「哎唷」，臉蛋頓時漲得通紅。其中一位老太太招手讓他過去。他走近了看，展示櫃裡陳列著一些仿造男性生殖器外觀的物品。老太太們呵呵笑著盯著他看，好奇他會顯出什麼的表情。「我還以為是什麼稀奇的寶貝呢。」他刻意擠出一派老成的聲音說道，「一大把歲數了，還對這玩意感興趣哦？」語氣中還透著幾分無奈。店員很尷尬。是個三十出頭的女人。他打算藉著老太太們的惡作劇調戲這個女店員，於是開口說：「不好意思，我們想看一看這個裝上電池就會扭來扭去的東西！」他的話才說完，隨即傳來一聲：「請不要這樣！」站在撥浪鼓陳列區旁的關口由起子訓斥他，「別這樣，不知羞恥！體育社團的人就是這樣不知羞恥才會惹人討厭！厚臉皮！」關口由起子的這番話讓老太太們相當滿意，齊聲笑了起來。他反而鬆了口氣。預感告訴他，很快就能樂上一樂了。

四位老太太非常開心。眼淚流過了，佛號誦過了，年輕人也捉弄了，自然開心得很。相較於幾位老人家，反而年紀小的關口由起子流露出些許倦意。為什麼疲倦呢？他不知道。不知道也無所謂。要是還得一一弄清楚女人為何累了、苦了、倦了，怎麼吃得消！他們逛著鬧街。再怎麼放慢腳步也用不上十分鐘，就來到了板倉街。幾個內穿輕便和服、外罩寬袖棉袍的男士也在逛街。路上可以聽到流行歌曲，大概是有線廣播節目。他們左轉，進入一家名為「水車」的咖啡廳。他和關口由起子兩人，與老太太們分桌入座。

「等一下把這幾個臭老太婆送回旅館以後，我們兩個要不要出去玩一玩？」他問說。

「我快累死了！」她回答，「你想去的，橫豎也不是什麼正經的地方，不如把老太太們都帶上吧。別瞧她們一個個平時走路十分費勁，逛起街來全都生龍活虎的。」她嘆了氣，往後一倒，讓身子沉進沙發裡。

她從端上來的冰淇淋聖代裡面舀出蘋果丁，送進嘴裡，吐出果皮。四位老太太彼此靠得緊緊的，吃著年糕紅豆湯，滋嚕滋嚕作響，像在吸鼻涕。他忽然發現自己遠離柔道已經很久了。說得更精確一些，應該是他意識到自己很久不曾真的動怒，打一場像樣的架了。以前讀書時，他最討厭的就是那些滿口歪理的傢伙，現在卻不當一回事了。就連關口由起子要送冰糖蘋果給正在上重考班的那個工讀生，他也從沒想過把那小子拖去隱密的地方痛揍一頓。假如自己能重新回到學生時代，說不定會與當時討厭的那群能言善辯的同學主動結為好友。他碰了碰坐在對面的關口由起子的腿。她裝作沒察覺。

天空暗了下來。太陽已經完全沉入淨德寺的後面，源平嶺的另一方。八點了。他覺得差不多是老人家睡覺的時候了，於是將老太太們送回了旅館。「你們兩個還要出去玩嗎？」拿下假牙那位問道。先前悄悄告訴他，在寺院裡遇到的女人賣過身的就是這位。「我們這些老傢伙不管上哪兒都被人當成累贅哪！」她繼續用挖苦的口吻對一個福態的老太太抱怨，「總之，晚上出門可得當心點唷。」說完，她蹲下身，想把草屐擺放整齊。旅館女侍連忙勸阻：「奶奶，放著就好、放著就好，我們會把鞋子收進鞋櫃裡的。」拿下假牙那位一臉不高興。大廳裡，有老人斑那位與和尚坐在一起聊談甚歡。他用眼神向和尚打了個招呼，內心暗叫：好歹讓我歇一下吧！「真好，實在讓人羨慕呀。」老太太對著站在玄關前的他們兩人說道，「不如我也和兼時師父充當一對，出去約個會吧！」眾人都笑了。「大家都別笑了，太失禮嘍。老太太一直覺得自己還是個小姑娘呢！」「奶奶，您別再拿我尋開心了。」他求饒。「這哪是拿你尋開心，我可是打從心底羨慕呢。哎，年輕真好。」

只有兩人再一次走進了入夜後的板倉溫泉鄉閒逛。他可以看得出，老太太與和尚覺得他們兩個與自己大不相同。不一樣自然是大經地義，他們兩個的人生才正要開展。關口由起子悶不吭聲，把手插在大衣口袋裡跟在他後面走。他們爬著小坡。板倉溫泉鄉應是位在一處低窪地的底部，所以坡道特別多。車站和鬧區恰巧分布在幾處緩坡的連結點上。幾乎所有的旅館都坐落在山坡上，也有幾家位於坡頂。每段坡道都有各自的名稱：登坡、聖坡、上人坡，還有幽會坡、夫妻坡等等。甚至有一處名為千毒坡。記得有一次，他帶一個電算機製造公司的員工旅遊團來這裡觀光時，覺得這個名稱很有意思，專程探問了旅館的女侍。「噢，您問那地方呀。沒聽說有什麼特別的由來。」他立刻反駁：「但是據說住在那一帶的居民體內帶有一千種毒，而且那些居民自稱是平氏家族的後代。」「我說先生，最好不要多問。那地方現在已經不叫這個名稱了。」女侍注視他的臉。千毒坡，這個名稱對他有種特殊的魅力。他想帶關口由起子去那裡看一看。兩人穿過了鬧區，鬧區的盡頭就是聖坡了。這裡有脫衣舞表演坊。一個男人站在門口，顯然是拉皮條的。「哎喲，情侶吧？」那男人拉高了嗓門問。關口由起子害怕那男人會對他們不利，緊張地挽住他的手臂。「要不要看場脫衣舞表演？」他問了她，決定正面迎擊皮條客的挑釁。「不要！」她脫口拒絕。「還是要看其他更有意思的？」皮條客問說。他直視皮條客的臉說：「沒什麼精采的吧？」「這位貴賓，保證精采絕倫！」「就是些無聊的騙人把戲囉？」雙方一來一往，互不認輸。最後，他和關口由起子還是跟著皮條客走了。

他們來到山坡半腰的一間普通民宅。裡面有個四十多歲的胖女人和年輕男生正在奮力交媾。昏暗的三坪房間裡有三名觀眾。

之後，兩人進了一家咖啡廳。觀賞完畢，感覺很糟。他甚至納悶自己來這裡做什麼。她一句話都不說，也沒碰店家送來的咖啡。坐在眼前的她臉上寫著累癱了，但他不曉得為什麼會這樣。他覺得自己愈來愈多愁善感了。忽然想起了前陣子發生的事情。那時喝得很醉了。啦啦隊歌唱了，猥褻下流的歌也唱了。附近某家客運公司在隔壁的大宴會廳舉行晚會，由於他們的人數只有十名左右，就被安排在僅有五坪的小宴會廳。其實中間只隔著一道摺疊門簾而已。他們左等右等就是等不到藝伎。大宴會廳的幾個導遊拿起麥克風賣弄著歌喉，這邊唱的卻是靡靡之音，相形見絀。不久，摺疊門簾倏然一陣搖晃，緊接著兩名穿輕便和服與寬袖棉袍的三十四、五歲男人扭打成團滾了進來。「幹嘛？搞什麼啊！」由學長領頭的一群男人爆發不滿，好容易才讓他勸下來了。大宴會廳那邊似乎已經相當混亂了。他出去催藝伎快點過來。沒想到居然目睹一個頭纏布巾、穿輕便和服的男子袒露著垂頭喪氣的下體，對著一名女侍窮追不捨。還有兩個勾肩搭背的男子東倒西歪地朝櫃台走去。更混亂的事態還在後頭。三個藝伎正站在櫃台前講話。「這邊啦！」他喊著，「遲到了那麼久，要扣錢喔！」「人家找不到地方嘛！」其中一個說。「到櫃台問一下不就知道了嗎？」「可是……」她們還想狡辯。這批藝伎太糟糕了。和服是穿上了，卻連三弦琴都沒帶來。這三個藝伎隨手扔掉外套，正身跪坐，起碼還懂得齊聲問候了「向各位請安」。第一個坐到年約二十四的男士身邊，另一個坐到高中體育教練的男士旁邊，還有一個則坐在學長和他的中間。坐在學長和他中間的藝伎兩手拍著節奏唱起歌來，另外兩個咯咯發笑，伸手握住身旁男士的下體，嬌嗔著「哇，好強好強」「愛死囉」，毫不介意還有其他男士在場，肆無忌憚地玩起了遊戲。大夥唱起了軍歌：「我們要英勇贏得勝利！……」學長這時已經酩酊大醉，衝著藝伎吼叫：「喂，跳個脫衣舞來瞧瞧！醜八怪、東施，不想再聽妳唱歌啦！給我跳脫衣舞！」「您愛說笑了。」藝伎沒肯答應。這個女子彷彿在學長和他之間架起一座天秤，並且朝這邊傾斜。「來，陪人家跳貼面舞好嗎？」藝伎向他提議。下一秒，學長猛然抱住她，「我來幫妳脫光光！」藝伎應聲倒落桌面。接下來事態一發不可收拾。最後的結局是把爛醉如泥的學長送回了客房，中間的過程則是他和聲稱要脫掉女人衣服的學長扭打起來。沒想到他居然佔了上風。或許是學長變弱了。讀書的時候，與學長對戰六回合，他頂多得分一次。接下來的事，他就毫無記憶了。直到隔天早晨泡澡的時候才覺得疼，前胸、膝蓋及後背的擦傷十分刺痛。他愣愣地想起一幕。「都快當爸爸的人了，還不趕緊收心！」家裡的女人一臉受夠了的表情數落他。「我正值二八青春年華，還不想當爸爸，孩子出生後叫我哥哥就好。」「這玩意我幫你扔了。」家裡的女人把相框裡裝著他身穿柔道道服，腰繫黑帶，領口大敞，跨步而立的相片扔進了垃圾桶。「不覺得噁心嗎？老是看著自己年輕時的照片得意洋洋的，令人作嘔。」「很帥氣啊？」「你沒救了。」

心情不好時，他會二話不說揍她一頓。只要往臉上招呼一拳就會百依百順，彷彿從來不敢頂嘴。曾經這樣聽話的女人，現在卻要生孩子了。或許已經生了。依他推測，關口由起子應該還不知道這件事。不過以她的個性，就算知道了大概也假裝不曉得。當家裡的女人告知又懷孕了的時候，他腦中首先打起了算盤。若說這是天經地義的反應也不為過。他雖沒有特別堅持的個人原則，不過以往只要她懷孕了，向來比照前例，墮掉就行了，而她也同意這麼做。她是個不按牌理出牌的女人。連一樁像樣的事也沒做過的女人。最可惡的就是滿口謊話。當初在大街上釣到這女人的時候，她自稱是大學生，結果不到一小時就被戳破謊言了，只是在百貨公司附設超市上班的員工而已。結婚以後，他領了薪水才十天，她就說家裡沒錢了。他無法接受她的扯謊已經影響到生活，於是把家裡翻找了一遍，最後在她帶來的一本書《教你寫出美麗的信札》裡面搜出超過他兩個月薪資的錢來。真讓人不敢相信。「我才不要小孩哩，拿掉拿掉！」從前只要聽他這麼說，她總會附和「說得也是」，趕緊去找婦產科醫師。到了第五次，她被婦產科醫師說服不能再拿掉孩子了，堅持這次無論如何都要生下來。「要生就生吧。」他只扔了這句話。生不生都與他無關。反正他根本不在意有沒有小孩。孩子只不過是父母享受歡愉之後剩餘的殘渣。這些殘渣還會扯父母的後腿，給父母戴上腳鐐。隨著肚子一天天變大，家裡的女人居然瘦了下來。他覺得太不可思議了。數度拿掉孩子之後，女人的腹部多了幾圈贅肉，沒想到這回懷孕竟然瘦得連骨頭都看得見了。三坪和一坪半的房間，外加廚房及廁所，這就是他的小窩。家裡的女人買回一堆布料，說是等鄉下的母親來東京以後請她縫製尿布。接著要求他：「幫個忙，統統扔出去好嗎？」她說孩子一出生就要把嬰兒床擺在原本放桌子的位置。要扔的還有擺在外面嫌危險、壁櫥裡又沒空間收的啞鈴和擴胸器。「哎呀，這是什麼玩意嘛！」當她看到他的照片時，猶如發現了眼中釘。「這種鬼東西能看嗎？」冷眼旁觀著家裡女人的舉動，他心想，該不會是報應臨頭了？不不不，應該還來得及逃命，總有辦法保住這條小命。

他曾經請關口由起子買贈冰糖蘋果的那個瘦乾巴的重考生喝過酒。雙方從一開始就話不投機。「你是體育社團的，那就是右派分子囉？」第一句話就問得他火冒三丈。記得他們曾經握著布滿五寸釘的木棍襲擊了集結於學生會館的一幫傢伙，逼得那幫傢伙逃出了會館。躲進校長室的那三人緊緊勾住彼此的手臂高唱《國際歌》，他們拎起三人的後領拖進地下教室，時值寒冬仍脫光了三人的衣物潑水。這樣還不夠，又讓三人穿上襯衫，繼續潑水。縮頭烏龜。他很不屑，這些文弱書生，憑什麼本事上戰場打仗？重考生說：「你這叫反革命分子。當革命的號角響起，頭一個被殺的就是你這種人。」「我倒想問問，你們這些成天只曉得嚷嚷革命的人，現在一個個都做什麼去了？」「算了，無所謂，反正你無法理解。你現在能做的就是請我喝酒。」「到這個時代還在嚷嚷革命的傢伙，最好統統死光光。」「那種派系的伙伴是怎麼叫你這一類人的，知道嗎？」「叫什麼？」「不說了。」「叫什麼啊？」「說出來你一定生氣。今天是你請客，吃人嘴軟。」「快說啊！」他非問到不可。重考生小心翼翼地說：「蛆、蟲。」他聽完後，絲毫沒有動怒。換成是以前，一定會馬上把重考生拖出去揍一頓。他察覺相較於學生時期，自己對於那些言論幼稚的「左派分子」的不快、厭恨，已經輕微得無蹤無影了。回想起來，當時的自己無異於瘋子。對於那統稱為左派的全學聯、全共鬥及新左派幾乎恨之入骨，一想到就不舒服，瞧不起那幫傢伙。如今的他不懂理由何在。

「那時候下著雪呢。」老太太說道。「美極了。妳想想，雪花飄下來，該有多美！算起來已經是幾十年前的事了，不過我相信現在還是有人一看到下雪，就會雙手合十感謝老天爺吧。但是我家媳婦說，見到雪會感謝老天的只有媽媽您而已，瞧瞧，松樹上、梅樹上全蓋滿了重重的雪，就連好不容易才扎了根的紫玉蘭也被壓得喀嚓一聲斷了，還是不下雪才好。可是，當年的心情，真不知道該怎麼形容。我還是個小姑娘呢。從搭上火車到抵達住宿的地方，這一路上簡直羞得想死，恨不得找個地洞鑽進去。內田送我到車站時，看到姊姊的模樣嚇了一大跳，還悄悄問我：欸，怎麼變成這副樣子啦。以前的姊姊可是時髦得很，但是那時候的她，頭髮不管梳了多少遍，還是亂蓬蓬的像稻草。」說著，老太太彎下腰，「像這樣……」她脫去寫有旅館名稱的拖鞋，露出腳上的襪套，「如果沒人幫她把木屐帶夾進拇趾縫裡就不會穿鞋了。腳麻了，人也犯傻了。不過，姊姊有時也會忽然恢復神智，甚至託我保管錢包，還不忘叮嚀一聲：『阿留，幫忙收好錢包，否則弄丟就糟了。』然後到外頭散步，經過特產店想買東西時就吩咐我：『阿留，從我的錢包裡掏錢付。』有一天，姊姊去了好多趟澡堂泡澡，我實在累了，對她說：『今天洗夠啦！』姊姊馬上哭了，連聲道歉：『對不起，拖累了妳，原諒我，都怪我拖累了妳……』我笑著說：『姊妹倆用得著這麼客氣嗎？』姊姊卻還是直說：『都怪我拖累了妳，都怪我拖累了妳……』然後姊姊突然清醒過來似的問我：『阿留，在下雪嗎？』『從我們來到這裡就一直下個不停呀，現在才發現哦？』姊姊說她沒發現，『原來那個咻咻咻是雪的聲音呀？』說著還笑了。我可一點都笑不出來。姊姊說天空有咻咻聲，就當做真有咻咻聲吧，反正她腦子已經不正常了。姊姊又問：『東京也在下雪吧？』

我無從回答，只好催她：『快睡吧。』其實，就算多睡一些，也治不好那種病哪！」老太太說完笑了。他望著兩位老太太。室內外的溫差恐怕高達二十度，旅館大廳溫暖又舒適。他的思緒漸漸飄移，想起早前老太太說他像海老先生。「結果呢，到了春天，她就死在醫院裡了。好像叫瘧疾來著？那種病的療法是用高燒殺死病菌，結果她的心臟撐不住了。我記得姊姊剛過世，這回又輪到妳家姑爺離家出走了。」

「辦完喪事還不到一個月呢！」夾假髮片的老太太說道，「那段往事，不想再提嘍。」

「妳那時可是又哭又鬧的唷。」滿臉老人斑的老太太說道。「就在久志姑爺的弟弟在滿洲過世之後，對吧，所以妳就和婆婆住在一起了。」

「婆婆從小住朝鮮，一直被家裡人捧在手掌心，身邊得隨時有人幫著打理才行。明明知道他親娘難伺候還跟女人私奔了，真可惡！嘻嘻，這老頭現下在家裡，肯定耳朵癢得要命嘍！」

「耳朵癢也好，活該受點罪！」老太太一本正經說道。

「聽聽您說的！」夾假髮片那位笑了，「別這麼壞心眼。再怎麼說，他畢竟是我丈夫。」

「都是妳把他慣壞的。妳是老么，從小沒讓妳吃苦。」

「人家也嘗過苦日子呀！」

「那算哪門子吃苦？姊姊受的折磨才真是苦。一見我就說：都怪我拖累了妳、都怪我拖累了妳……。姊姊心裡總惦記著自己的孩子，還問我：阿留，那孩子不會有事吧？應該不會有事吧？每回想起姊姊，我就忍不住掉淚。」老太太的聲音顫抖，漸漸哽咽，「深更半夜，聽見奇怪的動靜，起來一看，姊姊居然在吃烤米餅！她晚飯已經吃下好幾人份了呢。我睡得正香，忽然聽見咔咔響，納悶那是什麼聲音。原來是那一帶的烤米餅，忘了叫什麼名稱來著，好大一片哩。她竟然藏了三片還四片在被窩裡，咬得咔咔作響。我氣得吼了聲『姊姊！』『阿留，想吃嗎？可以分妳一片喔！』『說什麼呀？』俗話說瞠目結舌，就是用在這種時候了。這還算腦子稍微正常一點呢，嚴重的時候就是面壁而坐，一聲不吭。不曉得在想些什麼，還是擔心什麼。從早到晚下雪的日子，姊姊就看著牆壁，坐著不動。得了那種病的人會一直掉頭髮。幫她梳頭時，梳齒上總會纏著好多頭髮。遇上姊姊心情好，我就用鐵盆子盛水，拿黃楊木梳沾水給她梳頭。水盆裡漂著滿滿的漆黑頭髮。若是推開窗子讓她看風景，『姊姊快看，是雪唷！』她只會應我一聲『唔』。我撮了一小坨落在窗台上的雪擱在姊姊的掌心，『很凍吧？』她依然只回了聲『唔』。那時姊姊已經連雪的凍冷都感覺不到了。從窗口望去，可以看到覆著白雪的遠山。不過下雪的日子並不長，有些地方還能看到綠綠的樹，或是岩石。」

「別再提這些傷心事了，難得出來旅行。」夾假髮片那位說道。

「妳這就不對了。我們參加的可是祈福之旅哪！」有老人斑那位說道。她低了頭，理了理輕便和服的衣領圍攏脖頸，兩條腿晃呀晃的，接著輕呼了聲：「好！」在沙發上正襟危坐，似乎下定決心要繼續講更傷心的話題。旅館大廳的正前方擺了一台很大的彩色電視機，正在播報新聞，然而誰也沒看。夾假髮片的老太太氣色紅潤，也許剛去泡澡了。

他交替看了看夾假髮片那位和有老人斑那位的側面。兩人雖是姊妹，長相卻完全不一樣。聲音也不像。說話的樣子和舉止動作倒是有幾分相似。聊談那個精神狀況有問題的姊姊似乎是兩人樂此不疲的話題。「我說，咲太太她……」忽然間，老太太看著關口由起子的臉說，「妳媽媽她去年秋天還跟我們約好，下回也要一起參加旅遊團。說起來，她也和我們一塊去過好多地方了。空襲房子被燒了的時候，你們就住在後巷呢。」關口由起子沒有答腔。「從那以後，真的過了不少苦日子。咲太太不久前說妳要結婚了，高興極了。」「不是我。」她囁囁說著。「咦，是我弄錯人了嗎？」

櫃台前，一位貌似視力不佳的女士和一個年輕男子交談熱絡。年約四歲的小女孩忽然從櫃台裡跑了出來。「別跑！」女士追了上去。這下他確定女士確實有視力障礙，眼窩很明顯是凹陷的。小女孩撲在男子身上，笑了起來，想躲在男子背後。女士追到了，嚇唬小女孩：「壞孩子，待會兒看我怎麼修理妳。」和尚與一位男士看著他們走了過來。和尚去了櫃台，男士獨自來到老太太們和他們兩個坐著的沙發前。「泡了好幾次澡，頭都暈了。」男士說道，「剛才那樁事真把大家嚇了一跳呢。」這位男士身形矮瘦。接著彷彿這才發現他和關口由起子也在這裡似地向兩人點頭致意，「你們好。西嶋先生也真辛苦，不巧遇上那個女孩出了狀況。」「那可是值得慶祝的好事呢！」有老人斑的那位說著，望向沉默靜坐的關口由起子，盼能得到贊同似朝她說：「妳說是不是？還好有妳幫著那女孩。真是值得慶祝的好事呀！」

「好事是好事，」男士說，「也挺可憐的。」說完，在沙發坐了下來。

「怎麼會可憐呢！你是男人，不懂這些。」有老人斑的那位反駁。男士從寬袖棉袍裡掏出菸，點燃吸了一口。「你忘了嗎？兼時師父家也有三個小姑娘呢。」

「她們那幾個還能叫小姑娘？早就是老太婆啦！」男士說完，呼出煙氣。夾假髮片那位笑了起來。

「如果那幾個小姑娘叫做老太婆，那我們成什麼了？」

「這個嘛，可以確定已經不是人，該說就快成仙成佛了，還是已經一腳踏進棺材了呢？總之，上哪裡都被人當累贅。阿留太太不也是待在家裡遭嫌礙眼，乾脆趕妳出門參加禮佛之旅的嗎？難道我說錯了嗎？她們那三個還算年輕，印象中還不到五十吧。就算來當我的女兒也不為過。」

「你這麼大年紀了？」有老人斑那位驚呼，和夾假髮片那位互看一眼，笑了起來。

「稀里糊塗的就到了這年紀了。為了把孩子拉拔大，累得跟條狗沒兩樣。西嶋先生，您的苦日子才正要開始呢。」

電視上出現了東京某大樓失火的景象。他看著電視，腦海忽然閃過了旅行社那棟高窄大樓冒出橘色火焰的想像畫面。櫃台前的和尚望向他，應該說看著從回到旅館後還沒換掉外出服的關口由起子和坐在旁邊的他。也許暖氣太強了，他覺得又悶又熱。他打算去洗個澡，然後到位於地下樓層的酒吧坐一坐。總覺得身邊這些人惹得他心浮氣躁。女人、女人、女人……他喃喃念著。關口由起子看了他一眼，難道聽到了他的呢喃嗎？他霍然想起來，立刻問她：「妳和橋口上過床啦？」她沒有回答。霎時間，他幾乎難以抑遏想徹底教訓這女人一頓的衝動。鮮血在沸騰，鮮血在呻吟。就算說他變態也無所謂，就是想要感受那股快感，想要達到高潮的顛峰。在高潮的顛峰面前，小孩根本是個屁。小孩不過是子宮裡冒出來的一顆膿包罷了，只是一處瘡痂而已。家裡那女人把那顆膿包細心呵護了十個月又十天。此刻，正要將那顆膿包擠出來了。那顆膿包到底算什麼東西啊？關口由起子豎起大衣領子，凝視著正襟危坐在沙發上那位有老人斑的老太太。真想問明白她到底在想什麼。

他問了關口由起子要不要一起去一樓後方的家庭浴室泡澡。那邊有三間小浴室，都可以從裡面上鎖。她拒絕了。他說，那就到地下樓層電梯前的那家酒吧等他。他回到客房，換上輕便和服，去了這家旅館最引以為傲的觀景羅馬浴池。旅館建在山坡上，位於二樓的觀景羅馬浴池幾乎就能從大幅透明玻璃俯瞰板倉溫泉鄉的全景了。熱鬧商圈就在那裡。更遠處的源平嶺也看到了。源平嶺公路旁成列的水銀路燈瑟縮在寒夜中。三個醉意醺然的男人把毛巾裹在腰際，坐在浴池邊聊天。他在浴池裡泡了一陣子，上來沖洗身體的時候，這才發現和尚也來了。和尚把毛巾往熱水裡浸了一下，擦了身體正面，然後進了浴池。從浴池上來後，和尚看到他也在那裡，招呼一聲「辛苦了」，來到他旁邊。和尚伸手抹了抹蒙著一層朦朧水氣的鏡子，還往上面塗了肥皂，接著澆了熱水。然後才重重地坐在鋪上毛巾的小凳上。鏡子是像化妝鏡那種攜帶式的。「這次幸虧有你陪著來，真的幫了大忙。」和尚謝道。「我才該感謝各位的關照。」他說。「要不要幫您搓背呢？」他只是想客套一句，不料和尚竟老實答應下來：「好，謝謝。」肥皂怎麼搓都搓不出泡沫。「或許春天也得勞駕你幫忙呢！」和尚說道，「每年春、秋兩季都會出遊，大家討論什麼地方好就去那裡。今年春天去了京都。各位在家裡享慣清福了，可是拍出來的照片全是一大早束起衣袖打掃庭院啦、擦拭家具啦。家裡的兒孫看了都很生氣，怎麼可以讓我們的爺爺奶奶活受罪，再也不捐錢辦法會了！你也曉得，沒有信眾的供養，寺院也就無法維持了。」

「大家應該都玩得很開心。」

「這樣啊，你覺得大家都挺開心的啊……」和尚說著，抬起右手，示意他搓洗側腰。他暗自咒罵：我大老遠跑這一趟可不是來給你當搓澡工的！「好了。」他把毛巾遞還給和尚。「唔，這樣啊，大家都挺開心的啊……」和尚從浴池裡舀水，使勁搓洗臉孔。「她母親今年春天去世了。是自殺。說起來，這次出遊選擇淨德寺，也是為了順道弔祭故人。」

「弔祭？」他反問。

「你不知道嗎？大家都是她母親的好朋友。既然你覺得大家都挺開心的，那就太好了。」

心中湧起一股奇特的感覺。內心泛起一種古怪的感受。她沒有告訴他這件事。和尚舀水，從頭頂淋了下去，再用毛巾抹臉，站起身，在池邊半彎著腰，一隻腳先踏進水裡，再換另一隻腳踩進去，像女人那樣小心翼翼。他說不上來什麼理由，總之滿肚子火。「原來如此，她媽媽剛過世不久。」他說完，又沖一次水之後站起來。「看不出來你的體毛竟然這麼濃密。」和尚看著他的裸體問道，「結婚了嗎？」「是。」他答著，在浴池邊坐了下來。和尚攤開毛巾掬水洗臉，「有孩子了嗎？」「是。」他剛說完，趕緊糾正，「不，快生了。」接著又補充說明：「說不定正在生。或許老婆眼下在歡呼：生了生了！男人只不過撒了種，居然就蹦出個小孩來，真神奇。」說著，他抓住下體，翻上來盯著瞧，「要是生個像這樣帶把的就好了，萬一只有那種洞洞的可就麻煩囉！」他笑著說。「是啊，還真麻煩哩！」和尚被他逗得發出悶笑。這個時刻，家裡的女人是否正絞盡力氣生出孩子呢？那真是人類的嬰兒嗎？如果不是小猴子也不是小狗崽，而是貨真價實的人類嬰兒，為什麼要來到這個世界呢？他想請教和尚：我們來到這個世界的目的究竟是什麼？是為了出生，交配，死亡嗎？他的孩子在他老婆的肚子裡踢著子宮，掙扎著出來，難道就是為了出生，交配，死亡嗎？當真沒有其他方法了嗎？

洗完澡，換回輕便和服，去了酒吧。和尚也說稍後要去。關口由起子坐在面向庭院的窗前。與其說是酒吧，根本是小酒館。只有調酒師和一名女服務生，沒有其他客人。他們很快就離開了。他原本打算拉她進去「春菜」，又擔心和尚可能突然回房，只好打消主意，推她進了「春菜」隔壁那間木地板倉庫。

心情很詭異。她渾身無力，嘟囔著：「我說了不要呀！」「都到了這個節骨眼了還說不要！」他說著，拿了個坐墊，墊在她的頭下，然後把她翻了個身。她連輕便和服都還沒換穿。被他翻過身子後，就這麼仰面躺在地上，雙腿併攏，又說一次：「我說了不要呀！」他掀起她的裙子，解開絲襪吊帶扣夾，接下來就剩脫去內褲了。她突然支起雙腿。「臭女人，還搗亂！」他壓低音量啐罵，不耐煩地嘖了一聲。說不上什麼緣故，他異常焦躁。他試圖將手伸入胸罩裡撫摸乳房，乳房卻被胸罩裹得緊緊的，只好先把手指探進胸部和胸罩之間的縫隙，打算用力扯掉胸罩。「快住手……」她發出呻吟，掙扎著想起身，「快住手……」聲音中透著顫抖。他乾脆賞了她一巴掌。她嬌呼一聲，癱軟下來，不再抵抗了。他馬上剝掉那件在黑暗中格外醒目的潔白內褲，掰開癱軟無力的關口由起子的大腿，把兩條腿支起來，從中間挺了進去。「好痛！」她喊著。關口由起子的體內滾燙無比。「說了不要呀……

人家不要在……這種地方嘛……」嘴裡這樣說，身體卻慢慢開始扭動。他心想，既然滿不在乎到處跟男人上床，豈有道理說不要。「不要……不要……」她配合他身體的節奏嚷著。他聽見了不知從哪裡傳來的竊笑聲。「不要……」說著，雙手環住了他的脖子。她仰起頭，與他親吻。他很肯定有人在偷窺。被偷窺也無所謂。正因為有人偷窺，他非得讓這個女人攀上絕頂高潮不可。他隔著胸罩，臉頰不停蹭著乳房。她的兩條腿纏上他的腳，兩隻手揪住他的臀。發出了一聲野獸般的低吼。那聲低吼彷彿來自於體內最深處讓她得以維持生命的中樞。「不要……！」她喘著粗氣似地嬌呼，指甲深深嵌進他的臀裡。

睏意襲來，卻怎麼也睡不著。可以感覺到自己異常興奮。他回想起有一次參加柔道社集訓時，有過相同的經驗。同伴一樣睡不著。他和那個高胖的男生留神著不驚醒學長，溜出了宿舍。兩人在夜裡狂奔，為的是去集訓地的車站前買女人。那一晚的女人實在沒什麼好提的。多年後的今天，依然歷歷在目的記憶反倒是夜路上盡力奔跑的情景。當時心臟撲通撲通跳得很大聲。他只想讓那顆心臟跳到極限，炸開迸裂。自己現在到底在做什麼？皮條客嗎？他常常想這件事，也明白一切無可奈何。為了讓一家只有四名員工的旅行社生存下去，不管是皮條客還是人口販子抑或是陪酒男，他統統非做不可。想從旅館和客人手中賺取利潤，就得付出相對的辛勞。唯一的本錢就是身體了。他茫然地想著。然而，老了以後又該怎麼辦呢？事實上，包括他在內的四名旅行社員工，可以說完全憑靠年輕和體力與同業一決勝負。四人都還不到三十，卻也相去不遠了，無法像那個十九歲的重考生可以慢慢思索自己未來的人生樣貌，此時的他已經隱隱約約可以看出，往後的生活大概就是這個樣子了。十九歲、二十歲、二十一歲，這些年齡都只是小時候的延續。和尚的鼾聲傳來。他無法入睡。三十歲的自己和現在應該沒有太大的差別，四十歲的自己和三十歲時也大概沒有什麼差異，然而，四十歲的自己和現在的自己將有天壤之別。當然，說不定還是完全相同。太失望了。莫非到了四十歲，還在幹皮條客之類的勾當？他睡著了。

他突然醒過來了。有那麼一瞬間，不知道自己身在何方。這是哪裡呢。他看向旁邊的棉被，和尚不在了。客房裡的拉門完全敞開，對外的房門倒是半掩，可以看到走廊上的日光燈。他站了起來，跨過和尚的棉被，進了房門旁的廁所，順便喝水，鑽回被窩了。忽然想起一件事，起身來到走廊。他推開了「白雪」的房門，沒有上鎖。房裡亮著燈，鋪著六床被，但空無一人。旁邊那間「彌生」傳來窸窸窣窣的說話聲，還有不曉得是哪位老太太發出的咳嗽聲和啜泣聲。他站了一會兒，本想推門進去，終究作罷。心想自己這時出現恐怕不太合適。所以他又一次小便，喝水，鑽回被窩了。萬千思緒再度占據了他的腦海。闗口由起子建議找他規劃這趟弔祭她母親的禮佛之旅，到底是何用意？那座寺院究竟在什麼地方？他想像著那裡有好幾個石塔，有松樹，有梅花，有懷有身孕的白狗懶洋洋地趴著曬太陽，有形似淨德寺但按比例縮小的寺院。算不清死了多少人。有捐軀沙場的，在戰爭中死掉的，染上重病身故的。這座寺院也好，那座寺院也罷，算不清多少亡者長眠於那些寺院的地底下。他翻了身，拉高棉被蒙住臉，試圖進入夢鄉。他想像著那女人躺在婦產科恢復床上的情景。她的旁邊是他的孩子。孩子非常小，小得令他不覺得和自己一樣是人類。孩子正在動。應該是在哇哇大哭。即使不會哭也沒關係，管他額頭上只有一隻眼睛，還是手指長著像鴨子那樣的蹼都無所謂。就這樣，他睡著了。又做夢了。一個戴著赤紅頭盔、毛巾蒙面的男人從學校四樓的窗戶朝外探看。男人扔出某種東西。一只瓶子在他旁邊落下後迸裂，頓時炸出了一片火海。他好像是在四樓抓住那名男人的。摘下赤紅頭盔看清長相後吶喊：「處死以儆效尤！」可惡的左翼分子，非得一個個抓起來殺死不可。戴著白底紅線頭盔的另一支部隊在學校正門現身。出乎意料之外。趕緊逃離。他沒發覺公寓前面有一灘水而不慎踩到，在樓梯留下了腳印。他非常慌張，拉開住處大門，抄起水桶在洗碗槽接水潑向了樓梯。手忙腳亂之間，身體也濺濕了。他走進房間，抖了抖身體，甩掉身上的水。女人在睡覺。他叫醒女人，從背後交媾，然後翻了身，屁股貼著屁股。「怎麼這麼粗魯？」女人問他。「少在那邊囉哩囉唆的！看到那些傢伙的臉就反胃！」女人的肚子不停蠕動。他笑了。「喂，裡面有幾個？」「這個嘛，我也不曉得有幾個呀。」「我覺得有六個吧。」「是嗎？」女人說：「害喜吐得厲害，幸虧時間不長，所以大家應該都很健康。」女人抬起右手摸著肚子，「寶寶們，爸爸來囉！」女人冷笑幾聲。「慢著慢著，別急著喊爸爸。」他說。「因為我要一隻一隻勒死你們這些傢伙！」

晨光從菩提葉隙間灑落。鴿子在地面踱步。一團團影子不停移動著。似乎比昨天多了好幾隻。他琢磨著要不要清點一下數量，隨即察覺這個主意太荒唐，自己簡直犯傻。和尚領著那群老人家進去淨德寺正殿了，只他一個人留在這裡，坐在長椅上。心裡亂糟糟的，也說不上是什麼原因，反正就是不痛快。關口由起子笑著步下正殿的石階走向他，「欸，可以陪我一起去嗎？」她邊走邊問，「有體育社團的人陪著比較安心，我不敢一個人進去。」她來到他面前，停下了腳步。

「那種地方本來就該一個人進去啊！況且就算我不去，還有那些爺爺奶奶在呀！」

「跟他們在一起反而更害怕嘛。」她笑著，把頭髮撩到耳後，露出了粉紅色的耳朵，「有個女孩比我們早進去，出來時臉色發青，說裡面伸手不見五指。奶奶們倒是一點也不怕。」

「因為再不久就要進棺材了吧。」聽他這麼一說，她立刻一臉正色地附和，嗯了一聲。「假的，統統都是假的啦！」他說。慈母觀音根本是騙人的玩意。「那些老傢伙再不久就要進地底下了，因此走在黑漆漆的地方時，心裡想的是地底下更黑、更可怕，現在這樣根本沒什麼大不了的。當初蓋淨德寺的人很了解老年人的心態。所以到這種地方會害怕的，只有年輕女孩而已啦。」他望著腳下那群無聲無息踱過來的鴿子。「你今天腦子倒是挺清醒的唷。」說著，她也在長椅落了坐。領頭的那隻鴿子停了下來。那隻鴿子旁邊圍著幾隻公鴿，頸部膨脹、尾羽下垂，發出咕咕叫。

「老婆今天生小鬼。」他看著關山由起子的臉。「是哦？」她說，「連你這種人也能當爸爸？」他不禁苦笑。

「祭拜完啦？」他問。她緘默不語。他有種不太對勁的感覺，卻又說不上怎麼回事，有點想開口罵她。他覺得，無論遇上多麼難受的事、多麼傷心的事，求神拜佛只不過是自我欺騙的手段罷了。前來參拜淨德寺的那些人或許都明白這個道理。其實他們的智慧早已告訴自己，求神拜佛是沒有用的，只是為了撫慰自己、誆騙自己，於是以祭弔故人為藉口來到這裡。要是不這麼想，心裡那股煩躁簡直快爆發了。「聽說妳老媽死了？」「嗯。」她回答。「我昨天就知道囉。」「我發現了。」她又把頭髮撩到耳後，粉紅色的耳朵再度露了出來。「沒想到你這人心思挺細膩的，還懂得體貼，我之前誤會你了。」

「少來，我只是想找個女人上床罷了。」「嗯。」她點了頭，抬起臉，「你猜我媽媽幾歲？六十七喔。四十那年生下我的。再活個十年也就到了一般人漸漸自然死亡的年紀，她卻在六十七這時候死掉了，更何況是用那種方式走的，怎麼想都太過分了，不是嗎？這種時候親戚裡有人當和尚，倒是恰好可以派上用場。」她先是笑著，但那笑容並未維持太久，隨即眼中噙著淚水。「和她一起參加法會的那些朋友反而比我更傷心。是他們邀我一起來淨德寺的。雖然不想來，實在不好推辭。」

「也因為這樣我們旅行社才拿到了這筆生意。」他說。「不過，那些老太婆還真麻煩。」

「奶奶們半夜裡抽抽噎噎哭了起來，我也跟著哭了，連自己什麼時候睡著了都不曉得。老人家睡得不多，大清早就起來了。差不多五點的時候，就開始壓低聲音聊天了。爺爺們也從隔壁過來了。睡到那麼晚才起床的只有你和那個女孩喔。」「幹嘛把我講成和她一樣笨似的！」他笑了。公鴿騎到了母鴿背上。菩提樹那邊突然又飛來一隻公鴿，原先這兩隻鴿子立即分開了。飛來的那隻在母鴿旁邊叫了起來。整群鴿子開始斜向移動。三個男人坐到了長椅上。時間是九點十七分。表訂行程是在淨德寺這裡待到中午，帶這群老人到淨德寺下方的餐館用餐，接著搭乘巴士前往縣政府所在地的城市。中途在柿沼富士見嶺下車，略事休息。書上說那地方能夠遠眺富士山，不過他去過四趟，連一次都沒看過。他想起那裡有座觀景台，壯觀風景一覽無遺，可以想見這群老人一定會頻頻讚嘆「這景色真美，真壯觀哪」。那三個男人一直看著他和關口由起子。他不想繼續忍受那種視線，催著關口由起子起身。這個舉動似乎嚇到了兩隻鴿子，先是拍翅飛起，旋即降落下來。

他帶她去看了慈母觀音。一間低矮的小屋裡安置著觀音木雕像，四周圍著鐵絲網。眼前這尊雕像沒有傳說中那麼美。甚至照片上的雕像也更能顯現出其尊貴的地位與高尚的氣度。此時映入眼簾的只是一截嚴重腐朽的木塊。應該說，僅能依稀辨識出木塊刻著一個人抱著嬰兒餵奶的樣態。臉是扁平的。眼睛也只刻了一條線，那條線在眼尾處略微加粗。他忖想，即便將這張臉復原成原本的面貌，也跟隨處可見的庶民女子長得沒兩樣。她雙手插進大衣口袋，歪著頭觀看，讚了句：「真美呀！」「畢竟是淨德寺的必看景點之一。」「令堂還健在嗎？」她問說。「託福。」他沒好氣地回答。

「抱孫子了，想必很開心吧。」他沒有回應。「看著這尊像，不由得思考：母親的意義究竟是什麼。生下孩子，撫養孩子長大之後，就不再是母親了嗎？難道只有像這樣餵奶的時候，才算是母親嗎？母親到底是什麼呢？」「我哪裡知道答案啊？」

「我一直覺得自己一個人受苦，不如死了算了。但是自從我媽媽發生那種事之後，就改變了想法。報上不是常刊出母親拉著孩子陪葬的消息嗎？以前看到這種報導都覺得太殘酷了。孩子畢竟也是一條生命，怎麼可以一起帶去尋死呢。想死的話自己死掉就夠了。但我錯了。孩子根本無法承受母親獨自受苦死去。我真的受不了了，要是能陪著媽媽一起死，該有多好！」

「早知如此，在世時多盡點孝道就好了。」

「就是說嘛，成天讓媽媽操心，遲遲不結婚，老是和男人湊在一塊鬼混。」她笑著說。

「到處獵取男人？」

闞口由起子朝他皺鼻吐舌，聳聳肩。「你知道我現在和誰交往嗎？就是那個小男生。至於阿廣你呢，既然已經當爸爸了，就算想和你在一起也沒辦法了！」

「這種關鍵時刻那個小鬼要是分心談戀愛，又要重考一次啦！」

陽光燦爛。抬頭仰望，烈日移到了菩提樹上方。他異樣興奮。可以感覺到體內有股力量正在逐漸成形。那是什麼呢？他不知道。不知道也無所謂。明亮無比。天空、樹木、石頭及泥土都在發亮。這種感受似曾相識，卻記不得是什麼時候了。陽光灑在淨德寺上。他曾經多次造訪這座城市參觀淨德寺，眼前的這一幕卻彷彿是第一次目睹。天空被屋簷切割開來。在太陽照射下泛著光澤的古老柱子，以及木板。那就是淨德寺。寺內如同博物館般，有著種種佛像及裝飾品，還打造了一座人工味十足的暗黑假地獄。寺院裡面安置了一尊據傳為創建本寺者的上人木像。木像的面部從古至今歷經了數百萬、數千萬信眾的拂拭，已磨損成扁平的木板了。他猜團員還在寺裡，和她又坐回了長椅。和尚與老人們從正殿魚貫而出。他瞥見正殿旁有一條狗。男士抱著傻女孩步下台階，朝這邊走來。女孩叫著：「啊、啊啊啊。」男士開口勸阻：「不可以再這樣大叫。」來到淨德寺的一對情侶露出驚訝的表情看著父女倆。傻女孩好像換了一套衣服。正紅和粉紅相間的條紋上衣，黃色短裙，紅色外套，尤其是紅色的毛料內褲，顯得特別稚氣可愛。「美代要——」女孩喊著。男士抱著那個女孩來到了他身邊。遠看以為男士抱得輕鬆自在，近看才發覺就算女孩不掙扎也抱得很辛苦，連肩膀也隨著喘氣而上下聳動。「美代要回家家——」傻女孩吵著。「乖，聽話。」男士邊說邊把傻女孩放了下來，「我們一起去找阿姨喔。」男士朝關口由起子笑著說，「真拿她沒辦法呀。」傻女孩握著男士的手，站著不動。眼皮下垂，嘴唇肥厚，下巴凸起，直嚷著：「美代要——」他暗自思索，怎麼看都不像一張人臉，然而她的確活著。「請問大約多久以後上車呢？」男士詢問。他告知還要在這裡多待一些時間，等吃完午餐之後才上車。遠遠地可以望見老太太們走下石階了。「我知道了。」男士明白地點點頭，「既然如此，不好意思，」他向關口由起子說，「稍後能不能麻煩妳幫忙換一下那個東西？我帶她去上了三次廁所都幫她換了，不曉得為什麼，還是漏了出來。」「是！」關口由起子回話的口吻簡直像軍人。「也不曉得什麼緣故，也許是這孩子今天的血腥味似乎特別重，觸怒了淨德寺的菩薩，以致於狀況不太好。」傻女孩又咬住男士的大衣下襬了。關口由起子的臉色漸漸漲紅。「美代子快看，有鴿子喔！」男士說著，隨即像是想起什麼事似地央託他們：「不好意思，請幫忙照顧一下。」說完，把傻女孩留在那裡，逕自走向在仁王門下方擺攤的老婦，買來大量豆子。眼尖的鴿子一隻接一隻飛向男士。原先歇在屋簷上的鴿子也宛如滑翔機般翩然降落。男士走回這邊時沿途粗魯地揮趕鴿子。傻女孩可能覺得爸爸的模樣看起來很滑稽，發出了非常奇特的笑聲。「美代子，看好了。」男士說著，配合動作喊道：「丟！丟！」鴿子聚集，相互推擠，張開翅膀搖搖擺擺地踱向豆子掉落的地方。有些鴿子在豆子掉落處搶食不到，索性飛上男士的手臂、手腕、肩膀甚至頭頂。男士抬手拍掉歇在肩上的鴿子。傻女孩看得有趣，笑了起來，直嚷著：「美代要——美代要——」男士朝她走去。男士抓下一隻還賴在頭上不肯走的鴿子嚇唬說：「當心把你做成烤乳鴿吃掉喔！」講完就放了那隻鴿子，接著把攢在左手裡的豆子擱了一些在不停跺腳嚷著「美代要——美代要——」的傻女兒掌心。「別怕鴿子，丟出去餵牠們吃。」男士說完，托起傻女兒攤開的手掌向上甩，同時喊聲「丟！」原本在她掌心的那些豆子全落到了腳邊。鴿子紛紛擠了上來。傻女孩發出了笑聲。男士又放一把豆子在她的掌心，抓著甩了一下，「丟！」可惜這回依然落在腳邊。

「你這個笨蛋！」看著這對父女，他忽然想起女人說過的話，「總仗著自己年輕力壯，那可是一種病！」一隻鴿子企圖落在肩上，被他趕走了。他忖想，那的確是一種病。身體健康超乎常人，無異於是一種病。年輕也算得上是一種病。滿腦子只想搗亂搞怪，沒個安分的時候。他想起了出現在夢中的那支落到地面就炸出一片赤紅火海的汽油彈玻璃瓶。心情一直亂糟糟的，原來是這個緣故。難道他還想敵我分明，互相鬥毆？莫非他還想打打殺殺，開槍射擊，操矛刺人？那群老太太由和尚領路，一個接一個朝這裡走來，在他們背後的淨德寺冒出了熊熊火焰。實際上那是因為光線的角度，有那麼一瞬間呈現出來的景象。火星迸濺，劈里啪啦猛烈燃燒。

「美代要——」傻女孩喊著，笑了起來。鴿子倏然撲騰翅膀，飛了起來。

岬

螻蛄開始叫了。那聲音似有若無，得仔細聽才聽得見。一開始還以為是耳鳴。接下來螻蛄就這樣叫上一整夜。這讓他想起了夜裡冷涼的泥土氣味。

姊姊端來了一大盤肉。

「太太，您也來一杯？」管哥單手拎起了一只啤酒瓶。

「我哪能喝呀！」姊姊將手裡的盤子擱在小炭爐旁。姊姊沒有望向管哥，而是直勾勾地盯著壯碩的塊頭弓身蜷坐、灌下一杯啤酒就紅了臉又猛呼熱氣的他，開口訓話：「我們這一家子只要喝了酒就會變笨，怎麼敢喝呢。光是看到弟弟秋幸喝酒，都讓人擔心得很。」姊姊勉強擠出笑容，卻更像是哭喪的表情。管哥其實無意勸酒，只是覺得姊姊給自己這群工人忙著端酒送肉的，隨口客套了一句。

「一起喝嘛！」坐在他正對面的光子聲音帶著幾分醉意，「別老是掛心領班，偶爾和大夥一塊笑笑鬧鬧呀。」

「不了、不了。」姊姊笑著搖了頭。

「有啥關係？」光子換了坐姿，盤起腿來。綴著桃紅荷葉邊的底褲被他瞥見了。坐在她旁邊的老公安雄察覺不妥，笑著連聲催促「快遮好、快遮好」，並且伸手把光子掀捲的裙襬往下拉。光子不滿地說：「給人家瞧見又怎樣，也不至於少一塊肉！」還順手賞了安雄一記肘拐子。「安雄，你聽清楚了，我這女人可不像美惠好欺負，以前在外頭打滾過的，這點小事根本沒放在心上！」

姊姊拾起啤酒空瓶，去了廚房。

玄關門和窗戶全都敞著沒關。幾個工人一收工就聚到這間擺了領班辦公桌的三坪木板房裡喝個痛快。附近的孩子們以為有熱鬧可瞧，一個個跑來探頭探腦，只看到面對巷子的屋裡圍坐著一群大人。烤肉香味、領班家的鐵具澀味和泥土濕味，隨著拂入巷子的風散出去。隨後飄過來的是鄰家老人和寡婦種植的花草香氣、水溝冒出的臭氣，以及入夜驟降的涼氣。

「喝啦、喝啦，變笨也死不了人。」安雄說，舉起了酒瓶。「反正坐在這邊的傢伙，哪一個家裡出過聰明人的？」他仰頭喝光了啤酒，安雄幫他續了一杯。

「要說腦筋不靈光呢，我家一定拿冠軍。」光子補了一句。火苗倏然竄上了正在翻動肉片的筷尖。「這句話萬一被我哥聽到，包管挨上一頓揍。」光子吐了吐舌頭。

「領班才不笨，聰明得很。」藤野哥反駁。

「哪來的聰明呀？你們是因為自家領班才說他聰明，他可是我的親哥哥，用城裡人文雅的講法呢，叫做家中排行第二的兄長。他呀，從小到大一直是這副楞頭楞腦的德行，我比誰都清楚。」

廚房傳來姊姊的喊聲：「小光，別老講領班的壞話喔。」光子聽到，又吐了吐舌頭，「說來說去，最笨的就是你啦。」說著，順勢往安雄的腦袋瓜拍了一記。「比我還笨。該不會是你爸花錢買了不檢點的女人，染上梅毒之後才生下你這個兔崽子的？」

安雄只管靦著臉傻笑。大概是啤酒不容易醉，安雄仍相當清醒。沒喝醉時，安雄乖得像隻小貓，親切爽朗，工作認真，對光子百依百順，一旦喝醉，可就大變樣了。

姊姊喚他過去。他進了廚房。「你別再喝了，陪我去媽那裡一趟吧？我不敢一個人走夜路。」

「去做什麼？」他問了姊姊，並發現自己黃湯下肚之後，連嗓門都跟著大了起來。

「商量法事。該給爸爸誦經了。」姊姊回答。「你來當姊姊的保鑣。瞧見你這身塊頭，誰都要逃得遠遠的。」

「美惠真是個膽小鬼。」光子的聲音從三坪木板房那邊傳了過來，「妳呀，絕對不敢住海邊那間屋子。」饒舌的光子對著幾個工人說起美惠膽量有多小。海邊的屋子，是光子的爸爸留給兒女的房宅。她爸爸過世後，在貨運公司當辦事員的大哥古市沒和弟弟妹妹商量，逕自帶著老婆搬進去住了。「我也是爸的女兒，爸本來要把這個屋子留給我的呀！」光子時常向人抱怨古市夫婦。那間屋子位在海岸堤防邊，附近還有防風林和公墓。

「小光少亂說話，我才不是膽小鬼呢！」姊姊說著牽起他的手催他快走，「走了走了，你是姊姊的保鑣，去去就回。小光，暫時替我招呼大家多喝幾杯。」

「膽小鬼！」光子補了一句。「美惠就是這樣討人喜歡，跟那個厚臉皮的古市和他老婆完全不一樣！領班要是還敢去外頭找女人，我一定會幫美惠狠狠教訓他！」光子說完，將頭倚在安雄的肩上。

夜氣沁冷。兩姊弟走在小巷裡，平交道在他們後方。

姊姊必須小跑步才跟得上。身高僅及他的肩頭。他把外衣像肚兜似地纏在腰間。被汗水濕透的縐綢內衣冰冰涼涼的，貼在皮膚上倒是舒服極了。巷弄人家擺出長板凳，擱上盆栽，花香四溢。他們轉彎，切出車站前那條大馬路，再拐進田埂小徑。耳畔再度響起了耳鳴似的螻蛄叫聲。他們越過了開鑿的山路，又經過了牛棚。「大家又得趕來祭拜爸爸了。」姊姊說完，忽然想起什麼似地喚了他的名字，「秋幸……」。他不置可否地應了一聲。「你千萬不能和光子走得太近，姊姊不喜歡那樣喔，親戚之間可別惹出麻煩事來。」

「知道啦！」他回答。每踏出一步，工作服的馬褲總會摩擦作響，他刻意跨開腿邁步走。不過腳上的膠底鞋倒是沒發出噪音。前方駛來一輛小型汽車，車燈格外刺眼。他們停下腳步讓車子先過，這時姊姊望著他。夾在汽油中的一股甜香瀰漫開來。「秋幸，」姊姊又喊他，「跟姊姊牽手吧。」說著，姊姊已經握住他的手。

「幹嘛啦，又不是小孩子！」他甩開姊姊的手，「膽小鬼，怕啦？」

姊姊再一次扣上他的掌心。「每回看到秋幸總會想起過世的哥哥。秋幸，你也和哥哥一樣牽著人家的手嘛。哥哥在世時，都會牽著我的手一起走這條路到媽媽家。而且哥哥每次走到這個地方總會一直問：美惠，怕了吧？怕了吧？我其實一點也不怕，可是被他這麼一問，也就愈想愈害怕了。」說著，姊姊輕笑了幾聲。她的手凍僵了。

「你和我老公，還處得來吧？」「嗯，處得來。」他回答。

「我老公跟你講話一定很不客氣吧？」姊姊又問。他不曉得該怎麼回答，索性閉上嘴巴。

從領班家走過來，連十分鐘都用不上。正在廚房裡刷洗東西的媽媽，一瞥見姊姊進門就嚷嚷著：「唷，妳來得正巧！」然後邊拿毛巾抹乾手，邊往玄關走來。「名古屋那邊剛剛來過電話……」媽媽接著說，「名古屋的芳子又在鬧脾氣了，總是端出一副自己才是長女的架子，埋怨個老半天。」媽媽皺了眉頭。

「後爹呢？」姊姊問著。

「不在家。說是有個聚會，出門去了。文昭也回他的公寓了。」媽媽盯著他瞧，「秋幸，快去吃飯洗澡。」並補上一句，「乾淨衣服已經放在浴室裡了。」大抵是留意到他紅著一張臉，追著問，「又跟那些工人喝酒了？明天一早別又嘀嘀咕咕什麼頭疼屁股疼的，我可不睬你。」

「只喝了一點點嘛。」姊姊護著他解圍。

「真的只陪大夥應酬個一兩杯而已！」一聽到他急著辯解，媽媽不禁笑了。「好好，你說一兩杯就是一兩杯。反正秋幸也不是十五、六的小傢伙，都長到二十四的人了，喝點酒也不打緊。」

「哥哥死的時候，就是這年紀呢。」姊姊說完，朝他全身上下打量。

「是呀。」媽媽跟著搭腔，在矮飯桌前一屁股坐了下來。他可以感覺到媽媽身上的力氣用完了。姊姊的眼裡映著日光燈的光亮。

「剛才來這裡的路上，有那麼一下子還以為身邊的人是哥哥呢，嚇了我一跳。」姊姊也坐了下來。「真是愈來愈像了。」

「是呀。」媽媽再次搭腔，「每回看到秋幸，我也這麼想呢。」

他邊吃飯邊聽媽媽和姊姊的交談。她們談的是姊姊給爸爸祭拜誦經的話題。方才名古屋的芳子在電話裡說不應該在後爹家裡幫爸爸做法事，這樣不合情理。事實上，不管是姊姊的爸爸也好後爹也罷，都和他沒有血緣關係。那個哥哥以及幾個姊姊，也只是他同母異父的兄姊。他的生父是那個根本不是土木承包商卻總愛穿馬褲、戴墨鏡的男人，也就是那個鼻子扁塌、全身唯一的優點是壯碩魁梧的男人。每當媽媽或姊姊們提起爸爸這個字眼，心裡總會浮現那個男人的身影。偶爾會在鎮上遇到那個男人，對方也會過來找他說話，但聊個一兩句就無話可談了。他覺得自己的身形、五官與那男人頗為神似，可是每每想到並且承認這件事時，他便會反問自己那又怎樣？他知道外面的人是怎麼批評那男人的，也曉得那男人在重劃地帶的風化區養了一個年輕女孩。坐在面前的這位姊姊甚至告訴過他，算起來，那女孩是他同父異母的妹妹。那男人前前後後讓三個女人幫他生了孩子，其中一人是妓女，生下的就是那女孩了。女孩長大之後，來到了風化區。那男人這幾年發了財，聽說是向大地主訛騙山林土地賺來的。每當想起那男人，耳邊總會同時響起某人說過的一句話——人世間就有這麼可惡的傢伙呀！

飯吃完了，她們的事情還沒談完。他乾脆先去洗澡。衣服脫下後，身上滿是沙土，摸起來一粒一粒的。腰部以下的膚色特別白皙，上半身則被太陽曬得黝黑。他往身上連連潑了好幾盆熱水。

他的房間是個兩坪多的獨間小屋。牆上貼了張女星的清涼照，此外空無一物。他那些酒肉朋友的房間別說立體音響了，甚至還有專屬的電視機和餐具櫃。按理說，領班每半個月發一次工錢，若想拿去置辦家具根本不成問題，只是他向來不喜歡在房裡擺放裝飾品和其他物件，從讀高中時就是這樣了。高中畢業之後到大阪的建設公司上班，那半年他住在公司宿舍，屋裡也只有一套鋪墊與棉被，以及內衣和外衣之類的生活必需品而已。公司同事總拿他當怪人看。房間單純是用來睡覺的地方，醒來就出門了，這個習慣持續至今。也不想把心思花在女人身上。舉凡所有會帶來麻煩的事物，他一點也不想沾惹。從工地回來，洗澡，吃飯，睡覺；接著是起床，洗臉，吃飯。每天早上太陽曬進房裡，或者應該說只要不下雨，他就會穿上皺巴巴的襯衫和馬褲、套上膠底鞋，出門幹活。日復一日，不曾改變。一個燦爛的豔陽天，後爹和後爹的兒子文昭在主屋裡吃著早飯。

「你最近在哪個工地？」文昭問他，卻沒有得到答案。身上只套著一件內褲的他自顧自地做了二十次伏地挺身和二十次仰臥起坐，做完後一路喘著粗氣走到浴室旁的洗面台洗了臉。媽媽的視線隨著他移動。「開始灌漿了嗎？」

「還在挖地。」他回話後，拿毛巾擦著臉反問一句，「老爸那邊的進度呢？」

後爹沒有開口，文昭主動代答：「這邊今天開始要灌漿了。」接著補充，「再不趁今天拚命趕完，後面就麻煩了。何況天氣這麼好，好不容易把水抽上來了，我擔心動作太慢拖到下起雨來，又得從頭再抽一次水了。」文昭的脖子往前探，嘴裡的醬菜嚼得喀吱作響。媽媽從安置佛龕的那間房裡拿來洗淨的馬褲給他，沒好氣地說：「膠底鞋也換另一雙吧。舊的我拿去洗了，穿新一點的那雙出門。」穿著工作服的後爹盤腿而坐，倒了杯茶在喝。花白的頭髮使得後爹的面容更顯圓潤。後爹是什麼時候冒出那麼多白髮？或者應該問，後爹是什麼時候變得如此和藹可親？他十分納悶，也想不起來後爹是幾時變成了這種模樣。他曾經和文昭為了該由誰負責灌漿而爭執不下，間接導致他與後爹的關係惡化，甚至憤而離開後爹營運的土木工班，換到姊夫的工班幹活。後爹的變化有可能就是從那個時候開始的。那時，後爹目睹他連一步也不肯退讓，訓了句：「文昭畢竟大你二歲哩！」他立刻回嘴：「用得著你講嗎？」後爹當下並沒有動怒，只是直直看著他。辭去待了半年左右的大阪那家建設公司剛進入這個工班沒多久，後爹還曾掄起鐵鏟柄往他和文昭的背上招呼。不消說，文昭總是被揍得比較慘，甚至被追著打。

「你這壞胚子就甭回來啦！」後爹衝著逃跑的文昭背影怒吼。後爹絕不容許孩子頂嘴，哪怕一句也不准。

他常想，這個家真奇妙。一個媽媽帶著一個孩子、一個爸爸帶著一個孩子，這樣的四個人住在一起過日子。文昭和他是沒有血緣關係的兄弟，一個沒有媽媽，一個沒有爸爸。或者應該說，兩人都有生母和生父，而且都還活在世上。只是，文昭被生母拋棄了，不把那女人當媽看，而他同樣也不願意認那男人為父親。姊姊們和死去的哥哥，都是媽媽和第一任丈夫生的孩子。媽媽第三次結婚，嫁給現在這個丈夫，也就是他稱為後爹的男人時，只帶了與哥哥姊姊們不同父親的他過來。

他在文昭身邊一屁股坐下，吃起飯來。他的胸圍和臂圍快是文昭的兩倍了。「等這次領到工錢，非帶你去個好地方不可。」文昭說著，打量起他赤裸的胸膛。他看了媽媽一眼。

他走到領班家時，只來了兩個工人。向姊姊拿了鑰匙，打開倉庫。鐵具和煤炭的氣味撲鼻而來。

住處距離這裡一站遠的藤野哥立刻把竹簍、鏟子、耙子還有十字鎬，統統塞到小卡車後面的貨斗上。

姊姊從廚房後門探出頭來問了聲：「要不要喝杯熱茶？」陽光照在她那張臉上，顯得有些浮腫。女工看了看他，以眼神詢問要不要喝。「給我。」他回答。

女工和藤野哥坐在後門口，他則站在外面喝。「再過十分鐘就出發。」領班的聲音從屋裡傳了出來，「真拿那兩個傢伙沒辦法。喝了酒，隔天就不想幹活了。」

「等等就來了吧。」女工說。

「安雄那小子，該不會又犯了貪玩的老毛病吧？」

領班這句話，使他腦海裡頓時浮現那兩人清早醒來緊摟在一起的姿態。他仰頭喝光了杯底的茶。陽光射下。領班家前面的巷子被太陽照得亮晃晃的。水溝的臭氣也冒了上來。除了領班家以外，左鄰右舍都還在睡夢中。巷口左轉的平交道旁種著一棵樹，葉子緩慢地搖擺。他覺得那棵樹和自己很像。不知道那是什麼樹，也不想知道，樹上沒開花也沒結果。只是迎著太陽伸展葉片，隨風搖曳。這樣就夠了。根本不必開花也不必結果。沒名字也行。他望著那棵樹，恍如置身夢裡。

太陽恰好爬到了對面那一戶的屋頂。姊姊家直接曝露在陽光下。他倚著小卡車的車身，看著姊姊家。經過幾次翻修後，房屋已不再是以前的樣子了。哥哥就是在這裡上吊死掉的。可是現在，連那棵用來上吊的樹也不見了。

到了六點半，還沒來的只剩安雄了。大夥決定前往工地的路上，順便繞去安雄和光子住的那棟蓋在填平農田的建地上的公寓。他被派去喚人下來。剛要踩上公寓樓梯，領班又吩咐一聲：「叫那兩個不要太過分！」敲了門，屋裡傳出女人的聲音：「誰呀？」光子隨即探出頭來。一瞧見是他，光子笑了起來：「哎唷，是阿秋呀！」大概是沒化妝的緣故，那張臉看來扁平又慘白。

「老色胚，快點，人家來接你啦！」光子朝屋裡嚷嚷著。

光子開了門。安雄正在吃早飯。紅色的布簾掛在窗前，屋裡有座餐具櫃，上面擺了絨毛玩具狗。床褥還鋪著沒收。棉被掀開來，有點亂。

「老安，別拖拖拉拉的，還不快點！」光子說。

「一分鐘，再一分鐘。」安雄回話，扒了一大口飯。

「領班又要罵我了。你這個笨蛋，色胚！」

「虧妳說得出口，到底是誰比較色啊？阿秋，我沒講錯吧？」安雄反駁。他只能苦笑。安雄嘴裡嚼著不停，總算起身，套上膠底鞋。

「妳倒好，還能睡個回籠覺，我現在就得上工挖土去咧！」

汗水從赤裸的身軀汩汩湧出，痛快極了。他舉起十字鎬掘進土裡，也許因為這處工地周圍都是小山丘，土壤比別的地方來得鬆軟，往下一掘，鎬頭應聲沒入土裡。地面色淺乾燥。但是掘起來的土壤卻是色深潮濕。接著換用鏟子把土剷出來。目的是打造一條側溝。挖完土之後，大概就要進入灌漿作業了。要和進水泥裡的碎石和沙子，已先運來備妥了。

「阿秋，下回一起去玩吧！」

「好，一起去。」他應了安雄。正和領班為了明天能順利灌漿而一同忙著對照施工圖、手持卷尺和標記繩四處丈量定位的管哥從旁提醒：「跟著安雄他們出去玩，當心危險喔。」

「聽你胡扯！」

「你呀，剛開始跟女人講話輕聲輕氣的，好似有錢人家的少爺。裝得挺有模有樣的。還說自己酒量不好。一等女人上鉤，跟你走出了店門，立刻翻臉動粗，逼迫對方乖乖就範。單是在一旁瞧著，我都快嚇破膽啦。你這樣亂來，居然沒被警察逮走！」

「被逮過兩次嘍。」安雄回話。大夥同聲大笑。領班笑著警告他：「安雄，你要敢帶壞秋幸，我絕不饒你！」

安雄嘿的一聲把土剷出來，嘴裡應付著領班，「遵命、遵命。」接著說，「喂，阿秋，你自己說啊，早就不是隨時都得有人哄著寵著的小寶寶了，大夥何必瞎操心咧？」

女工正在輕便瓦斯爐上煮著茶水。領班和管哥在拉標記繩。藤野哥像農夫那樣彎著腰用耙子鬆土。安雄從挖掘的溝道底往外一跳。襯衫的長袖挽起，露出了手腕的刺青。安雄的狐臭飄了過來。他猛然憋住氣。一陣反胃湧了上來。他打算繼續挖到劃定的目標為止。十字鎬揮起落下。鎬頭沒入土中。往上拔起。土壤隆起，鬆開。放下十字鎬，拎起鏟子。姿勢蹲低，踩下鏟肩，剷起土壤。往外一扔。汗水迸發。現在還是鹹的。挖土時如果流的仍是鹹汗，就連呼吸都會用力；等到汗液清澈如水，身子會突然變得輕快極了。那是因為身體習慣了挖土的動作，用力揮掘之際已能收放自在，呼吸自如。他特別喜歡挖土。比起其他工作，更能感受到真實的勞動。他就愛這種單純的感覺。工地旁那片未被墾伐的雜樹林隨風擺動。十字鎬高舉落下。鏟子插入剷出。臂肌緊縮，腹肌緊縮。充分展現真漢子的氣魄！

他聽著安雄和女工的聊談，繼續朝目標往前挖。他真喜歡土木工作。深覺這種工作比其他營生和生意更為崇高。早晨，日出而作；入夜，日落而息。儘管只是一份渾身是泥的單純工作，偶爾仍會遇到出乎意料的插曲。那件事發生在他們清理豬圈旁的大溝，準備砌上石牆的時候。豬隻的屎尿積在溝底。濺得全身都濕了。身上又是屎又是尿的。熏臭的屎尿，黏稠的穢物，更是讓領班和其他工人難以招架，只他一個人不以為意。就在這個時候，大溝裡漂來了一只塞了香腸的保險套。大夥頓時一陣騷動。眾人七嘴八舌，最後做出的結論是，這玩意大抵是從豬圈對面的公寓或新成屋那一帶，再不就是鎮上的某戶人家，有一個日日夜夜獨守空閨的小寡婦用來排解寂寞的。安雄嘟噥了句：叫我一聲就行啦。他逕自挖土。土壤隆起。迸裂四散。他再次揚起十字鎬，蹲低姿勢，掘入土裡。汗滴蓄滿眼眶。猛一抬頭。瞬時，什麼都看不見了。他扯下纏在額前的毛巾，抹去了汗水。這才察覺到體內宛如發出哀嚎。他這才躍出了溝道。

「小清，也給我倒杯茶吧。」他告訴女工。女工正聽著歇息一會兒的管哥講釣魚的事，笑咧的嘴巴還露出被老公揍飛的缺牙，只見她邊笑邊拎起水壺往杯裡倒茶，「管哥什麼都懂呢。」女工把茶杯遞給了他。

「目前季節還沒到。再過一陣子，往上游走，就能釣到山女鱒了。」

「領班和大爺我去探看高田的工地的那一次，阿秋就抓到香魚了喔。」安雄也說，「拿石頭砸那些河灘上的魚，魚頭都被砸得稀巴爛。還有幾尾根本瞧不出身上什麼地方有傷，就這麼死翹翹啦。後來那些魚上哪兒去啦？」

「喔，我吃了。原先送去姊姊家，她說瞧著挺噁心，讓我撒鹽烤熟了吃。」

「大不大？」女工詢問。

「當然大啊，阿秋抓的魚能小嗎？」安雄擠擠眼睛朝他示意。

「小得很，都跟小鯽魚差不多。」

一聽他這麼說，安雄立刻一臉嚴肅地搖頭，還假裝講給自己聽似地嘀咕了句：「不是吧……」然後彎下腰，兩手探往胯下一比，又喃喃自語，「我分明記得至少有這麼大哩……」

「每次只要安哥一開口，老是把我弄糊塗原先聊的是什麼了。」女工說完就笑了。眾人也跟著笑了起來。

他皺起眉頭苦笑。只他一人冷眼旁觀這一幕。心想，不管到什麼地方，人們聊來聊去總脫離不了男女間的猥褻話題。領班眼角含笑，望向他。他別開了視線。

樹木搖曳。輕緩抖顫著葉片。渴望割除多餘的東西。每回夢遺後，總是這麼想。眼前除了工人們的交談，再沒有其他聲音了。轉身望去，整座城市盡收眼底。車站位在正中央。從車站以十字形延伸出道路，沿途密布一簇簇住屋。也看到商店街了。車站左邊有座小山丘，山腳下是通往姊姊家的那條巷弄。從那裡沿著鐵軌走，穿過田埂小徑，就是他家了。走過去約莫十分鐘的距離。從他家到防風林雖然岔路多，倒是有條捷徑。緊鄰防風林有處墓園。旁邊就是古市家。太陽照得屋頂發白。防風林再過去可以看到海灘。也望見大海了。整座城鎮的形狀像一只開口朝向大海的桶子。陽光直射。他覺得十分神奇。陽光射向所有的角落。此刻，世間一切正在呼吸，沒有一秒遲滯。就在如此逼仄的小地方，歡笑、欣喜、呻吟、咒罵、鄙視。甚至遭受憎恨的人，照樣活得不痛不癢。那男人就是一個好例子。不曉得那男人到底傷過多少女人的心，又曾被多少男人恨之入骨呢？包括總是招人非議的那個男人，還有生下文昭的母親，都住在這處逼仄的小地方。倍感錯愕。難以喘息。他厭煩了這所有的一切。這片土地遭到群山及河流的禁錮，也受到大海的隔絕，裡面的人們活得像隻蟲，活得像條狗。

他蹲了下來。坐在木材上的領班往旁挪了挪，叫他坐過去。

「秋幸，吃過午飯，你跟著管哥去載水泥過來。」領班吩咐。

「去長德那邊嗎？」他問說。

「唔，沒錯，就是長德。」領班對他說。「聽說那裡的女孩看上你了。管哥，對吧？」他搶在大夥還沒笑出來調侃之前，趕緊自誇：「天底下的女人都喜歡我！既帥氣，又體貼。」

「是哦，原來阿秋覺得自己挺帥的。」安雄說。

他想趕在中午以前達成目標，正在揮汗勞動之際，瞥見光子拎著安雄的飯盒爬了上來。這已是見怪不怪的光景了。光子中午送飯盒，工地離得近就走過來，離鎮上遠就騎腳踏車。她通常會描上眼線，抹上豔紅的口紅。有時連頭上的熱髮捲夾也沒拆掉。光子繞過挖出的土堆，站在輕便瓦斯爐旁。她呼了一口長氣後說：「安雄，我擱在這裡喔。」順勢把最新款式的圓筒保溫飯盒放了下來，「呼，累死人了。」她從某個工人擺在一旁的賽璐珞菸盒裡掏出一支菸，啣在嘴裡，趿著涼鞋的那隻腳踏在碎石堆上，拿起火柴，點燃香菸。然後蹲了下來，和安雄的姿勢一模一樣。

「安雄，今天一樣要來接我喔！不來接我的話，就去找別的男人喔！」

「少說蠢話！」領班訓道。光子望著領班的臉。他心想，這對兄妹長得真像。

「安雄，你要認真待在工班，努力掙錢喔。做土木，就不必跑船了，只要留在這一行，我們就可以像這樣一直膩在一塊，我也好給你送飯呀。」煙氣從鼻子噴出，光子心滿意足地把只吸了一口的菸摁在地上弄熄了。「我也不會再去招惹別的男人了。二哥，你說，我們倆看起來像打得火熱的新婚小夫妻吧？」

「少無聊了。」安雄回話。他又聞到安雄那股狐臭味了。

「這可一點也不無聊。」光子打起呵欠，「昨天三點才睡下，六點就起來了。老安出門上工後，雖然打了個盹，可是隔壁那群小孩吵得人沒法睡。」她又打了呵欠。這回好歹掩著嘴巴。「今天又非去酒吧不可了。」

「辭掉那份工作不就得了。」正在和管哥一起丈量挖好的溝道深度的領班抬起頭來，「安雄有工作啊！」

「我可不曉得哪年哪月哪日老安又嚷嚷著受夠挖地，要回船上去了。」光子臉色一變。「公寓的房租總不能不繳吧。二哥，你行行好，幫忙去跟古市大哥說說情嘛。你告訴他，總不能因為爸死了，屋子和土地全讓他一個人給占走了啊。我又不是要向他討那條沒被卡車撞斷的右腿。人家也是爸的孩子，人家也是爸的女兒，我有權一起繼承！」

「關我屁事！」領班大吼，「光子，要是翻來覆去老扯這檔子事，看我不揍妳一頓！」

「人家才沒有翻來覆去老扯這檔子事呢……」光子見領班怒氣沖天，趕緊解釋，「我只是說，人家其實不想去酒吧上班，只喜歡和老安日日夜夜都像新婚夫婦那樣膩在一起。這和貪圖非分之財完全是兩碼子事。我的意思是，別不把我放在眼裡。說到底，我唯一能貪的，也就只有一個色字了嘛……」

光子往後蹲坐，大腿從裙邊露了出來。看來，她挨了領班一頓臭罵，正煩惱著該怎麼把整件事講得合情合理。工作的節奏被打亂了。不單是他，包括領班在內，全工班六個人無一倖免。光子蹲著發愣。安雄悶不吭聲，繼續握著鏟子剷土。

晚霞漸漸染上天邊。他把工具放回倉庫，扭開門外的水龍頭洗了手和臉，順手往頭頂潑了幾把水。滿頭水珠滴滴答答的，他低著頭走向後門，喊了聲：「姊，毛巾！拿條毛巾給我！」姊姊遞給他一大條浴巾。姊姊那個小學六年級的兒子從二樓跑下來問他：「什麼時候還要帶人家去高田呢？我們再去抓香魚嘛！」他隨口應了聲「唔」，在架高地板的邊框坐下來，脫去了膠底鞋。

「秋幸，晚飯想在哪邊吃？還是在這裡吃了壽司再走？」

姊姊邊說邊往大盤子裡盛壽司。她在醋飯裡拌上大量的醬燒魚絲、香菇丁、蓮藕片、荷蘭豆莢，覆上保鮮膜，再用紫色的包袱巾裹起來。每逢節慶祭典、辦喜事或做法事的日子，家裡總會吃這種壽司。媽媽也常做。

姊姊將裹著包袱巾的大盤子交到他手中，「喏，也給那邊送一些吧。」並且露出了燦爛的笑容。他忽然發覺，姊姊的笑容具有感染力。姊姊仍然住在這個家裡。就住在哥哥過世的這個家裡。他想起了撞見姊姊裸體的那幕情景。當時姊姊剛生完孩子沒多久。領班一度沉迷女色，氣得姊姊搬來媽媽家住了一陣子。那天姊姊在浴室裡。不知情的他打開了浴室門，看到姊姊正在給孩子洗澡。姊姊背部的右半邊是凹塌下去的。那是她小時候動了肋膜炎手術留下的疤痕。他當下覺得，這對夫婦鬧分手的原因並不是領班的沉迷女色，而該歸咎於這處傷疤。不多久，兩人又破鏡重圓了。

姊姊的兒子又纏上來，一直問他去河邊抓香魚該帶什麼工具去才好。浴室裡的領班扯著嗓門喊人。姊姊拿出換穿衣物送去浴室，走到一半突然想起什麼似地轉身問說：「秋幸，你打算在哪邊吃？後爹和媽媽都在家裡，我看你還是回去陪他們一塊吃吧。」說完，不經意看向玄關，突然嘀咕了句，「哎，又來了。」

他回頭一看，門口站的是弦叔。弦叔是哥哥姊姊們生父的弟弟。

「美惠！」浴室又傳來叫喚。「來了來了！」姊姊答了話，接著朝這邊寒暄，「請稍等一下，我老公正在洗澡。」

「我找的不是他！」弦叔瞪著姊姊說。這位叔叔又喝醉了。姊姊推開浴室門，擺好內衣，隨即走去廚房打開冰箱拿出一瓶啤酒。「叔叔，啤酒拿去吧。」姊姊的兒子瞧見弦叔直挺挺地站在玄關一動不動的模樣，努力憋著笑聲。然而弦叔仍舊雙手抱胸，瞪著姊姊看。他趕緊從姊姊手裡接下啤酒放在地板邊框催促弦叔，「快拿去。」可是弦叔依舊連瞥都不瞥一眼啤酒。

「美惠，看著叔叔的眼睛！」弦叔說，「妳有沒有做虧心事？有沒有惹人怨恨？」

「怎麼可能呢。來，啤酒已經幫叔叔拿過來了。」

「叔叔，喝酒吧。」他也幫腔。

「蓋子沒開！」弦叔抱怨。

男孩終於笑出聲音來。姊姊罵了句「不乖！」

「叔叔我難得想看著美惠喝上一杯，今天就坐在這兒喝啦！」

聽到弦叔的話，他隨即起身。姊姊心驚膽戰地看過來，唯恐他動粗。他明白姊姊的擔憂，走向廚房時解釋了用意，「杯子、杯子！得去拿開瓶器和杯子過來。」廚房窗口可以望見帶著最後一抹晚霞的天空。弦叔的話聲傳入耳裡。

「塊頭真大，真是個高頭大馬的男子漢。長得愈來愈像那男人嘍。」

「叔叔，秋幸可是我弟弟呢！」

「美惠有這麼個高頭大馬的弟弟，叔叔也就放心了。」弦叔往地板邊框一屁股坐了下去。他撬開瓶蓋，把冒著泡的啤酒瓶遞了過去。弦叔右手端杯子，左手握瓶子斟酒。他的右手沒有手指的形狀。原本該有五根手指的部分連在一起，從中間裂成兩大塊。天生就是這模樣。看起來真像獸蹄。「美惠，有什麼事儘管告訴叔叔。就算欺負妳的人是妳老公，我也絕不會放過！要是他膽敢再討小老婆，立刻判他死刑！叔叔我可是這片地盤的大王哩！」原本端著杯子的那隻手似乎沒了力氣，換到左手了。

「酒醉大王。」男孩補上一句。再度被姊姊罵了聲「不乖！」

「和市政府抗爭的結果呢？」他把視線從弦叔的手上移向別處。

「當然是我贏嘍！我一通電話打過去，市長就不敢吭氣啦。」弦叔揚了揚那隻獸蹄手。

「那為什麼還會被拆呢？」他笑著問了。弦叔在市有土地上蓋了違章建築，引人非議，告上了市政府。弦叔抵死不拆。不久前碰到面時，弦叔還拍胸脯保證，那些公務員休想碰他一根寒毛。才剛誇口完，違章建築就在一天之內被夷為平地了。人們都說是本市某位有力人士私下塞了錢給弦叔，這才讓他點頭答應拆掉房子。弦叔慢慢享用了杯子裡的啤酒，「我就是法官！我就是法律！」

穿著五分襯褲的領班這時走出了浴室，拿毛巾擦頭並笑著說：

「叔叔的法律根本是一團亂嘛！」

「什麼一團亂！你要膽敢再幹虧心事，惹哭了美惠，馬上判你死刑！」弦叔一派意氣揚揚。

「叔叔，要是判了我老公死刑，我會很傷心的。別人做壞事請儘管處罰，可是我老公已經認錯，答應絕不再犯了，你就從輕發落吧。」

「不行！非死刑不可！幹了虧心事的傢伙，就得領死！」弦叔兀自點頭稱是，盼能得到姊姊的附和，望著她連聲追問：「對吧？對吧？」

他也好，姊姊也好，一直想不透弦叔平時到底是在什麼地方喝那麼多的。姊姊生父的兄弟姊妹，只剩下這個弟弟還在世了。印象中，一隻手長得像獸蹄的弦叔和老婆在巷口開了間零食鋪，四、五年前才把店給收了。以前他從沒看過弦叔的那隻手，只是聽媽媽提過，姊姊們有個叔叔，不曉得上輩子造了什麼孽，身上長了個獸蹄子，但他不曾親眼看過。也許弦叔向來留神著不讓人瞧見那隻手，又或者根本討厭出門見人。直到三年前死了老婆之後，才開始成天醉醺醺的，還來姊姊家討酒喝。

弦叔也去過一次他家向媽媽索酒。媽媽給了一瓶。那支三百六十毫升的瓶裝酒，原本是買來備著給後爹工班喝的。弦叔幾口灌光，又討了一瓶。媽媽勸他這種喝法太傷身，別喝了。弦叔卻嚷嚷著：「當我不曉得這喝法傷身子？妳這婆娘是不是嫌棄以前老公的弟弟長了隻怪手，看我不順眼？」這番話激怒了媽媽，開口痛罵：「你手沒長好關我什麼事！我那丈夫已經死了，既然人都過世了，自然各不相干了！別以為女人家沒腦子好欺負！」媽媽愈講愈氣，抄起木柴就要打過去。所幸文昭在場，趕緊攔了下來。姊姊後來聽說了這件事，人罵媽媽太無情，立刻衝去媽媽家理論。他那天踏進家門，看到的是頭垂得低低的姊姊在安置佛龕的那個房間面壁哭泣。

「美惠——」弦叔開口，「千萬別做虧心事喔！」

「好好好。」姊姊點頭答應，「我哪裡會做什麼虧心事呢。」姊姊往杯子斟入啤酒。

弦叔盯著姊姊的兒子，瞪大眼睛嚇唬他，「小傢伙，叔公講個故事給你聽吧？」男孩點了頭。「那邊不是有座山嗎？山上有天狗，叔公常和那個天狗閒聊。天狗有張紅臉，叔公喝了酒臉也是紅的，所以那個天狗把叔公當成自家人，說了很多秘密，所以叔公知道的事可多著呢，譬如今天誰跟誰吵架了、誰幹了虧心事、誰快要死掉了……」

「別騙小孩了！」他譏笑一句，心裡很不高興弦叔看準姊姊心軟，三天兩頭來折磨她。領班見弦叔把啤酒喝完了，要姊姊再拿一瓶來。姊姊從冰箱拿了一瓶出來。他站起身來，望向姊姊家供在小佛壇上的生父遺照。弦叔的相貌很像姊姊們的生父。在他看來，只要遺照中的人年紀再老些、膚色再深些、皺紋再多些，根本就是弦叔了。

他拎著壽司，離開領班家。晚霞已經消逝。他刻意繞遠路，經過風化區。身體透出了慵懶的倦意。窄巷裡站著幾個攬客的女人。他想起聽說過那男人，也就是他的親生父親，現在帶著一個不曉得該算是第幾個姘居的年輕女孩，況且很可能就是那個由妓女生下的、與他同父異母的妹妹，在這處風化區巷子裡的一家娼館幹活。他心裡琢磨著該找一天，去那家娼館瞧一瞧。不過目前他還不打算去見那個女孩。就算見了面，也不知道該怎麼辦。腦子裡實在想不出來該怎麼辦。

風化區的巷子裡瀰漫著一股混雜著水溝味和尿臊味的臭氣。「小哥，進來坐坐！」其中一個女人找上他。他不作聲。「來坐坐嘛！」女人說著，勾上他的手臂。酒氣和脂粉香竄進他的鼻子裡。他身上有錢。金額足夠他喝杯酒，再玩個女人。問題是，他從未碰過女人。根本不想碰女人。一點也不想惹上不必要的麻煩事，弄髒了自己。事實上，他唯恐一旦嘗過那種滋味，就會深陷其中而難以自拔，淪落到和那個見了女人就昏頭的男人同樣的下場。「算你便宜點，來呀！」女人拽了拽他的手。巷口的那棵樹隨風擺盪。他快喘不過氣來了。心中渴望著那女人更使勁拉走他。如此一來，他也就能在今天乘著酒興，睡個真正的女人，而不再只是做春夢了。這將是有生以來的首度體驗。他快滿出來了。不料，那女人竟然鬆了手。「我沒錢。」他於是朝她說了句。女人調頭就走。

哥哥在世時，是一家酒館的老主顧。酒館隔壁的隔壁有家娼館，店號是「彌生」，就是那裡了。他加快腳步走過了娼館門前。彷彿覺得自己正受到監視，並且不被允許進入，甚或不被允許經過這間店。他聽著腳下膠底鞋發出的聲響，往家的方向前進。暗夜裡，白花綻放。看起來宛如人臉。哥哥死去的年紀和自己現在同歲。媽媽和姊姊都說他長得像哥哥，但他不以為然。他身材魁梧。手壯腳粗。眼睛像是木板上挖出的兩個洞，鼻子呢，則是獅頭鼻。這樣的身材、這樣的面孔，怎麼想都不像哥哥。哥哥的相貌十分溫厚。姊姊們的生父或弦叔的長相，和媽媽的面容綜合起來，就是哥哥的相貌了。我這張臉，卻神似那個男人。是人世間最醜陋、最難看、最邪惡的臉孔。他想起來了。那男人老是遠遠地盯著我看。那男人的視線老是隨著我移動。他停下了腳步。突然想去見一見那男人和妓女生下的女孩。忽然想去彌生館探一探那女孩究竟是不是他妹妹。可是，就算證實了她真是同父異母的妹妹，自己也不知道下一步能做什麼。他是在同母異父的兄姊底下長大的，現在和喚為老爸的後爹、媽媽的第三任丈夫，以及喚為哥哥的後爹兒子，一起過日子。妓女的孩子大了會變娼婦。住在工班家就當土木工。這樣最是天經地義。他快步前行。這個家滿屋子盡是不同來源的兄姊、不同來源的父母，自己卻是唯一有此感受的人，這讓他覺得很荒唐。

土木這一行很適合他。一整天挖剷泥土。有時候會往攪拌機裡倒入沙子、碎石、水泥和水，拌成混凝土。如果攪拌機沒辦法運到工地，就把這些材料堆在一塊大鐵板上用鏟子拌勻。有時接到的任務是把坑坑疤疤的路面整平。從早到晚勞動筋骨。攤坐在地上抽根菸，扒頓飯。烈日當空。風吹在汗水淋漓的身體上，舒爽極了。什麼都不去想。樹梢擺曳。他繼續工作。鬆開硬土。鬆土時，用上多大的力氣，決定了十字鎬掀起多大的土塊。接著換成鏟子。剷土時，腰桿扭動多大的角度、手臂使出多大的力道，決定了鏟子掘出多大的土塊。出了一分力，換得一分土。泥土不會像人心那樣耍花招。所以他喜歡當土木工。

那一天，午後下起了雨，不得不提早收工。這場雨下得他心煩意亂，乾脆回家去。後爹和文昭都不在。他燒了水泡澡，一個人早早就吃了晚飯。媽媽說，姊姊來過一趟，下雨前才走的，「總算了卻這樁心事了。」媽媽已經為第一任丈夫，也就是姊姊們生父的法事煩惱了好一段日子。再過一個月就得做法事了。「名古屋的芳子說，」媽媽告訴只穿著一件五分襯褲的他，「畢竟是為她們的爸爸誦經，應該在美惠那邊誦經才合情理；可是在美惠家做法事的話，我總覺得過意不去。」說到這裡，媽媽忽然壓低了聲音，「芳子打電話來的時候，還哭哭啼啼地說，要是非在這個家做法事不可，就得統統交給美惠一手包辦。誦經的師父也不能找這邊相熟的，必須由她們老家那邊把人請過來。」媽媽起身，進廚房關了瓦斯。

「在哪裡不都一樣！」他說。

「乍看都一樣，認真想想卻是複雜得很。」媽媽一屁股坐下。他望著媽媽，心裡想到的是懷孕的母狗。外面下著濛濛細雨。家裡格外昏暗。門框上掛著後爹的長褲。遠遠地傳來一陣引擎空轉的聲響。

飯吃完，他根本找不到事做，只得懶躺在置有佛龕和電視機的房間裡。媽媽為他拿來了枕頭和夏天的薄被，在枕畔順勢坐了下來。「再熬個五年就好。」媽媽說，「討個老婆，生幾個孩子，然後就可以組個自己的工班了。自立門戶之前，好好見習一番。千萬別和那些工人混在一起喝酒賭錢。媽媽最擔心的就是你沾上酒和賭了。」

「我沒酒量，也不賭。那兩樣都不愛。」

「怎會不愛呢？」媽媽笑了，「瞧你的表情就曉得心癢得很，既想喝個痛快又想試試手氣。」

「這是在慫恿我嗎？」他問說。

「別說傻話！天底下哪個當媽的會慫恿孩子去喝酒賭錢的？世上就屬我被酒和賭連累得最慘了。」媽媽的笑容裡透著幾分怒氣，「要是和一般工人一樣沒見識，可是成不了承包商的。看看你後爹就明白了。」媽媽說，「你後爹只在應酬時才陪著喝幾杯，賭是絕對不沾的。等你成了獨當一面的承包商，哥哥也成了獨當一面的承包商……」媽媽口中的哥哥指的是文昭，「兩人聯手接下你後爹的事業，不願意的話，你也可以找個時機另立門戶。媽媽給你當靠山。那是我該盡的本分。」

「要是我跟著那傢伙過日子，現在可就是大地主家的少爺囉。」

他不假思索脫口而出。媽媽倏然臉色鐵青。「那種人……那種人不會有好下場的！絕不會有好下場的！」媽媽的口吻，猶如此刻看見他背後就站著那個男人似的。「那種詐騙別人財物的人，怎會有好下場呢？每一回聽到那傢伙又惹出禍來，我總恨不得把你的身子切成兩塊，血也抽出一半來，把不乾淨的那半邊扔掉！」媽媽愈講愈激動。他注視著媽媽的神情變化。

就在這時，玄關大門砰的一聲被推開了。媽媽扭過頭去。只見後爹大步流星走進來，一身工作服都被雨淋濕了。「大事不好啦！」後爹一見到媽媽就嚷嚷著，「糟了，大事不好啦！」嚷完後，後爹頓了一頓才接下去說，「古市被捅了……」後爹一秒也不敢耽擱，一把抓起了擱在矮櫃上的摩托車鑰匙。

他跳了起來急問：「被誰捅的？」

「安雄！」後爹回答，「我現在要趕去醫院。」

「美惠呢？」媽媽問說。

「不知道。」後爹說。「我得趕去醫院了。」

「美惠呢？我說老伴，美惠呢？」媽媽急問。「不知道！不知道！」後爹扔了話就走。

雨還在下。他連傘都沒帶就衝了出去，身上只套了長褲和T恤就跑出家門，直奔姊姊家。他察覺自己出乎意外的冷靜，沒多久已經開始喘起粗氣了，依然堅持往前跑。細細的雨絲打在臉上。他不懂，怎麼會突然出了這種事。領班的大哥，也是光子的大哥古市，竟被光子的老公安雄給捅傷了。比誰都強壯的安雄，為什麼要拿刀傷害裝著義肢的古市呢？這件事是後爹親眼目睹的嗎？還是聽別人轉述的呢？小山丘上的草木淋著雨滴，閃閃發亮。他心想，得先弄清楚這件事到底是真還是假。他一直曉得光子和大哥古市交惡，完全無法與光子和領班、或是領班和古市之間的手足情誼相提並論。就算是這樣，為什麼安雄非得動刀傷人不可呢？

姊姊那裡只剩下男孩自己看家，男孩正躺在榻榻米上看漫畫。他頓時洩了氣，濕得像隻落湯雞似地走了進去。原本他腦海中想像的畫面是，一大堆人全擠在姊姊家裡，連警察也來了，慌了手腳的姊姊披頭散髮地哭個不停。

「我姊姊呢？」他問了男孩。「醫院。」男孩頭也不抬地回了話。

「真的被刀子捅了嗎？」

「嗯。」男孩總算抬起頭來，「血一直流一直流，就把他抓走了。」

「把誰抓走了？」

「安雄姑丈。古市大伯父被送去醫院了。大家都去醫院了喔。」

他猶豫了。渾身濕透了，雨還在下。天空卻異樣敞亮。他點了菸。安雄捅了古市，血不停往外冒。即使沒有在場目睹也不難想像那幕景象。身體中了刀，自然會流血。血流得太多，人就活不成。古市的死活，他根本不關心。他擔心的是姊姊。姊姊本就體弱多病。從小時候到現在，三天兩頭發燒嘔吐。她還有潔癖，實在不懂怎麼有辦法嫁給土木工過日子。哪怕米飯裡摻了一根頭髮都會讓她臉色發白，瞧見拔了毛的雞皮也會反胃。他很憂慮這般膽小的姊姊，若是親眼看到有個人身體不斷冒血，真不知道會被嚇成什麼樣子了，該去陪在姊姊身邊才好。他拿毛巾搓了搓頭頂。剛放下毛巾，這才瞥見手撐洋傘的弦叔就在門外，不曉得站在那裡多久了。

「美惠啊——美惠啊——」弦叔喊了喊。

「叔叔，姊姊不在。」他從窗口探出頭說。「今天就是想喝也喝不成囉！」

「美惠啊——美惠啊——」弦叔繼續喊。左搖右晃的，人都站不直了。趿著涼鞋的光腳上布滿紅腫的刮傷，還濺上了濕黏的泥土。

「不在、不在！」他又說了一次。弦叔當作沒聽到，自顧自地說：「美惠，妳有沒有做虧心事？有沒有惹人怨恨？」男孩聽見這段話，噗嗤一聲笑了。

姊姊已經在醫院裡了。一見到他就嚷著：「哎，來得正好！」然後帶他去了護士的休息室。古市的老婆和小學二年級的女兒都在那裡了。古市老婆抱著女兒哭。女孩睜著小狗似的眼珠子望著他。「你帶大嫂回我家休息。」「我不去！」古市老婆搖頭大喊，「女兒她爸都快死啦，我不去！」女孩瞪著他，似乎認定他就是拿刀傷了爸爸的兇手。眼眶裡沒有一滴淚水。

「別擔心，不會死的，現在正在輸血呀！」

「我不去，女兒她爸快死啦！」古市老婆又搖了頭。

「我說沒事就是沒事，不會死的！」姊姊說得信誓旦旦。古市老婆仍舊嘟囔著女兒她爸快死了。他站在姊姊的背後。「大家都捐血給他了，絕不會死的。」姊姊安慰著她。他覺得這時的姊姊看起來是可靠的精神支柱。

他跟在姊姊身後走出了休息室。姊姊說古市還在手術室裡。兩人走到手術室前面，姊姊停下來問了他。「你要留在這裡等嗎？」他搖了頭。

「待會兒可以幫我去跟媽媽說一聲嗎？就說發生了這種事，姊姊暫時沒法離開醫院，拜託媽媽幫忙帶孩子。」

「好！」他答應下來。

「把孩子帶去那邊吃飯和洗澡就好，睡覺還是回自己家睡。」

「上學前的早飯怎麼辦？」

「說得也是……」姊姊想了想，「算了，我還是抽空回去帶孩子吧。只要今天的晚飯讓他在媽媽那邊吃就好。」

他完全想不透事件的起因為何。意外就這樣突如其來發生了。他心裡浮現了安雄的身影。不，應該說他彷彿嗅到了安雄做事時腋下飄出來的那股狐臭。中午下雨之前，他還和安雄一起在工地裡幹活。就和往常沒有兩樣。大夥已經張羅好中午開始灌漿。準備工作做得差不多了。光子拎著飯盒，沿著山路爬上了工地。光子一來，工人們順便聊了起來。光子走了以後，工地也就放飯了。天空的雲層變厚，遮住了太陽。風倒是吹個不停，樹梢葉叢一如往常，擺盪不已。預備就緒，正要施工的那一刻，竟下起雨來了。真不走運。灌漿工程只得延後一天，領班宣布提早收工。收工之後，安雄到底遇上什麼事了？安雄揮刀捅人，鮮血從古市的身體流出來，安雄繼續捅。古市老婆和女兒尖叫起來。

他在候診室的長椅坐了下來，望著一個身材矮小、稀疏髮絲紮成頭髻的老婆婆和櫃台人員交談。可以感覺到身上的濕衣服漸漸乾了。映入眼簾的是從醫院廊道的那一頭走過來的後爹。他站起身來。後爹這才察覺他也來了。

「傷勢很嚴重。雖然正在輸血，依我看，怕是沒指望嘍。就算撿回一命，腿也保不住了。」

「到底朝哪裡捅刀的？」他的話聲含糊不清。

「腿啊腿，大腿。被一連捅了好幾刀。縱使活下來也跟個不倒翁沒兩樣。下手太狠啦！」

姊姊沿著廊道碎步跑來叮嚀：「爸，跟媽媽說一聲，讓她別擔心。」後爹點了頭答應。

他後來得知，安雄往古市那條健全的腿而不是義肢的根部捅了三刀。人們都說是光子教唆安雄下手的。事情發生的時刻，距離他和安雄把工具放進領班家的倉庫後各自離開，也不過三個鐘頭的時間。僅僅三個鐘頭，就發生了天翻地覆的事件。古市死了。告別式在海邊的古市家舉行。他一直關注姊姊的狀態。姊姊全身無力，癱坐在榻榻米上。

屋裡又悶又熱。師父在誦經。窗子敞著卻不見風，都被擺在窗口的花圈擋住不讓吹進。他出了屋外。一堆原木擺在這棟海邊老屋門前的道路對面，電鋸的噪音傳了過來。他點了菸。聽了好一會兒電鋸與誦經交織的聲音。陽光強烈，非常刺眼。他忽然想到一件事。哥哥當時很想殺了媽媽和自己，就像安雄那樣。算不清哥哥提著菜刀找上門多少趟了。哥哥也曾提著斧頭來鬧事。那些景象歷歷在目，宛如昨天剛發生的事。他當時十二歲，哥哥二十四歲，正是他現在的年紀。大清早，擋雨木窗都還關著，電燈也還沒亮。媽媽的說話聲讓他醒了過來。偷偷一看，穿著睡衣的媽媽端坐在被褥上。後爹與她並肩盤腿而坐。他和文昭睡在隔壁房間。他明白哥哥來了，而且照樣喝得爛醉。

「你就這麼見不得媽媽和秋幸過上好日子嗎？」

「對，就是見不得！」哥哥說，「憑什麼就你們兩個吃好穿暖的！」

「就我們兩個……？秋幸還那麼小，你和美惠、芳子都長大了呀！」

「所以就可以扔下我們不管了嗎？妳只管帶走秋幸，不顧其他幾個孩子的死活了？」

「秋幸還是小孩，而你們都大了呀！」

「這種事不是第一次了！我記得一清二楚，妳當年扔下我們兄妹三個，只帶了秋幸就溜出去跟這個男人在一起了！那時候的芳子及美惠，也不過和現在的秋幸一般大。我們可一點也沒有忘記！」哥哥大聲咆哮，到後來連聲音都透著顫抖，「真想宰了妳！」

雖然他並不難過，還是放聲哭了。只是覺得也許哥哥聽到了哭聲，就會消了怒氣。原以為在身旁熟睡的文昭，卻從被窩裡伸出手捂住了他的嘴。「秋幸，滾過來！你這個忘恩負義的小子！」哥哥大吼。依然躺在棉被裡的文昭使勁摁住他，要他別過去。他甩掉文昭的手，拉開了隔扇。只見哥哥握著菜刀，「在那邊給我坐好！」話聲未落，手中的菜刀猛力戳入榻榻米裡。他收住了哭聲。

「光你們兩個過得舒坦，不管其他孩子是死是活了嗎？」

「你們都長大了呀！」

「妳的意思是，當孩子是小狗，想扔就扔？女兒還沒嫁人，也不干妳的事？」

「就說你們已經長大了嘛。雖說家裡窮，沒法風風光光辦喜事，可不也都有夫有子了嗎？」媽媽接著說，「要是不甘心，把媽媽和秋幸都殺了吧！敢殺的話就動手吧！」

「好，就讓妳如願！」哥哥從榻榻米裡拔出了菜刀，緊握在手中。「有話好說、有話好說……」後爹害怕地低聲勸阻。「閃一邊去！」哥哥再一次把菜刀插進了榻榻米裡，「輪不到你開口，閉嘴！」

「要殺要剮隨你便，免得我見了你這副德性就痛心。辛辛苦苦懷胎十月生下的孩子，居然恨死了親娘。辛辛苦苦懷胎十月生下的孩子，竟然得殺了親娘才能解恨，太讓我痛心了。媽媽這條命就交給你了，真敢動手就殺了吧！」媽媽接著說，「當著你後爹和文昭的面，我這張老臉全被你丟光啦！」

那場風波就這樣不了了之。後來哥哥仍會過來鬧事，有時姊姊也跟著來勸阻。媽媽反倒衝著姊姊撒氣，「再這樣瞎鬧下去，我就當沒生過你們幾個！」姊姊一個人哭得死去活來。他覺得姊姊哭成那樣很不可思議，彷彿大逆不孝的人是她自己似的。

就在那一年的女兒節，哥哥毫無預兆地在自家院裡的大樹上吊自盡了。姊姊趕來了媽媽這邊。那天很冷。一見到媽媽，姊姊不由分說就撲進了她懷裡。從姊姊嘴裡呼出的熱氣看起來白白的。她的乾嚎化成了白煙。他望著眼前的兩人，只覺得悵然若失。曾經一而再、再而三提著利刀鐵斧揚言要宰掉媽媽和他的那個哥哥，卻連一滴血都還沒看到、連痛恨至極的弟弟和母親的一聲哀嚎都還沒聽到，就這樣突然死了。然後，十二年過去了。他已經二十四歲了。姊姊在哥哥死的那年生下的男嬰，也已經十二歲了。好像有什麼完全不一樣了，也好像有什麼又變回十二年前的樣子了。

他凝望著這棟海邊的屋子。屋子沐浴在陽光下。他不懂為什麼有人會在這棟屋子裡被刀子捅了。到底是什麼理由要朝一個裝著義肢的男人的那條健全的腿，接連捅了三刀呢？

約莫十五座花圈並排擺著。他看著站在門口朝裡窺探的鄰家小孩，小孩似乎覺得這場面很新鮮。

「秋幸！」有人叫他，是文昭。「去裡面叫我老爸出來。」

「幹嘛，有事？」

「工班的事。」文昭說。他起身，進屋找到了坐在佛龕旁邊的後爹傳話，「出來一下。」棺材就擺在眼前，那副棺材看起來宛如古市的屍身。古市露出笑容的遺照擱在佛龕上。後爹旁邊的人是媽媽，媽媽隔壁坐著姊姊。姊姊的相貌像極了媽媽。只要媽媽再瘦些、年輕些，應該就和姊姊一模一樣了。後爹走出了屋外。文昭報告工具數量不夠，問說該打電話讓誰送過來才好？

「你連這點小事都搞不定？」後爹數落說，「打個電話給山木就成啦！一天到晚只曉得貪玩，腦袋瓜連點正經事都記不住。」

「我哪裡曉得那麼多啊。大大小小的事全你一個人攬了，突然落到我頭上，怎知道該怎麼處理嘛。」文昭嘀咕著。

「還講起大道理來了！」後爹朝著轉身走向停在空地上小卡車的文昭罵了句，蹲下來用沒拈念珠的另一隻手拾起了一塊小石子，彷彿催文昭趕緊辦正事去似的扔了石子，「竟敢對老爸頂嘴！」小石子往文昭的屁股飛了過去，沒有扔中。

靈車恰在這時從橋的那邊慢悠悠地開了過來。後爹站在門前扯著嗓門喊：「喂，還不快點騰出位置！」並且揚了揚手趕人。文昭發動了小卡車的引擎，猛然倒車，摁了一聲喇叭，切換方向，駛往濱海道路，揚長而去。靈車隨即倒車停了進來。

自己應該做了個夢。夢中還提醒自己得記住這個夢境。但眼睛一睜開，全忘光了。文昭看著他笑了。陽光射在身上。感覺似乎有什麼不一樣了，卻仍是一成不變的早晨。「秋幸，還不起床！」媽媽喊他。他很難想像，人死了，也就不會迎接這樣的早晨了。烤魚乾的香味飄了過來。要是那時候被哥哥拿刀殺死了，自己也就再也無法看到這樣的早晨、感受這樣的早晨了。

姊姊家的門窗還沒敞開。從沒遇過這種情況。他有些猶豫，思索著該不該敲門喚醒他們。昨天剛辦完喪事，也許想休息一天。實際上，自從安雄捅了古市的那個雨天之後，工程進度已經被徹底打亂了。如果今天還不完成灌漿，後續的工程就沒法接著做下去了。他擔心著進度，在緊閉的玻璃門前坐了下來。一條狗從拐角的窄弄裡竄了出來。就算領班不在，照樣能上工。全部交由他、管哥、藤野哥和女工來做就沒問題了。只要拿得到倉庫鑰匙和卡車鑰匙就行了。當望見藤野哥的身影從平交道走向這邊的那一刻，他頓時鬆了口氣。只要上工，日出而作、日落而息，就可以回到過去的日子。他是這麼認為的。根本不該發生一個人捅死另一個人那樣的事。最好趕快把那種壞事拋到腦後，永遠忘記。

藤野哥也留意到領班家的擋雨木窗還沒敞開，「我猜領班和太太都累壞了。」

「可是再不灌漿就來不及了。」他說。

「再等等就開門了吧。別急著叫醒他們。」

女工和管哥也都到了。「來吧，我們今天得開始幹活啦！」管哥說，「安雄也真是的，怎麼下得了那種毒手哩！」

「起初應該沒打算殺人吧，」女工搭腔，「說不定只是拎著菜刀去嚇唬嚇唬罷了。」

玄關的玻璃門那邊傳來了咔啦咔啦的聲響。裡面的鎖卸了下來，門片應聲推開了。領班光著上身、套著一件五分襯褲，探出頭來。「喔，大夥都來啦！」領班揉著眼睛說，「美惠，我待會兒請媽媽來家裡，也會打電話請大夫來一趟。妳今天盡量睡個飽。」

說完轉過頭來對著一幫工人解釋，「她昨晚開始發燒，身子太弱了。」領班的面孔看上去有些浮腫。

「生病了？」他問。「只是小感冒啦。」姊姊的回話從屋裡傳了出來，聲音沙啞，喉頭似乎卡著痰。

「大概累出病來了。」領班說。「秋幸，去開倉庫。」說著，把鑰匙遞給他。擱在掌心的鑰匙格外冰冷。

大夥特別安靜。不管是十點鐘的休息、中午放飯，還是三點鐘的休息，都一樣安靜。即使有人先起了話頭聊天，也馬上壓低了聲音，像在說人閒話似的。都是因為安雄不在的緣故。說起來，安雄這男人向來興致高昂，嗓門一開，簡直像四個人同時講話一樣熱鬧。雖然手臂有刺青，但是誰也不相信安雄會動手殺人。

工人裡的一個趁著領班暫時離開工地時，又提起了那個話題：肯定是光子教唆的！安雄是無辜被捲進事件裡的。安雄根本是受害人。比起遇害身亡的光子大哥古市，這群工人更同情舉刀下手的安雄。「這下子，安雄恐怕好一陣子見不到光子嘍。這回可要比上船出海還久哩。」管哥說。

他不明白，為什麼這些工人聊起閒話總是一個個眉飛色舞的。假如是他拿刀捅了人，是不是也會這樣遭人非議？他啟動了攪拌機的引擎。然後往攪拌機倒入了六筐碎石、三筐沙子、一小桶水泥以及水。比例是六比三比一。攪拌機均勻地攪拌著。攪拌機終於歸他負責了。拌好的混凝土裝上手推單輪車交由藤野哥送過去。領班和管哥負責把混凝土抹平。女工專管提水和拌沙。「有點稀……」藤野哥說。他傳話給女工。女工於是又往攪拌機裡加了三筐多的沙，再倒了些水。他接著用桶子舀了水泥倒進去，又多添了些碎石。他猶如被逼著趕工似的，急著給空籮筐舀滿碎石，將桶子盛滿水泥。安雄在工班裡的時候，每個工人各有各的職責，人手剛剛好，他只需要拿桶子盛水泥和水。然後看準時機，把女工運來的沙子和安雄運來的碎石，倒進攪拌機裡。當初他還在後爹那個工班的時候，就是和文昭爭相搶奪負責攪拌機，這才吵起來的。那可是製作混凝土最關鍵的職務。他調出來的混凝土，不稀也不乾。領班常誇讚他的混凝土是天下第一。可是今天完全走樣了。等到灌完漿，已經五點多了。直到收工前，他終究沒能恢復到往常的工作水準。

「我看得找個人來頂安哥的缺，不然啥都幹不了。」女工看著他說，言下之意是要他帶話給領班。他沒有停下手，繼續收拾工具。灌漿完畢，應該好一段時間不必再來這個工地了。按照預定的班表，明天該換到女子高中那處工地去修整坡道和砌石牆了。只剩領班和管哥繼續來這邊。他們兩人再花個兩天，也就完工了。攪拌機暫時擺在這裡，打通電話給山木工具店，就會來載回去了。他想起了山木老闆。每一次和管哥去那家店買工具或是租用推土機、砂石車的時候，總覺得那個老闆盯著自己的眼神中充滿了厭惡，彷彿在心裡咒罵：這小子可不是那男人的兒子嗎！而原因是不久前，山木老闆險些被那男人以支票詐欺的手法，騙走了這家店。

大夥搭著領班開的車子回去了。他坐在副駕駛座上。領班不發一語。行駛的是最短的那條路線。往常每三趟總有一趟會為了安雄繞道，開車送他回公寓。「領班，光子今天心情很差哪……」當安雄這麼說的時候，意思是半路放他下車。愈是這種時候，領班愈是故意一路開到公寓門前才肯停車。

過了彎，駛進商圈。在紅綠燈的路口右轉，沿著直路奔馳。車速錶的指針在七十的位置上下跳動。雲彩變成了朱紅和金黃。剛才還看見滿山綠意，轉眼間就變得漆黑一片了。他心裡忐忑不安，真希望有人能用力壓住自己身體的某一部分。好像有什麼起了變化。好像有什麼裂開來了。可是那究竟是什麼呢？他可以感覺到一股疲倦正在體內蔓延。領班、管哥、藤野哥，甚至平時經常傻笑的女工，這時都噤聲無語。

從告別式的隔天起，傷風加上勞累，使得姊姊就此臥病不起。這樁突發意外依然餘波蕩漾，人們無不同情姊姊的境遇。大家都說，比起行凶者和被害身亡的古市，由於傷風和身心勞累而病倒的姊姊才是這起凶殺案最可憐的受害人。醫生的診斷結果是肋膜炎復發。一聽到診斷，姊姊就哭了。對姊姊來說，肋膜炎稱得上是最可怕的病了。他很了解姊姊的恐懼。

姊姊滿四歲那年患上了肋膜炎。醫生親口說大概沒指望了。這件事他聽姊姊本人轉述過很多次。姊姊的生父一下班回到家裡，邊脫外衣邊急著來到姊姊身旁，摩挲著姊姊那因高燒而神智不清、氣息微弱、瘦稜稜的幼小身軀，不停安撫著：「小可愛，乖。我的小可愛，乖。」姊姊連放聲大哭都辦不到，只能喘著氣悶哼。她生父賣了山林，用那筆錢讓姊姊動手術，由背後取下三根肋骨，這才撿回了一條小命。過了一年左右，生父撒手人寰。身後沒能留下任何遺產。這些事，姊姊應該是從媽媽那裡聽來的。每回姊姊向他提起這段往事時，總覺得生父還在身邊對她說著：「小可愛，乖唷。小可愛，乖。」說著說著，姊姊已經眼眶泛淚了。

自從姊姊臥床靜養，媽媽就常過來幫忙煮飯洗衣打掃了。每天收工回來，媽媽總是坐在姊姊枕邊等他收拾完工具。裹著全身的棉被拉到脖子上，蓋得嚴嚴實實的。姊姊的臉色十分蒼白。媽媽察覺他進了屋，喊了聲「回來啦」。

「我正和美惠聊起生下你的事呢。」

「這模樣真像哥哥。」姊姊揚起臉來看了他。接著俯下頭，試著坐起來，但媽媽不讓她起身。

「進度到哪裡了？」姊姊問他。

「完工了。萬一石匠明天還不來，進度就要延遲了。」

「兒子他爸常說，秋幸在工作上從不打馬虎眼。」姊姊告訴媽媽。

「是呀，若是打馬虎眼，可就沒法當上領班嘍。」媽媽說。接著像是說給自己聽似的叨念起來，「到現在我還記得清清楚楚的呢。我和那男人離了婚，挺著六個月的大肚子，真不曉得該怎麼辦才好。沒想到妳哥哥、妳那個住在名古屋的姊姊，還有妳也是，直纏著讓我把孩子生下來。你們沒養過孩子，以為只是生個布娃娃給你們玩。我這個當媽的煩惱可多了，生下來的孩子和你們不同父親，說不定以後你們全嫌棄他，就剩他一個人無依無靠的；更麻煩的是，我還得把你們幾個拉拔長大才行。不過，最後我還是下定決心，生下這個孩子。這一來，妳哥哥又吵著要我一定得生男的，而妳們兩個女孩一聽，就又哭又鬧地嚷著不要！」

「哥哥常罵我們是愛哭鬼。媽媽也只在我們生病時，才會噓寒問暖的。」

「要是我和別人家的媽媽一樣，成天噓寒問暖，你們早就餓死嘍。那時剛打完仗，得去採買貨物來賣。況且我們又不是富貴人家，沒有值錢的玩意可以拿去換。所以呢，我就找上了現在變得福福泰泰的入相家的阿富姊，一起結伴去東市買地瓜、西市買柿子的。她當時也挺了個大肚子。兩個人買了菜對分，恰恰好。經過寺院，住持見了我們直嚷嚷：哎唷，好大的肚子呀！他還送了我們年糕，邊打量肚子邊叮嚀：日子不好過，可得生個白胖娃兒喔！接著住持又盯著我們的臉瞧了半晌，對著我說：妳的應該是男孩，白年糕給妳。然後對著入相家的阿富太太說：妳的應該是女孩，紅年糕給妳。可把我給樂壞嘍！」媽媽把腿往前伸，換了個坐姿。然後看著他接下去說，「阿富太太失望極了。前面生了好幾個都是女兒。她急得直問我：阿時姊，我這胎又是女兒嗎？真是女兒嗎？我雖然嘴裡安慰她別擔心，不過是迷信罷了，其實滿腦子只想著自己懷的是男胎，要生男孩嘍！儘管身上背著好幾公斤的地瓜一路走回家裡，可是一點也不覺得苦。我把那塊年糕拿給你們哥哥看，還把這事跟他說了，你們哥哥也高興極了……」

「那位住持也往生了吧。」姊姊囁囁說了一句。

「是哪，那時候差不多已經七十嘍。」

「真希望回到從前呀！」姊姊說著，淚眼婆娑。「那個時候，大家都還活著哪！」

「沒錯，我也這麼想。」媽媽望著他。「二十四年就這樣過去了。」

「一生完秋幸，媽媽就出門做生意了，所以秋幸等於是我養大的。肚子一餓，就哇哇大哭呢。」姊姊忽然看向媽媽，「那時候已經和現在這個後爹交往了？」

「才沒有交往呢！」媽媽忽然朝他往前伸出的腳用力拍了一記，疼得他捂住了小腿。「我那時已經受夠男人啦。天天沿街叫賣時總想著，天底下的男人怎麼沒一個靠得住的呢！」

「這樣喔，」姊姊說，「媽媽出去做買賣，秋幸餓得大哭，左等右等總不到媽媽，這種時候我只好求哥哥和芳子姊去把媽媽找回來，自己抱著哭鬧的秋幸縮著一團，跟著秋幸一起哭。不管餵他喝涼水還是溫水，剛喝完就又繼續哭鬧。我自己雖然也餓扁了，但是一看到秋幸哭，實在太心疼了。」

「我是在秋幸學會走路和講話之後，又過了一兩年，才遇到你們這個後爹的。沿街叫賣時認識了他，聽說他一個人養文昭，缺個婦道人家幫忙洗衣燒飯帶孩子。」說完，媽媽又朝他的腿使勁拍了一記。

「那個時候大家都還在，各有各的性情，有意思極了。」姊姊坐起身來，似乎有意改變話題。她那襲睡衣顯得格外慘白。「我也說不上來，總之媽媽這樣成天寸步不離地照顧我，真像回到了以前那段時光，彷彿等一下我們的爸爸就會從大門那邊走進來了。」姊姊笑了起來。「剛才媽媽去街上買菜時，我打起盹來了，迷迷糊糊間，聽到了又喝醉了的弦叔在屋外扯著嗓門嚷嚷著：美惠——美惠——，那聲音真是像極了爸爸。在夢裡，我變回了小寶寶，拚命喊著：爸爸，美惠生病了呀！我又患上肋膜炎了！肋膜炎又復發了！我告訴爸爸，美惠還不太會講話，只能咿咿呀呀地哭個不停。爸爸，我的爸爸呀！」姊姊的淚水又湧了出來。姊姊的眼淚，一定是睡著時聽見屋外弦叔的喊聲，所以才夢到生父還在世時自己患了肋膜炎的情景。他想像著當時的姊姊。家裡誰也不在。爸爸出門工作了，小孩出門上學了。通常白天總陪在身邊的媽媽恰巧也出門買菜去了。「美惠——美惠——，妳是不是做了虧心事，所以躲起來不敢見我啦？」弦叔這樣問。他甚至也想像得到姊姊所描繪的弦叔聲音。「如果犯下了滔天大罪，絕不饒妳！不過若只是一點點小錯，既然是我們家的美惠，那就放妳一馬吧！」弦叔說。由於邊說話邊灌酒，連站都站不直，身子左搖右晃的。弦叔腳步踉蹌，後背猛然撞上了玻璃門，哐噹一聲，驚醒了姊姊。「美惠——美惠——」弦叔的呼喚聲確實傳進了屋裡。姊姊爬了起來。身子還熱烘烘的。

「妳給了酒？」媽媽問說。姊姊點點頭。

「雖說是個醉鬼，不管怎麼說，總是我的親叔叔。」

「不成、不成！」媽媽說，「會把他慣壞的！」

「花不了多少錢的。反正也不是送給外人，就當是盡孝道吧。」

「我懂妳的這番心意，問題是他又不是親爹，用不著盡孝道！」

「話說回來，我還沒對媽媽盡過孝道呢！」姊姊笑了。「原諒女兒身子弱，又是個愛哭鬼。」

他和媽媽一起走回家。膠底鞋發出了聲響，啪嗒啪嗒。總覺得似乎有人正盯著自己和媽媽看。到底是誰呢？是三番兩次提菜刀來殺母子兩人、最後上吊自殺的哥哥？還是那個男人？他很想帶著媽媽去那家娼館確認事實。那個住在風化區裡的女孩，會是什麼樣的長相呢？媽媽曾經看過所謂他生父的傢伙讓妓女生下的那個女兒，而那個女兒成了他同父異母的妹妹。媽媽只要瞥上一眼，肯定認得出來。記得媽媽有一天告訴過他，不對，也許是從姊姊那裡聽來的。那個男人進了拘留所。賭錢被人檢舉了。當時媽媽已經曉得那男人在外頭又有了兩個女人，氣得挺著六個月的肚子，走了整整一個車站遠去拘留所會客，告訴那男人從今以後一刀兩斷各不相干，肚子裡的孩子自己生自己養，反正養三個和養四個都一樣！光是那傢伙被關在拘留所的期間，就有三個同父異母的小孩接連出生了。而三個小孩之中，只有他一個是男的。所以他不僅是那傢伙的第一個孩子，也是第一個兒子。媽媽和那傢伙離了婚，妓女也跟著退出，就這麼順理成章地把這顆燙手山芋扔給了最後留下來等他出了拘留所的女人。妓女抱著剛生下的女嬰來見媽媽，說是不再做這行了，要回山裡去。媽媽也抱著自己讓她看，還對妓女懷裡裹著紅色包巾的女嬰說：「瞧，是哥哥喲！」那就是他同父異母的妹妹。所以他應該已經見過她了，但是他沒有任何印象。應該說，就算見了面，也完全無法感受到眼前的女人就是親妹妹，但總得知道她長得什麼模樣。他看了媽媽一眼。心想，真是造孽啊。

媽媽走得很快。他猜，媽媽大概覺得對後爹過意不去吧。

「姊姊不但是個膽小鬼，還是個愛哭鬼。」他說。

媽媽放慢了腳步。「也說不上什麼原因，總之愈想愈一肚子火！」媽媽看著他的眼睛說，「真後悔讓她嫁到那種鬼地方！那孩子心腸軟，總把別人的事攬在自己前頭，光她一個人遭罪。安雄和光子，最好統統判死刑！那兩個廢物、懶蟲！」

姊姊好一段時間都以為自己再度罹患肋膜炎，而變回了以前那個膽小又愛哭的小女孩。結果所謂的肋膜炎復發，其實是醫生的誤診。根本只是染上風寒罷了。姊姊開心地直說：「太好了！真是太好了！」

這個房間平常是用來堆放待洗的衣物、中元節和歲末年初買來沒喝完的啤酒及清酒的地方。擋雨木窗敞開來，姊姊的氣色透著幾分羞赧的紅暈。由於脂粉未施，臉上的雀斑清晰可見。

「萬一這回又是肋膜炎，我恐怕活不成了。這輩子最怕的就是那種病了。」姊姊這樣說。領班跟著把醫生臭罵了一頓：「收了那麼多錢，居然滿嘴胡說八道！」

他覺得，隨著姊姊的康復，似乎也逐漸回到了以前的日子。不過，自從安雄闖禍之後，工人們幾乎不再談天說地了。大夥只是一早到姊姊家集合，從領班手中接過倉庫鑰匙，開門搬出工具，裝上卡車。傍晚，把工具收進倉庫裡。不再說笑，也不再喝酒，下工後就解散各自回家去。一切只因為少了安雄和光子。女工進屋，在廚房東翻西找工人專用的茶杯。前些時候媽媽來領班家掌廚，等到媽媽回去之後，卻找不到工人的茶杯收到什麼地方去了。「太太，茶杯在哪裡呢？沒在原來的地方，櫃子裡也沒找著，領班交代讓大夥喝一杯再走，沒有杯子就沒法喝啦！」女工抱怨。

「我也不曉得在哪裡，妳再找找看。」姊姊躺在床上回答。他心裡有底，進去廚房幫忙找。他很了解媽媽做事的風格，工人專用的茶杯絕不會和家人的餐具擺在同樣的地方、同一個櫃子裡。他打開水槽底下的櫃門。醬菜缸上擱著一只托盤，托盤上就擺著那批茶杯，杯上還掛著水滴。「我找到啦！」他高喊一聲，彷彿要替媽媽辯白似的。

姊姊還在靜養，大夥總不好在家裡飲酒作樂，於是進倉庫開了電燈，在地上鋪了張草席。四周瀰漫著鐵器和木炭的氣味。在輕便瓦斯爐上烤香了魚乾。開了清酒瓶的瓶蓋，沒燙熱，就這樣喝涼酒。甘甜的酒香在舌尖蔓延開來。這是一場只有四個人的酒席。女工乾了滿滿一茶杯的酒，依然面不改色。「真是太好啦！」她說，「要是連太太都病倒了，我們工班恐怕遲早得解散。看著領班愁眉苦臉的，真想幫他分攤一些過來煩惱哩！」

「最辛苦的人要算太太嘍。」管哥說。

「起初我也擔心工班還能不能維持下去。那天我一聽到安雄闖了禍，立刻衝過來，沿路心裡直犯嘀咕，猜想該是傳錯消息了，沒想到竟是真的！我和阿管兩人慌裡慌張地趕去找醫生。這一路趕得我都快斷氣了，還是阿管年輕，體力好。」藤野哥說。

「我也跑了一大段路。」他說。「傾盆大雨呢。」

「是嘛。要是那天中午沒下雨，大晴天，下午開始灌漿的話，安雄也就不會做出那種事了。天有不測風雲，人有旦夕禍福哪……。古市先生真不走運，就這麼當著老婆孩子的面被人捅死了。」女工這番話，又勾起了當年哥哥提菜刀衝進家裡的回憶，只是哥哥終究沒有殺了他媽媽。

哥哥甚至連拿刀刺傷他們的事都做不出來。他將茶杯裡的酒一飲而盡。胃裡又燙又麻，酒液穿腸，直抵會陰。內衣散發出汗酸味。「都怪那場雨不好。」他說，並且抬起頭來。在日光燈下，管哥和藤野哥臉上的寒毛根根可數。「那場雨真是混蛋！」

「那也是沒辦法的事，這時節就是多雨。做土木的，遇到雨天就不能幹活啦。」女工邊為管哥續酒邊說。

「說得對。正所謂：殺土木工焉動刀劍！」

這場只有四個人的酒宴，始終無法炒熱氣氛。一瓶酒還剩下大半，就草草結束了。臨走前，他進屋到廚房喝了水。領班在三坪木板房的事務所裡記帳。男孩在旁邊看電視，音量調得很小。姊姊開了口，「想讓你幫我撥個電話。」姊姊的氣色和媽媽在這裡照顧時簡直天壤之別。病情和勞累全寫在臉上了。

「去跟名古屋的姊姊說一聲，爸爸的法事，我和媽媽全都張羅好了，請她準時過來。秋幸，你可千萬別把我生病的事告訴名古屋的姊姊喔。要是她問起怎麼不是我親自打電話，就說我感冒鼻塞，戴著口罩不方便。」

「說妳戴著口罩嗎？」他笑了起來。

「不想讓她操心嘛。盼了好久，難得回娘家一趟。」

姊姊說，會趕在做法事前養好身子的。每回媽媽和姊姊為了這場法事而聊起姊姊生父時，他總有種錯覺，好像自己身上也流著那個父親的血，連忙讓自己打起精神來。他隨之想起了那個男人。一想到那傢伙是自己的生父，馬上一陣反胃，連連作嘔。他真希望能像把小草揉爛那樣，把這件事徹底抹煞，彷彿從來不曾發生過一樣。這二十四年來，對於我存在的事實，那傢伙作何感想？自己的長相和那男人十分神似。他常想，自己體內同樣流著好色又淫蕩的血液，一見到女人，管她是有孩子的寡婦還是妓女抑或小姑娘，都非得勾搭過來不可。踐踏別人。背叛朋友。掐住弱點就伺機而入。那樣的男人究竟是打哪裡冒出來的？那男人在商圈開了家事務所。短時間內就坐擁了大批山林土地。據傳是仲介土地買賣時從中揩油賺取暴利。他時不時聽到這類閒言閒語，認定那傢伙不過是個惡劣的壞胚子罷了。某一天，他和安雄去搬水泥，不巧遇上了那個男人。他起初並未察覺。

「我快不行了，兩腿發軟，渾身上下的精力全被光子給搾乾啦。」安雄這樣為自己辯解。打從一開始他的力氣就比安雄大多了，區區一袋水泥簡直輕如鵝毛。而這一幕恰好被那傢伙給撞見了。那傢伙跨坐在一輛通常是十七、八歲的小混混騎乘的摩托車上，根本不是做土木的卻套著一件馬褲，臉上還掛著一副淺色的墨鏡，那副身材在任何場合都顯得特別魁梧。「看什麼看，有事嗎？」他說，「這裡沒熱鬧可看，閃一邊去！」那傢伙聽了沒有回應，只是默默待在原地。唯獨摩托車的引擎聲格外刺耳。

傍晚時分，名古屋的芳子給媽媽來了電話，說是馬上要搭店裡的卡車出發了。那輛布篷卡車直到深夜一點過後才抵達。一聽到喇叭聲，他就走出屋外迎接了，剛好看到小孩們正要從卡車的貨斗上跳下來。「我猜對了吧，就說還沒睡嘛！」

小男孩一看到他就得意地說。小女孩跟著探出頭來催著小男孩，「要跳就快一點呀！」「別推啦！」小男孩說。車燈熄滅，引擎也關上。隨著推開車門的聲響，姊夫下車了。「到囉、到囉！」兩人一打照面就互相寒暄。姊夫接著拉開了副駕駛座那邊的車門，「芳子、芳子，已經到囉！」邊說邊扭頭看著他笑了。「一路上都在睡。……芳子，妳最思念的岳母大人住的家鄉紀州，已經到囉！」兩個小孩同時從貨斗跳了下來。「你姊姊打從好幾個月前就左一句要去紀州了、右一句要去紀州了，成天掛在嘴邊說個不停，現在總算到家了，卻睡得那麼死。」姊夫向他解釋，然後用不耐煩的語氣提高嗓門又喊了一次：「你們兩個快醒醒，到紀州囉！」

這一喊，三歲的久志驚醒過來，像是為了掩飾睡得太熟而難為情地從芳子敞開的胸脯間抽出小手，拍著芳子的面頰直嚷：「紀州！紀州！」芳子這才終於睜開了眼睛。一看到他站在眼前，開口說：「喔，到紀州啦？」這才下了卡車。

「剛剛還在夢中呢。本來打算路上讓孩子的爸多停一下，讓我從副駕駛座換到貨斗上的墊子睡得舒坦點，誰曉得就這樣睡暈過去啦！」

「每次都是一上車就睡著了。」小男孩說。

「搭車太舒服了嘛。半路還聽見孩子的爸說了聲：芳子，要過矢子嶺囉，可眼皮偏偏重得睜不開。夢見什麼了倒是想不起來，總之是個好夢，開心的夢！」

「只要提起紀州的事，芳子向來開心得很。」姊夫把還沒睡飽而開始鬧脾氣的小男孩抱了過去。說話聲在夜裡格外響亮。他們把卡車停在原處，進了屋裡。

媽媽和後爹一直等著他們。「回來得好、回來得好！」媽媽連聲說，直看著來自名古屋的這一家人，並且為已經睡著的久志在擺放電視機的那個房間鋪了被。「這麼晚才回來，把我給擔心死嘍。」媽媽說。芳子笑了。

「車子一整路都在山上繞來繞去。再怎麼看都只有黑麻麻的山。每次回到紀州，總覺得這處鄉下地方未免偏僻得嚇人呢。」名古屋的姊姊這樣對媽媽說完，向著身穿五分襯褲的後爹恭恭敬敬地磕了頭請安。後爹客氣地回了句：「招待不周。」姊夫朝直嚷睏的兩個小孩說：「去跟久志擠一擠。」姊夫只站著點了頭致意，似乎不知道該如何問安才好。

「姊夫，要不要喝啤酒？」他問說。「要。」芳子替姊夫回答了。芳子脫了衣服，指示姊夫從壁櫥裡搬出被子來鋪床，免得兩個小孩一直鬧著睏了想睡。「大老遠的抱著久志搭那輛破爛卡車，把我給累癱啦！」芳子轉了頸子，「肩膀怎麼那麼僵硬啊？」說著，朝他投去一瞥，嘴裡吩咐姊夫，「欸，等一下幫我揉揉肩。」「妳這孩子真不像話。正夫開長途車，已經很累了呀！」媽媽沒好氣地訓了她，「都快四十的人了，別還當自己是以前那個大姊頭，總得有個賢妻良母的樣子。」

「帶著拖油瓶的女人，裝什麼賢妻良母啊！」芳子站著伸手從後爹擱在矮櫃上的那包菸裡抽了一支出來，點了火，從鼻孔噴出了長長的兩道煙氣。芳子看了他一眼。「秋幸長得愈來愈像哥哥了。」接著問，「又長高啦？難怪美惠總在電話裡說，秋幸和哥哥長得好像、好像喔。」

後爹推說帳還沒記完，進了自己的房間，特意讓久違的母女倆暢所欲言。他從冰箱拿出了啤酒，媽媽看著他走進走出廚房。在辦法事的前一晚，為了明天而置辦的豐盛食材，把平時空蕩蕩的冰箱塞得滿滿的。

「連車子幾時過了矢子嶺我都不曉得。聽倒是聽見了孩子的爸說，『芳子，矢子嶺到了』，但就是迷迷糊糊的沒法清醒，等到被叫醒了睜開眼睛，就看到秋幸站在面前了。媽媽在，秋幸也在，總算見到了。」芳子說著，撓了手臂，皮膚上頓時浮出了一道紅印子。「是不是卡車裡有蟲子啊？」姊夫笑了起來。「又不是我愛抓，就是癢嘛。」芳子的語氣忽然變得低落，「想當年，我可是一個人越過那座矢子嶺的，還拎著包袱呢。哥哥送我到半路，那時我十五，哥哥也才十六。現在想起來，十六歲根本還是個小寶寶嘛。先搭火車到木之本，再搭巴士過了矢子嶺，又搭上火車到尾鷲。我到今天都還記得，哥哥送我搭巴士，發車前還有一點時間，於是兩人在車站前吃了油豆皮烏龍麵。那個時候的哥哥還挺闊氣的呢。」芳子繼續訴說往事，「哥哥問我：『想不想吃油豆皮烏龍麵？』我不願意讓哥哥看出自己不想離開家，還故意把麵湯喝得乾乾淨淨，一滴不剩。和哥哥道別，搭上巴士，過了矢子嶺之後，明明不傷心也不難過，卻不曉得什麼緣故，眼淚突然一顆接著一顆掉個不停。」他聽著名古屋的姊姊講述過去。

「秋幸那時還小，而美惠的身子也弱嘛。」媽媽的口吻中帶著辯解。

「芳子總拿那時候的事誇口呢。」姊夫說。

「到現在我還常想起那時候的事。我們家隔壁開了家咖啡廳，前陣子去光顧時，發現有個以前總是孤伶伶坐在那裡的女生，我猜是哪間工廠的女工吧，那天看她忽然染了一頭紅髮，簡直變了個人似的，漂亮極了。孩子的爸惋惜說，好端端的一個女孩子就這麼走偏了。我倒是把她當自家妹妹，打心底為她高興變漂亮了。」

「這年頭工廠生意變差了，紡織業更是糟糕透頂。」姊夫說。「那個女生大約十六、七歲吧？」芳子點點頭，又撓撓手臂。

「看著那女孩就想起從前的自己，我在心裡告訴她：要幸福喔！變漂亮了，可得努力賺錢，千萬別做蠢事。可是那次之後，就再也沒見過她了。」

「聽姊姊這麼一說，我想起上小學時，妳送了書包給我。」他說。

「不只書包，連制服和皮鞋也都是我送的呢。」芳子對媽媽說。媽媽點點頭。

「每個月都會收到媽媽的信。媽媽不太會寫字，總是托人代寫，一整封信全是難得要命的漢字。我也看不懂那麼難的漢字，只好拜託宿舍的朋友讀給我聽。原本很好奇上面寫了什麼，沒想到居然是『敬啟：時序已入晚春，閣下是否別來無恙』，這段話我到現在還背得出來呢。還以為家裡有什麼急事呢，說白了就是要我寄錢回去。真把我給羞死了。以後再收到信，我也不找宿舍的朋友念了，馬上就去寄錢。要是當作沒收到信也不寄錢，接下來收到的就是『媽媽病危』『哥哥病危』『美惠病危』的電報啦！」

「我也是逼不得已呀。一個婦道人家得養孩子，而妳哥哥一出門就是好幾天，連家都不回了。」

「這些我都知道，可是知道歸知道，收到那種電報還是嚇了一大跳呀。誰讓美惠體弱多病，半夜三更收到那樣的電報可嚇死我啦。我還這樣被媽媽騙回家兩次呢。」芳子說得都笑了。袒露在無袖內衣外面的臂肉隨之抖顫。「只有哥哥自殺的那一次，媽媽打來的電報沒騙我。」

啤酒喝完五瓶了。趁著他起身去拿的時候，媽媽向名古屋的姊姊和姊夫提起住在當地的姊姊，也就是他二姊的婆家發生的凶殺案。芳子大吃一驚。葬禮是在海邊的老宅辦的，就在兩個星期前左右。也難怪芳子驚訝，因為連他也覺得莫名其妙。動刀的人是天天都要見面的，實在不懂為什麼要去殺人。「可憐哪。」芳子說著，灌下一口啤酒。

「這地方最出名的就是火災多和凶殺案多。」他說。媽媽瞪了他一眼。不管是火災還是凶殺案，只要仔細深究，總有它的原因和理由，歸納起來，幾乎都是由於這塊土地被山、河、海給圍困住了，經年累月受著烈日曝曬，既熱又悶，使得住在這裡的人特別容易血脈賁張。」

「美惠一直在家裡靜養。」媽媽坦承了。

「她一直在家裡靜養？我一點都不曉得。」

「那孩子的個性就是改不了。說起來那是婆家的事，犯不著去插手，可她偏偏當成自家兄弟闖下大禍似的，非得親自東奔西跑不可。根本用不著她出面嘛。反正光子和安雄都不是什麼好東西，而那個古市也不是平白無故被人捅刀的。」

「安雄，是我知道的那個男的？」

「聽說以前是跑船的，我看他就是個流氓。」

「光子，就是上回提到的那個？」芳子詢問。媽媽點了頭。

「前些時候妳不是告訴我，她跟個開卡車的還是跑船的私奔，連孩子都不要了。」

「對，就是她，後來還是回來了。孩子送去給別人養了。」

「那女人風評不太好呢。似乎和以前的我半斤八兩喔。」芳子說完，瞄了姊夫一眼，「上回聽說她拋下還在喝奶的寶寶跟男人跑了，結果被美惠的老公揍了一頓，那時就覺得這女人實在不像話，換成是我絕對做不出這種事的。孩子的爸，你放心，就算我哪一天和別人相好上了，動了真心，也一定會把孩子帶在身邊的。就算要私奔，也會帶著孩子跟人家走的，你儘管放一百二十個心吧！」芳子打開了行李箱。箱子裡有一包用日本紙裹起來的東西。紙包裡是一襲和服。「媽，好看吧？」芳子一派得意地說，「就算家裡窮，總得在幫爸做法事這天穿得體體面面的，所以一咬牙，花大錢做了這一件。」

「妳做得很好！」媽媽點頭稱許。

「我是爸的女兒，怎能隨便穿呢。好歹我是長女呀。」

芳子站起來，把和服拿在穿著無袖內衣的身前比了又比。

辦法事這一天，從名古屋來的兩個小孩從大清早就開始鬧個不停。大概是前一晚喝了啤酒就睡著了，醉意未退，身體懶洋洋的。太陽已經照進房裡了。他只穿著一件內褲，做了二十次伏地挺身，以及二十次仰臥起坐。雖然今天一整天都不上工，但他一個男人完全幫不上忙。誦經結束後為賓客準備的飯菜，全都由媽媽姊姊們和幾位鄰居太太張羅。姊姊生父的法事在媽媽現在的住家舉行。當初芳子非常反對這麼做。的確，細想起來確實不合情理。這裡不僅是媽媽的家，也是後爹的家。甚至可以說這個家完完全全屬於後爹的，然而媽媽卻要在這裡為第一任丈夫做法事。不曉得後爹心裡是怎麼想的。芳子的大女兒戰戰兢兢探頭進來，臉上沒有一絲笑容地說：「如果醒了，就過去吃飯。」緊接著從主屋那邊傳來了芳子的獅吼：「秋幸，吃飯啦！」那聲音和媽媽像極了。他喔的應了一聲，只穿著內褲就出了房門，芳子撞見，笑了他一頓：「褲襠裡那麼大的玩意兒盪來晃去的，羞死人了，快去把衣服穿好！」

「怎麼這麼不怕羞啊？」姊姊對著媽媽問。

「他根本不曉得什麼叫怕羞。」媽媽幫他找了件便服。若是平常，媽媽拿出來的會是工作服。「秋幸和文昭統統一個樣，洗澡完出來都是光著身子走來走去的，除非我先叮嚀家裡有客人來太失禮了，他們才記得套件內褲再出來。」

「媽家裡頭怎麼全是些原始人呀！」

他早飯還沒吃完，文昭來了。後爹一見到文昭劈頭就罵：「早該起床滾過來啦！說什麼想住在公寓，如果只是為了方便玩到三更半夜，我可不准你繼續住外面！」

「昨天挖了一天土嘛。」文昭解釋。「就算已經做慣了，還是很累呀。」

「早點睡不就得了！誰讓你夜裡貪玩，難怪早上爬不起來。」後爹說。

「工作真辛苦哪。」姊夫說。文昭接過媽媽盛好的飯碗，吃得不情不願的，還不忘抱怨：「老是這樣囉哩八唆的，在工地也成天拿我當狗罵。」

「你以為我愛罵人？誰讓你天天惹事欠罵！」

「文昭今年幾歲了？」芳子問說。

「二十六了。差不多大我兩歲。」他回答。嘴裡塞著滿滿一大口飯的文昭也點了點頭。

他陪著名古屋的姊姊和三個小孩去了領班家。天上的太陽，使得家家戶戶、花草樹木，無不泛著金光。這條路天天都走。明明豔陽高照，卻沒有上工，他覺得很內疚。望著名古屋的三個小孩沿途邊跑跳邊嬉鬧，時不時還放聲大叫，他在心裡告訴自己，今天不是尋常的日子。

「秋幸，長得真高呀。」芳子說。她昨晚的脂粉已經卸淨，格外顯老。「看到秋幸長成了這麼高大的小伙子，又走在這樣的巷子裡，真像在做夢。統統都是夢。」

「大姊也老了一些。」

「怎能不老呢，孩子都生三個啦。腦子裡全是以前的事。這一帶從前都是田地。每回我在外頭打架回到家，媽和哥哥總是瞪大了眼睛訓我：芳子，學學別人家的閨女吧！」

名古屋的小孩們早就一骨碌進了領班家。芳子臉上堆笑，「美惠，大姊不遠千里從名古屋來看妳了！」這段話聽起來像戲裡的台詞。芳子先進了屋。他跟在後面進去。美惠的聲音從裡面傳來。那聲音十分沙啞，沒有力氣。

芳子把帶來的那盒甜蒸糕擱在姊姊的枕邊，「前些時候難為妳了。」一邊說邊坐了下來。姊姊勉強擠出了笑容，坐起身來，並且攏了攏睡衣的前襟。姊姊和昨天判若兩人。頭髮亂蓬蓬的，氣色暗沉。「嗓子啞，不太能說話。原本想在爸爸的法事前養好病，還是不行。」姊姊的身形看起來比昨天小了一圈。

「聽說早先被診斷成肋膜炎？這地方的蒙古大夫，該講的話不講，不該講的話偏要講。」芳子說完，又對在隔壁房間玩瘋了的小孩們大吼：「喂，給我安靜一點！明子，妳阿姨還在養病，想跟媽媽慢慢聊幾句，你們帶久志到外面買糖果去。」

話才講完，小女孩低低地喊了聲「媽媽……」接著走過來說，「我跟妳說喔，我們剛剛已經去過了。然後呀，在糖果店的前面有個好可怕的老伯伯喔。那個老伯很像乞丐，臉很黑，一直瞪著我們看。他問我們從哪裡來的。我說不知道，要你管！結果他就伸出一隻好可怕的手給我們看，還說要用那隻手把我們剁來吃。」

「一定是弦叔。」他說。

「久志嚇得哇哇大哭，所以我們就趕快跑回來了。」

「別怕呀別怕……」姊姊用沙啞的聲音，唱歌似地說，「那是你們的叔公喔。俗話說，天有神明，地有叔公，要尊敬他才好。」說完，虛弱地笑了笑。

「怕怕！」久志邊說邊爬上芳子的膝頭跨坐，「我，哭哭！」

「愛哭鬼！」他故意逗弄。「你沒有用力揍他一拳喔？」他朝小傢伙的腦門敲了一記。久志不知道自己該不該哭，看向媽媽芳子求援。芳子並沒理睬。於是久志突然朝他的身體踢出一腳，被他躲開了。「愛哭鬼真沒用，名古屋小孩真沒用。紀州小孩都很勇敢哦。」久志整個人撲了過來，兩隻小手朝他的腦袋一陣亂毆。

「好好好，勇敢勇敢，名古屋小孩也很勇敢！」他趕緊求饒，「你不是愛哭鬼，愛哭鬼不是你，勇敢勇敢，很勇敢！」

法事原本訂於七點開始舉行。美惠坐在後爹常待的那個房間。廚房裡，媽媽和芳子正與來幫忙的女工以及鄰居太太們聊著天。談話聲從緊閉的隔扇另一邊傳了過來。他覺得黑色的和服穿在大姊身上很合襯。梳攏髮絲、略施薄粉的大姊，長相比其他兒女更像他們的生父。屋裡有後爹和文昭的聲音。屋裡還有孩子們嬉鬧的聲音。「還撐得住嗎？」他問說。姊姊試著回答，卻因為嗓子啞了而沒法發聲，只搖了頭。姊姊的目光一直停留在他臉上。

姊姊直視的眼神令他呼吸困難，乾脆去了廚房。芳子正和媽媽說著話。或許是身穿和服的緣故，芳子看起來有點老。「美惠躺著休息嗎？」媽媽問他，「臉上不見一絲血色，我真擔心她坐太久累壞了身子，病情又要惡化了。」

就在媽媽講這幾句話的時候，參加法會的人陸續到了。滿屋子都是後爹的親戚、後爹的工班以及街坊鄰居。師父進了玄關，忽然來到了廚房，開口對芳子說：

「出落得這麼標緻了。」芳子頓時臉上笑開了花。

「能夠請到師父來給我爸誦經，太開心了！」

「剛才看到妳還想著真面熟，可不是小芳嗎。幾年不見，長這麼大了。」

「已經是老太婆啦。」

「客氣了，小時候的模樣還記著呢。小芳的母親，這些年，您吃了不少苦吧。」

「人人都是這麼苦過來的。」媽媽沒好氣地回了一句。師父一時不知如何回應，只得說聲：「那麼稍後再聊。」便去了安置佛龕的房間。後爹、文昭、領班和姊夫等人應該都在那邊了。

「師父，等一下和大家多喝幾杯喔。」芳子喊說。師父轉過身來，點了頭。「好開心喔，能夠請來老家的師父。爸地下有知，今天一定很高興。媽，妳說對吧？我真的太開心啦！」芳子眼裡都是淚。「比起請來高僧誦經，還是找我們從小無論是不是每個月固定布施的日子，都願意來家裡小佛壇前誦經的師父做這場法事，最讓人開心了。」

再過十分鐘，該請師父開始誦經了。就在這個時候，屋外傳來了喊聲：「美惠啊——美惠啊——」他豎起耳朵，這才聽出是弦叔的聲音。「美惠啊——美惠啊——在不在啊？叔叔來啦！」弦叔嚷著。芳子突然不說話了。「是弦叔。」他解釋，並在廚房的窗口張望。天色還沒全暗，卻看不清楚弦叔到底站在什麼地方喊人的。媽媽臉色鐵青。

「不知道人在哪裡。」他說。「連個鬼影子也看不到。」

「管他去。」媽媽說。

「叔叔——」芳子站到他身旁大喊，沒人回話。芳子伸手搭在了他的肩上。脂粉香飄了過來。芳子不死心，吩咐他：「去把人帶進來。」

原來弦叔站在屋子旁的倉庫邊一股勁地直喊「美惠啊——美惠啊——」看樣子又喝醉了。他剛抓住弦叔的手臂就被甩開，還挨了罵：「小伙子想幹嘛，你叔叔就是我，我就是你叔叔！拿酒來，快拿酒來！」

「要喝酒家裡多得很。」他說。「芳子也從名古屋回來了。」

「是喔，芳子也來啦？」弦叔忽然把兩隻手插入口袋裡，身子東倒西歪的，根本站不直了。「芳子沒忘了她爸的法事，回來啦？」

他再次抓住了弦叔的手臂，又被甩開了。只見弦叔獻寶似的慢吞吞地抬起那隻手，「瞧，很可怕吧？」

「不過是一隻手，有什麼好怕的。」

他好不容易把弦叔帶到了玄關。「美惠啊——美惠啊——」弦叔只管站著直喊。任他說好說歹，怎麼也勸不進屋裡。

姊姊拉開隔扇，可以看出她是撐著搖搖欲墜的身子勉強走出來的，倚著廚房邊坐了下來。

「叔叔，您也來參加爸的法事了。」芳子說。

「芳子，見到叔叔還不請安？拿酒來，快拿酒來！我討厭壞東西，壞東西必定滅亡！」弦叔說。芳子使了眼色，讓他拿酒來。媽媽卻在後面對他說：「用不著給。」必須靠人攙扶才能勉強站立的弦叔，終於一屁股坐在架高地板的邊框了。

「你來這個家做什麼?」在他背後的媽媽高聲吼人了。芳子回頭看向媽媽。「這個家和你不相干。這裡絕不可能和你這種懶鬼有半點關係。走!」媽媽大罵,「快走!再不走,就把你攆出去!」

他揪了揪媽媽的和服袖口。

芳子看著媽媽臉上的表情嘀咕著:「媽,別說得那麼絕情。」

「這話哪裡絕情了?我這輩子沒讓這老頭請過一頓飯!他們夫妻倆在我們一窮二白的時候,只顧自己過著好日子,壓根沒想過幫幫我們這一家,還好意思大模大樣要人家稱你一聲叔叔?不管是美惠還是芳子,都沒有你這個叔叔!」

「再怎麼說,畢竟是自家叔叔呀。」芳子說,眼中泛著淚光。

「哪來的叔叔!現在才來大聲嚷嚷說自己是妳們的叔叔,還掐準了美惠心腸軟,不是討錢就是討酒的。我可沒那麼好講話,給我走!」

弦叔仍舊坐在地板框邊,彷彿沒聽見媽媽說了什麼,照樣喊著「美惠啊——美惠啊——」那聲音透著幾分淒切。幾個鄰居在大門邊探頭看了看,隨即縮了回去。後爹從屋裡走出來說:「怎麼啦,在家門口大呼小叫的,簡直丟人現眼。怎麼回事?」

倚坐在廚房邊的姊姊這時搖搖晃晃地起了身，經過後爹旁邊進了屋裡。不一會兒，房間傳出好大的聲響。是玻璃摔碎的聲音。「放開——」有人尖叫。「……我們——」尖叫的人是姊姊。他和媽媽三步併作兩步衝回安置佛龕的房間。媽媽急急叫喚：「美惠！」只見姊姊被領班從背後反手箝制住，五官猙獰，正要扭頭張嘴往領班的手臂咬下去。前來參加法事的客人紛紛躲到房間的角落。地上散落著佛具和供果，看樣子姊姊剛才動手破壞了佛龕。「美惠，妳做什麼？美惠！」領班喊著。姊姊發出嗚嗚怪聲奮力掙扎，幾乎要從領班懷裡掙脫出來。媽媽癱坐下來，嘴裡喃喃念著：「美惠呀……美惠呀……」。姊姊死命甩頭吶喊：「殺啊！快殺啊！」

好不容易把陷入瘋狂的姊姊抬上車，他和芳子夾坐在兩側，由文昭開車送回了姊姊家。文昭離開後，屋裡只剩他和兩個姊姊總共三人，沒有其他人了。

即使回到了自家屋宅，姊姊還是不停哆嗦，直說有人要來殺她。他和芳子只好陪在驚恐不已的姊姊身旁。

姊姊們盼望已久的生父法事，此刻正在缺了這兩個姊姊的後爹家裡舉行。姊姊把棉被蒙在頭上，全身縮成了一團，嘴裡喃喃念著：「怕怕、怕怕……」那模樣像小時候玩捉迷藏一樣。「美惠，別說胡話，清醒一點！」芳子邊說邊隔著棉被拍撫。

火車轟隆隆駛來，壓得軌道咔噹咔噹作響，從月台駛向鐵橋。他豎起耳朵，追蹤著那聲響漸漸遠去。姊姊在後爹家聽到了弦叔的聲音，誤以為生父顯靈了。姊姊向來覺得擁有一隻獸蹄手的弦叔與生父是骨肉至親，因此當下認定是生父附身在弦叔身上來帶她走，愈發心生恐懼。再加上姊姊們的生父在世時就住在這棟屋子裡，後來就在這裡過世，哥哥也在這裡上吊了。所以其實法事應該在這邊舉行，才能夠真正告慰死者。

「怕怕、怕怕……」姊姊整個人縮在棉被裡。他注視著不停安撫著姊姊的芳子。假如真有在天之靈，他希望死者可以立刻來到這裡顯靈，好好安慰美惠，也好好安慰芳子。還有媽媽也需要好好安慰。

他想起上一次媽媽像這樣大發雷霆的時刻。當時的罪魁禍首是哥哥。哥哥嚷嚷著：「當心我宰了妳！」媽媽馬上回說：「好啊，動刀啊！敢殺人就來呀！懷胎十月生下來，辛辛苦苦拉拔長大的孩子，居然見不得媽媽過上幾天好日子，提刀要來殺親娘啦！」後來哥哥酒醒了，不再嚷著要殺人，也不再揮舞著菜刀大鬧了。但是媽媽並沒有就此放過，而是繼續痛罵了哥哥一頓：「我就當沒生過你這個兒子，也不想再看到你三天兩頭上門翻舊帳。如果還當自己是條漢子，就去鎮上找個女人陪你一塊去幹份正經活！」媽媽當時的模樣，他到現在依然記得很清楚。哥哥回去之後，媽媽哭了。他隱約聽見後爹低低地說了一兩句話，然後媽媽拖長了哭腔說：「都怪我不好——」這聲音和稍早前的媽媽幾乎不像是同一個人。「錯的是我，是我造的孽啊——」即使捂住耳朵，這哭聲依然十分清晰。媽媽的哭聲撼動了他的身軀、撼動了他的內心，他唯有無聲地大喊：錯的是哥哥，造孽的是哥哥，不是媽媽！卻什麼忙也幫不上，只能在被窩裡蜷成了一隻小蝦米。兩個大人爭執著要離婚、不離婚。他哭了。覺得要是媽媽和後爹離了婚，他也活不下去了。

和他並排而睡的文昭，將手探進棉被裡摸摸他的頭。他感覺體內充斥著分不清是悲傷還是擔憂的某種情緒。文昭又把頭鑽進他的被窩裡說「別哭了。」那個清晨，在擋雨木窗依然合攏的家中，包括他和媽媽以及哥哥，彷彿都從文昭伸過來緊握的那雙手中，得到了些許救贖。是的，後爹和他兒子，還有媽媽和她兒子，一路以來都像這樣握住彼此的手心傳遞溫暖，成為對方的庇護，就是如此度過了一天天。不過，媽媽把哥哥拒於門外，也把弦叔拒於門外。不，不光那兩人，媽媽還把他生父的那個男人，照樣拒於門外。

姊姊又喊了「怕怕……」。每當她發出聲音時，整坨棉被就會上下抖動。芳子只管連聲安慰著：「清醒一點、清醒一點！」外面傳來了螻蛄的叫聲。他們進屋後，並未關上大門。

他站起來去關了玄關的玻璃門。聽見他踩在榻榻米上的行走聲，姊姊嚷著：「來殺我了！來殺我了！」

「不會有人進來的。」他回話，並且心想，若真有人膽敢欺負折磨姊姊，他非親手殺了不可。

姊姊突然哭了出來。「媽媽——媽媽——」儘管有芳子撫著背，姊姊還是兩手抵在鋪墊上猛搖頭，一直喊著，「媽媽不見了——我要找媽媽——」。

拍撫著姊姊後背的芳子接口：「那種人……」說著，忽然低頭掩面。「……不配當媽！」

「媽媽——媽媽——」姊姊愈喊愈淒厲。

「別再喊那種人媽了……她根本從沒替我們著想……」芳子說。他只是望著兩個姊姊。「要當我們的媽，就該學學別人家的媽是怎麼當的！」

從做法事的那天過後，直到名古屋一家人搭上布篷卡車回去，這三天裡，姊姊變回了小孩子，不停耍賴。明明還有點發燒，卻不肯躺在床上，堅持病都好了。姊姊宛如一只箍環脫落的桶子，動不動就哭，動不動就怕。領班拿姊姊沒辦法，只好託他：「別去工地了，陪陪她吧。」

姊姊的變化，有時讓人覺得好笑。姊姊纏著芳子講以前的事給她聽。芳子講了。姊姊聽得正開心，突然沒來由地放聲大哭，嚷著：「人家要跟媽媽在一起——」眼淚汪汪的，像小孩那樣哭喪著臉，「人家想去找媽媽——」即使哄她，媽媽正忙著洗衣服、忙著打掃家裡，也沒有用。不得已，他和芳子兩人只好一左一右攙著腿軟駝背的姊姊，一步一步走回了後爹家。姊姊一見到媽媽，安心了，在媽媽鋪好的床躺了下來，把臉埋進棉被裡。就在剛剛，還因為身心俱疲、積勞成疾而癱軟無力，像是全身上下統統出問題似的哭喪表情，頓時笑得燦爛無比。「媽媽的味道就是煎蛋的味道。」「傻瓜。」他笑了姊姊。芳子也跟著笑了起來。唯獨媽媽不知道該做何反應，覺得自己被姊姊騙了——難道這一切裝瘋賣傻，都是為了回味孩提時光？

姊姊一把搶過名古屋小女孩的帽子，戴到自己頭上。小女孩覺得不光這個阿姨，連在一旁笑得開心的大人們也都瘋了，忍不住央求：「我們回名古屋吧，快回名古屋吧！」

「我看，明天得請醫生來看看了。」媽媽說。

「山裡的醫生嗎？」他問。

姊姊突然大叫：「我不要！」所謂山裡的醫生，其實就是精神病院的醫生。

「至少得讓醫生看一下呀。」

「不要！又要來殺我了嗎？」姊姊嘶喊，猛然起身要撲向媽媽。芳子大叫「美惠！」並抱住姊姊。媽媽喘著粗氣。芳子貼在姊姊耳邊安撫著：「美惠、美惠……」可是姊姊沒聽見似的，拚命扭動身體掙扎：「又要來殺我了嗎？你這不要臉的，我絕不會束手就擒！你是殺人兇手！你是惡魔！」芳子緊緊抱住姊姊的腰沒有鬆手。
「惡魔，大惡魔，儘管放馬過來！你這個惡魔，你這個大惡魔！」姊姊邊吼邊喘氣。媽媽只盯著姊姊看，眼中沒有一滴淚。

過後，姊姊吵著非要大家陪她一起回去。於是黃昏時分，媽媽、名古屋的姊姊姊夫、他們的小孩，還有姊姊，一大群人去了領班家。那棟房子在姊姊心裡，並不只是她和領班共同生活的家，也是過世生父的家，還有自殺哥哥的家。他一個人留了下來。滿肚子怒火，乾脆出去。他不懂，究竟是哪一顆螺絲鬆脫了？天黑睡覺，天亮起床，出門工作。這樣的生活節奏，到底是什麼時候被弄亂了？不是自己弄亂的，而是被別人弄亂的。所有的一切，全都亂了。人死了就死了。活著的人卻還得活下去。那個死掉的生父有什麼了不起？那個死掉的哥哥又有什麼了不起？

風呼呼地吹。夾帶著冰涼的泥土氣息。他去了風化區。巷子很窄。轉角的街燈只有一顆電燈泡，他在這裡拐進了風化區的後巷。一男一女已在巷裡。女人扶著男人的腰，蹲在地上。一發覺他走過來，兩人慌張地抱成一團。錯身而過時，女人噗嗤笑了一聲。他轉了彎再拐了角，又走回那條風化區的巷子裡，再度聽到了剛才那女人的笑聲。

「小哥，算你便宜點，來玩玩吧！」散發出脂粉香的女人勾住他的手臂。他沒有回應，手臂暗暗使勁，甩開了她的手。「幹嘛那麼凶巴巴的……」女人立刻翻臉罵人，他不想聽女人罵罵咧咧的，兀自推開了彌生館的店門。

店裡暗暗的。算起來有四個包廂。一盞桃紅小燈從天花板垂了下來。店裡有座櫃台。櫃台裡坐著一個貌似六十歲的婆婆。「歡迎光臨！」婆婆揚起嗓門喊著，「久美呀，這裡有客人！」陪著一個男客坐在包廂裡的年輕女孩立刻起身。婆婆朝那個女孩眨了眼。「欸，太過份了吧！」男客抗議。

「別擔心，媽媽桑我的這把寶刀還沒生鏽呢。」

「不成、不成！」男客拒絕，「也不想想妳都幾歲啦！」

「聽聽您說的。想當年我可是第一紅牌哪！提起彌生館的姑娘，想要一親芳澤的男人可是大排長龍呢！」

「那都幾十年前的事了。」

年輕女孩見他愣站一旁，拉起他的手，帶進裡面的包廂坐下。「想喝什麼？啤酒？威士忌？」

「威士忌。」他回答。

「很貴哦！」女孩提醒。他點了頭，端詳著女孩的臉孔。女孩被他看得莫名其妙，「看我幹嘛？」問話中帶著怒氣，「不滿意我的長相？」他對女孩搖了頭。女孩和誰都不像。女孩站起來走進櫃台，端回了兩杯兌了水的威士忌。一坐下就將手擱在他的膝頭，還用手指輕輕搓撫，「癢不癢？」他可以感覺到女孩的掌心很溫暖。

「我要開始摸了喔，要是拖拖拉拉的，等一下媽媽桑要罵人了。」女孩隨即隔著長褲撫摸他的陽具。就這樣摸了好一陣子。「怎麼還是軟趴趴的？」女孩說，「那來親嘴吧。」並伸手環住他的後頸。「放輕鬆點嘛。」隨即把他的頭勾向自己，把嘴脣貼了上去。女孩的舌頭從他的上下排牙齒間滑進來，翻捲攪動。一會兒，離開了他的嘴脣。「你要摸這裡呀。」女孩對他指著自己的乳房。說完，再次湊上去吻了他。「唉唷，都這樣了還不行喔！」女孩抱怨。他點了頭。長褲拉鍊開了。女孩伸手進去。他感覺到自己的陽具漸漸硬了起來。「行啦！」女孩說。他摸了一下女孩的乳房。厚實的乳房。

他想著，到底自己來這裡做什麼？女孩撫摸著他的陽具，還示意他把手伸進裙子底下。女孩貼在他耳朵旁說了句：「二樓有房間喔。」「不要。」他回答。

「你這人真奇怪。」女孩說。他撥開女孩的手，又一次端詳臉孔。女孩被他撥開手生氣了，「幹嘛，你是來看笑話的，還是來妨礙人家做生意的？」說完就要起身離開。他拉住女孩的手，讓她坐下。

「我有話問妳。」他說。

「我忙得要命，得趕緊賺錢才行，沒那個閒工夫陪你聊天。想聊天，找媽媽桑去。」女孩霍然起身，一頭撞上了垂掛的桃紅小燈。「媽媽桑——」女孩喊著，「他說想找人聊天，有空的話陪他聊聊吧。」外邊隨即傳來婆婆的回應，「我現在很忙，妳跟他講，下次再來。」

他幾乎是被攆出門的。女孩叫做久美。原來，那女孩就是那傢伙最近包養的姘頭，也就是那傢伙搞大妓女的肚子生下的女兒。那女孩，就是我的妹妹？他思索著，妹妹是在不知情的狀態下撫摸哥哥的陽具，還讓哥哥撫摸自己的乳房嗎？他在心裡問著那女孩：為什麼要在風化區的那種地方幹活？為什麼要做這種跟妓女沒兩樣的營生？那男人讓媽媽懷胎生下來的他，現在在這地方過著這樣的生活；那男人讓平凡女孩懷胎生下的女兒，現在是個大家閨秀；為什麼就只有那男人讓妓女懷胎生下的妳，卻要做一行呢？不管是傳聞或是事實，妳為什麼非當那男人的姘頭不可？淚水一下子湧了上來。他刻意繞遠路，沿著鐵軌走回去。

一看到他出現，芳子劈頭就問：「上哪兒去啦？」方才走了一大段夜路過來，領班家的日光燈特別刺眼。

「美惠一直喚著秋幸、秋幸，簡直像在喊男朋友似的。」

「明天陪姊姊一起去海岬。」媽媽吩咐。他注視著媽媽的面孔。

「就跟以前一樣，大家一起去海岬喔。」姊姊說，「秋幸，我們大家一起去嘛，好不好？大家一起帶飯盒去喔。」姊姊拍了拍揣在胸前的那只塑膠籃子，籃身印著麥稈紋路。

「可別玩瘋了，到時候又要發燒了。」

「人家又不是小寶寶，早就當媽媽囉！」姊姊反駁。芳子被她的話逗笑了。

「妳從小身子就弱，疑神疑鬼，還愁得悶出病來。媽媽總擔心妳。」

「沒事的，人家肋膜炎已經好了嘛。」姊姊又拍了拍那只花籃子。那種籃子通常是十四、五歲的女孩喜歡拎出門的。

「還請秋幸和姊夫多擔待了。」在事務所那邊的領班開口央託。

「領班不去嗎？」他問。領班抬起頭來。「古市那邊的事還沒解決，美惠又是這副模樣，什麼全亂成一團。工人們也不曉得該從哪裡開始著手才好。」

「而且工班又少了我一個。」

「那不是秋幸的錯，是我給你添麻煩了。」

姊姊坐在棉被上，旁邊圍著媽媽、芳子和姊夫。他也在。領班也在。名古屋的三個小孩和姊姊的兒子在二樓。他望向姊夫。姊夫一臉茫然的表情坐在那裡。可以想見眼前這錯綜複雜的血緣關係，難以理出個頭緒。他心想，奇怪的血緣關係。奇怪的不是只有姊姊，而是這種血緣關係本就奇怪了。混沌不明。單是看著姊姊喜孜孜的模樣，令他幾乎窒息。

「飯盒裡記得放煎蛋喔！」姊姊叮嚀，又告訴他，「煎蛋時摻點糖，再加點醬油調味，很好吃喔！」

「難怪妳說，媽媽的味道就是煎蛋的味道。」芳子說著，笑了起來。「以前家裡窮，煎蛋就是我們家最高級的菜了。哥哥和美惠都一樣，只要聽到晚飯有煎蛋，總是高興得又叫又跳。」

「真是窮怕了。」媽媽說。

「窮也沒啥大不了的。」芳子說。「美惠，妳說對不對，窮也沒啥大不了吧？」

姊姊沒有接口，只咧嘴一笑，又拍了拍籃子。

太陽高掛。分外炫目。草地泛著綠光。由於日光太過強烈，本該是翠綠的草地看上去倒像是墨青。長在海岬頂端的那棵樹受著海風吹拂，緩緩地搖曳。樹梢彎下，挺直，又彎下。除了這棵樹，可以說一望無際。映入眼簾的只有天空和大海。趴在地上，青草扎得肚皮癢癢的。他看著眼前的景象。姊姊全身放鬆，把花籃子抱在膝間坐著。由於脂粉未施，臉上的雀斑特別惹眼。眼角有淺淺的魚尾紋。姊姊的兒子和名古屋的小男孩正在進行相撲賽，由姊夫擔任裁判。小女孩則牽著最小的久志去了海岬的商店。

芳子把毛巾鋪在膝上削著水果。削好之後切成四塊，一塊給他，一塊遞給姊姊。姊姊搖頭說不要。「不可以不吃喔。」芳子說著，往自己嘴裡塞進一塊，剩下的那塊擱到毛巾上。芳子伸手指了指，「去幫我把保溫瓶拿過來。」瓶子裡裝的是茶水。「還有，那邊的鋁箔紙包也拿一下。」他嫌煩，乾脆把整個包袱拎到了芳子面前。她揭開鋁箔紙包，拿出一支烤雞腿，吃起來了。「我和美惠不一樣，不挑食。從小媽就誇我，說我什麼都吃得香。」芳子笑著告訴他，「那女人有時說話挺毒的，也罵過我像個叫化子，再多都吃不飽……」芳子看著姊姊的臉，咬下一口雞肉。「秋幸也多吃點。」他搖搖頭。他連回答芳子都覺得麻煩了。姊姊忽然發出呻吟，說了句：「要是哥哥也在……」然後抱著籃子，搖搖晃晃地站起來。芳子顧不得嘴裡的肉還沒嚥下去，急急喊叫：「秋幸！」他馬上跳起來，抓住姊姊的手，拉她坐下。姊姊雖然跌坐在草地上，依然把籃子緊緊地摟在懷裡。「要是哥哥也在，該有多好。」

「已經上吊死了。」他說。「比誰死得都早。」他心裡其實很想吐舌頭譏笑一番。

「哥哥已經死了呀。」芳子說。

「玩得真開心！」姊姊卯足了勁說，一說完就洩了氣，把籃子抱在胸前，無精打采。「大姊，好開心喔。」她說，「好開心喔，有風，還有太陽。」

「天氣真好呀。」芳子搭完腔，朝他眨了眼。「妳可得打起精神喔。」

姊姊點了頭，「雖然很難過，但我會打起精神的。我有姊姊，還有秋幸。就是身子不爭氣，難講什麼時候肋膜炎又要復發了。」

「別胡說，不准講喪氣話。美惠要不打起精神，讓我們姊弟怎麼辦好？」

「雖然我身體弱又膽小，但一定會打起精神的。我不打起精神怎麼行呢。」

「沒錯，美惠吃的苦哪裡有我多呢。現在倒是好，可以和孩子的爸一起回來紀州了，其實有些委屈我不敢講給妳聽，也不敢跟任何人訴苦。當初我去他家說要結婚時，他媽媽一把揪住我的頭髮，在榻榻米上又甩又拖的，還罵我是窮鬼，一個不知來歷的婆娘竟敢找上她的寶貝兒子騙婚。你們從沒離開過家鄉，沒法體會那種痛苦。」

「要是哥哥在，該有多好。」

「就算哥哥還活著，我也不會告訴他。自己一個人哭過多少遍算都算不清了。」

「好開心喔，要是哥哥也在這裡，該有多好。」姊姊說。耀眼的陽光讓姊姊瞇起眼睛。海風一陣陣從底下吹上來。今天是平日，沒什麼人來。孩子們約好以草地的兩側邊緣為界，進行賽跑。布篷卡車停在土產店旁邊，姊夫帶久志坐在車裡休息。姊姊就在他的眼前。身形是那麼的溫婉、柔美。像極了遺照上的生父。「好開心喔。」姊姊說。

一行人搭上布篷卡車，來到了外婆的墓園。墓園位在可以俯瞰海岬的山崖上。

大家依據芳子的記憶尋找五輪石塔。費了番功夫，終於找到了。沒帶線香，點燃香菸供上。芳子擔心只點一支菸不足以讓外婆知道我們來看她了，還燒了紙。焰火飄搖。「外婆，您在那裡孤單嗎？應該不孤單吧。雖說十年才來一趟，今天外孫和曾外孫想起您，特地來看您了。」芳子兀自說了一串話，宛如講給姊姊聽似的。「秋幸剛出生那陣子外婆常來家裡，聽她提過好多次，在墳裡一點都不寂寞，因為麻雀和鴿子都會飛來作伴。」芳子說完，抬起頭來，一看到他就破口大罵：「秋幸，笨蛋！」他嚇得跳起來站直了。「怎麼可以坐在那裡！那是舅舅的墳呀！」

「舅舅？」他納悶地問。

姊姊笑了。「那是媽媽的哥哥的墳墓喔。」姊姊的語氣十分肯定。

「我被蚊子咬了好多包。」名古屋的小女孩抱怨。

「走啦，快點去看鯨魚池啦！」

「不喜歡來墳墓！」久志突然撲向芳子踢了一腳，踢中了芳子的屁股。芳子的反射動作就是一巴掌拍在久志背上。啪的一聲，相當響亮。被疼痛和聲響嚇到的久志，小臉蛋糾成一團，一面觀察著大人的反應，慢慢癟嘴。終於，淚珠滾出了眼眶，放聲大哭起來。「可以踢媽媽的屁股嗎？」芳子說，「這種壞小孩，丟回名古屋去！」姊夫勸解，「也用不著出手這麼重。」並摸了摸久志的頭。

「快走嘛，快去鯨魚池，好不好嘛！」小女孩求姊夫。姊姊的兒子一個人默默地逐一掐掉了插在竹筒裡的枯花葉子。「海岬這裡一點也不好玩。什麼都沒有。店裡的東西也好貴。」小女孩抱怨完又問起姊姊的兒子，「你說的鯨魚，是真的鯨魚？是真的鯨魚在大水池裡？」姊姊的兒子點點頭。小女孩又問一次：「真的？沒騙我？」姊姊的兒子總算開口回話了：「真的啦。」

在布篷卡車的另一邊可以望見岬角和大海。厚雲掩著太陽。墓園前方的山崖底下是竹林。風吹浪起，水色變幻。山崖下是一大片空曠的草地。岬角頂端恰呈箭頭形狀，沒入海裡。海水是青綠色的。浪頭拍上岬角的深黑岩岸，濺出點點飛沫。

姊夫與他並肩而立，說：「真是個好地方。」「這地方什麼都沒有。」他回答。真想藏起這處海岬，不讓它出現在姊夫的視野裡。自己獨占這片景色，誰都不能看見。這座墓園位在從海岬蜿蜒向上的山崖，葬在這裡的人們從以前就只能靠著喝雨水過活，而近在眼前的大海也由於沒有港灣泊船，就算想打魚也辦不到，只能上半山腰開墾，務農餬口。媽媽告訴過他，這地方的女人家在自家孩子還沒懂事前，就得遠去他鄉當奶媽了。媽媽也曾是其中的一個。

兩個姊姊還在墓園裡。孩子們已經上了貨斗，興高采烈地說著待會兒要去的鯨魚池了。他覺得兩個姊姊一下子變老了。姊姊蹲在地上，懷裡揣著裝有沒吃完的食物、飯糰和水果的籃子。芳子彎著腰踩著碎步，穿梭於墓碑間的小徑去汲泉水。手裡拎著生鏽變形的白鐵桶。提回來時太重了，一路走得東倒西歪。然後她旋開保溫瓶蓋充作杯子，舀水澆在墓碑上。外婆的，舅舅的，還有外婆生下後夭折的孩子的，依序澆了水。雜草也拔除。定睛遠望，他供上的那支代替線香的菸，隱隱飄出煙氣。他看著兩個姊姊，想像著她們上了年紀，成了老太婆以後，還會這樣來上墳嗎？到時候已是老太婆的兩人，幫媽媽掃墓。嘮嘮叨叨。掉下眼淚。嘮叨也開心，掉淚也開心。還沒真正變成老太婆的兩個姊姊卻已出現老態，令他心痛不已。

「妳們到底還要多久啊？」他喊了聲。

「再等一下嘛。」姊姊的答話聲很輕快。

「慢吞吞的，不等妳們囉。」

「你這沒良心的！」芳子吼了回來，「我明天就得走了，好幾年才來上一趟，總得讓我向外婆和舅舅好好道謝以前的照顧。他們最疼的就是你了，沒良心！」

「我又不記得！」他又朝那邊喊。

「讓我去死——」姊姊光腳衝出了家門。前一天大姊全家才搭上布篷卡車回名古屋去，隔天晚上就出事了。領班恰好在家。就在他一不留神的空檔。「秋幸，快抓住！」領班急喊。他馬上衝出去，緊追在後。終於在平交道前揪住了姊姊衣服的後領，使勁往後一扯。姊姊仰天後倒，撞上他的身體，立刻站起來。從跨河鐵橋上駛向車站的火車就在這時後通過了平交道。姊姊又呈俯衝姿勢整個人往前撲。他一把抓住姊姊的頭髮。姊姊四肢掙扎。他牢牢握緊姊姊的頭髮，使出一記柔道招式大外割將她絆倒在地。這時領班總算趕到，上前按住姊姊的身體，揪住衣襟，揚起右手賞了兩巴掌。「好想死——好想死——」姊姊一雙腿不住地蹬，裙襬掀得老高。白皙的大腿裸露在外，令他不快。「放開我——放開我——」姊姊齜牙咧嘴地咆哮。她一扭頭，張口就想咬。領班騎在姊姊身上，啐罵一聲「鬧夠沒！」伸手又是一巴掌。這時候火車轟隆隆地疾駛而過。他大口喘氣，感覺到火車的轟隆聲迴盪在自己體內。住在領班家隔壁的女人一直朝這邊張望。姊姊呻吟著：「好想死——好想死——」領班依舊騎在姊姊身上，壓住她的雙手。領班已除去外套，只穿著汗衫和五分襯褲，手臂和腿腳肌肉發達，看起來頗像一頭野獸。

滿身髒汙，灰頭土臉。他去浴室沖掉腳板上的沙土。更衣處擱著一只鯨魚塑膠玩具，應該是久志忘了帶走的。姊姊的哭聲仍未停歇。領班喊他：「秋幸，去找媽媽過來。」他顧不得擦乾腳，濕漉漉地急著趿上了領班的拖鞋。他想救姊姊。他想救每一個人。但是，要用什麼方法呢？姊姊真的瘋了嗎？忽然間，他想起了在海岬墓園裡的姊姊。那時的她看起來很開心。從那個時候到現在，算起來還不到兩天。即使從做法事那天出現異樣的舉動算到現在，也沒有幾天。他無法接受現實中的姊姊發生這樣的變化。那麼害怕生病、那麼畏懼死亡的姊姊，居然想尋死。

媽媽連一滴眼淚也沒掉，只說了句：「又做蠢事了。」反倒是後爹慌張起來。媽媽正在疊晾好的衣服。「古市才剛死，大家正忙著處理後續，她還來添亂。」媽媽說。「這就過去，我這就去勸美惠冷靜下來。」說完，抬起頭看了他一眼。

「趕緊去吧。衣服過後再收拾不急。」後爹勸道。媽媽仍舊繼續疊衣服。「你姊姊的事辛苦了。你們最近在哪個工地？」後爹問道。他沒有回話。連開口都懶。

「欸！」媽媽說。

「怎樣啦？」他的語氣很差。媽媽停下手，直視站著一旁的他，「爸爸問你話呀！」

他覺得太諷刺了。鼻頭一酸，淚水湧了上來。他很想出聲反駁：哪來的爸爸啊，太可笑了！我早就不是小孩子了！淚水終究滑落下來了。

「秋幸，大人問話得回話唷。」媽媽說，聲音格外溫柔，「我這就過去。」

太脆弱了。哪怕有任何一個人踏錯一步，這個家就會倒塌。他們面對的是強敵。然而，那都是假象，他不需要一個充滿假象的家。不，他根本不需要家。他邊想邊走進了自己的獨間小屋。我只有媽媽。我沒有爸爸。他真想現在衝去對媽媽說，還給我原本的哥哥和姊姊。哥哥也好姊姊們也好，同樣都是媽媽的孩子。他想起了那男人的臉孔。他想起了那男人的聲音。那個男人的確和自己有點關係。但是，他不想叫那男人爸爸。你們到底幹了什麼好事？你們只顧自己快活，後果全推給了孩子。你們不配當人。你們連當狗都不配。要是那男人敢出現，真恨不得吐他一臉口水。那男人總是盯著我看。從小我就感受到他的視線。我要放把火，燒光他的眼睛，燒光他的視線。他在房間裡亂繞。猛踹牆壁一腳。這雙手裡、這雙腳裡，都被那個男人滲透進去了。

來到領班家時，光子已經在裡面了。她後方有個小伙子。小伙子看到他和媽媽，趕緊正身跪坐。

「親家母，我真的不曉得美惠變這樣了。」光子說。媽媽不作聲，在姊姊的床邊坐了下來。姊姊見到媽媽，露出一抹溫柔的微笑，隨即消失。姊姊從棉被裡伸出兩隻手來。左手腕紮著繃帶。

「這是怎麼回事？」媽媽問。他也是頭一次看到那繃帶。

「趁我沒注意，拿了剃刀往上劃。」領班說。「還好搶得快，只劃傷表皮，不礙事。」

「親家母，真對不起，都怪老安做出那種事。」光子說。小伙子知道他盯著自己看，趕緊望向天花板。

「居然做傻事。」媽媽沒有搭理光子，接著問，「為什麼要做那種傻事呢？」說完，吸了一口長氣，再全部吐盡，雙肩垂落。姊姊又朝媽媽擠出一個笑容。「美惠，妳得把媽媽的話聽進去。人哪，死了就什麼都沒了。死了就完了。瞧瞧大家。大家不都活得好好的？」

「對不起。」光子又道歉了。兩手掩面。小伙子伸手搭上光子的後背。光子哭得肩頭抽動。「哭什麼！」領班怒罵，「哭也沒用。光子，仔細聽我說……」領班換上另一種語氣，「等安雄出來了，妳可得看住他，別讓他又去殺人了。」光子點了頭。

「安雄不在的這段時間，帶個小伙子住進家裡我沒意見，不過這年頭，才殺一個人也不至於判死刑，他還會出來的。」領班對正撫著光子後背的小伙子說：「你也和光子玩玩就好。」小伙子「喔」了一聲，點點頭，手依然搭在光子的背上。

「美惠，不可以有尋死的念頭。」媽媽把手擱在姊姊額上，「妳患了肋膜炎那時候，妳爸爸也是，死去的哥哥也是，一直為妳祈求老天爺，無論如何一定要讓美惠活下去。」

「我不會死的。」姊姊說。「我不想死呀。」

「這樣想就對了，得活著才行。」媽媽的手從姊姊額頭上拿開了，「媽媽、名古屋的大姊，還有秋幸，都還活著哪，妳怎能先走？」

「美惠，妳千萬不能死！千萬不可以不想活了！連我這種女人都還活著，美惠怎麼可以死掉呀！要是真那樣做，不管是神也好鬼也好，都會被妳嚇壞的。那些神呀鬼呀嚇壞之後，就再也不敢讓人們去求去拜祂們了。妳得想想，妳有領班，還有孩子呀！」

「我不想死呀，我會活下去的。」姊姊以沙啞的聲音又說了一遍。此時的姊姊和剛才拚命衝向火車的她，簡直不是同一個人。繃帶看起來特別白，白得令人無法忽視。姊姊躺在棉被底下，一動不動。她是不是漸漸清醒過來了？他凝視著姊姊。感覺像個奇妙的生物。可能因為臉上沒抹脂粉，在日光燈下，顯得十分慘白。沒有光子臉上的光澤。在她的皮膚裡、她的肌肉裡、她的骨頭裡，到底是什麼樣的東西呢？這個奇妙的生物竟然是他如假包換的親姊姊，和他擁有同樣母系血緣的親姊姊，令他感到不可思議。快喘不過氣了，趕緊站起來，去廚房喝水。陽光從外面灑入。他覺得自己把水和陽光一起喝下肚了。

「等夏天一到，他們又會從名古屋來這裡的海邊玩。美惠得趕快好起來，否則沒法一起出去玩了。」

「若是美惠沒能振作起來，我們又該如何是好呢？」光子說。用的是模範生的口吻。小伙子起身，來到廚房。這人燙了一頭捲髮，正要走進浴室。他問說要去哪裡，對方回答「廁所」。「在那邊。」他指向玄關。「阿順，怎麼了？」光子朝這邊問。「說要上廁所。」他代為回答。「你告訴他，大男人，去外頭方便就行。」小伙子抓抓頭，笑了笑。接著同樣面帶笑容指著後門的拖鞋，再看著他，像是詢問可否借用一下，他點了頭。小伙子的身高和他差不多。年紀也相仿。面貌端正清秀，像女孩。怎麼看都沒本事代替安雄加入工班。

姊姊仍然躺著，側著臉躺。頭髮在後面綁成一束。薄得透著粉紅的耳朵小巧地綴在臉畔，看上去更像是另一種生物而不是姊姊了。「那幾個孩子高興得很。」媽媽喃喃說著。「他們直嚷著：紀州好好玩、紀州好好玩。去看了養在海灣裡滿滿的鯨魚。小傢伙和你姊姊的兒子還有模有樣地討論，一個說好想帶回名古屋養，另一個說帶去名古屋的池子養會死掉。」

「把活捉到的鯨魚放進自然的海灣養，就是找遍全世界也找不著，」領班說，「只在這裡看得到。」

「紀州……」他自言自語。想起了向海突出的岬角。海水是青綠色的。

「我雖知道小芳從名古屋來了，可是老安做出那種事，實在沒臉來這裡。真的很想跟小芳敘敘舊。聽說她嫁進名古屋的好人家，當太太囉。」光子說。「以前我們常結伴逛街。只要我和小芳在一起，根本沒有男人敢靠過來呢。領班，我說得沒錯吧？」

「又胡說了。」

「美惠那個死掉的哥哥和領班是同輩，我們兩個雖然不是同輩，但就跟同輩的手帕交一樣要好。死掉的哥哥是我的初戀情人。帥氣得很，你們哪裡比得上。理髮店還請他當模特兒呢！」光子說給小伙子聽。小伙子聽得難為情。

「不要再提哥哥的事了。」他說。

「哇，秋幸吃醋囉。」光子笑了起來。媽媽苦笑。姊姊露出淺淺的笑意，看著他。

「秋幸也很帥呀。」領班瞇起眼睛笑著說。他覺得領班這表情色迷迷的，讓人不悅。「有個辦公室小姐喜歡秋幸喜歡得要命，對吧。秋幸只是裝做不曉得而已。」

「你可別這時候被女人迷得神魂顛倒哪。」媽媽叮嚀。

「幾歲了？二十四？」光子問。他點頭，卻恨不得放聲大喊：我和你們這些亂七八糟的人不一樣！

屋外傳來喊聲。「美惠——美惠——」，是弦叔的聲音。最先察覺的人是他。他瞄了媽媽一眼。喊聲從後門移動到前門了。「美惠——在家嗎？美惠——」。弦叔站在門外。陽光從他背後照進來。他頓時覺得不妙。擔心媽媽又要開口罵人了。「在家，什麼事？」他搶先反問。弦叔兩手張開，分別抵在敞開的玄關門板和門柱之間支撐著身軀，「是叔叔——叔叔來啦——」。姊姊沒有作聲。

「別站在那地方，快進來、快進來！」他說，並招了招手。

「是秋幸啊。」弦叔說。還擠眉弄眼的，扮了鬼臉。

「又來了？做什麼，討酒喝？」媽媽說。

弦叔踉蹌地踩著地上的那些鞋子，砰的一聲在玄關台階坐了下來。「美惠的媽也來啦。」弦叔喃喃說著，自顧自地「唔」了一聲。身上飄出濃濃的酒味。「美惠，妳得趕快好起來。叔叔去找市長理論過啦，數落他怎麼不把這座城市建設得便利些呢？怎麼不讓這座城市像其他地方一樣人人有錢呢？」他心想，又來發表演說了。弦叔舉起右手揮了揮，「不如放火燒光來得好。市裡的路全是羊腸小徑，拐來繞去的，太不方便啦。」

「不方便你東倒西歪走路嗎？」領班調侃了弦叔。

弦叔「哈哈哈」笑了起來。那笑聲引得他看過去，只見弦叔又擠眉弄眼，扮了鬼臉。他想著，哥哥和姊姊們的生父，真是這樣的面貌嗎？這張臉孔的確和擺在領班家小佛壇上的姊姊生父遺照十分相像。但有天壤之別。弦叔的頭髮，東一撮西一撮的，不知道是誰幫他剃的。腦袋瓜看起來歪向一邊。臉上滿是沙塵和汙垢，灰麻麻的。擦傷塗抹碘酒後的結痂邊緣翹起。額頭爬滿皺紋，牙齒和眼白都泛黃。身上的衣服不知道是誰給的，還是以前的舊衣，處處是補丁。到底是誰幫他縫補衣服的呢？是誰在照顧他的起居呢？自從那間擅自蓋在市有土地上的違章建築被拆除後，到底睡在哪裡呢？這一切從沒聽人提起。大家都避著弦叔，看不起弦叔。而弦叔本人反倒覺得這樣舒心愜意，成天在巷子的家戶門前蹓躂。

姊姊躺在被窩裡，一句話也沒說。他覺得姊姊全身只剩下耳朵還活著。

「叔叔，美惠老是做傻事。叔叔也罵她幾句。」領班說。

「這樣啊。」弦叔點頭答應下來，「是該罵。」弦叔扭頭面向姊姊，提高嗓門，「美惠，不可以做傻事！要再做傻事，也得判美惠死刑喔！領班很擔心妳哩。要是做了傻事，就要被關進監牢裡啦！」

媽媽伸手貼在姊姊的額頭上，想量量有沒有發燒。他看到姊姊眼裡滿是淚水，滾了下來。

「叔叔，想喝酒嗎？家裡有酒。」領班說。他站起來，拿出一瓶啤酒，打開瓶蓋，連同杯子一起放到了弦叔面前。

垂吊在天花板上的環形日光燈管的中心裝了紅色的電燈泡。只有燈泡是亮著的。在微弱的紅色光線下，他只能分辨出近處的物體。又悶又熱，汗水滴淌。女孩打量著他的臉，兩人同樣一絲不掛。

女孩趴在仰躺的他身上。乳房磨蹭著他的胸膛。單手套弄著他的陽具。「瞧，又變得這麼硬了。我來幫你服務唷。」說著，就要放入自己的下身。他把女孩從身上抱下來，「等一下。」

「你這人真奇怪。等你一下沒關係，可是得快一點。不然媽媽桑又要生氣了。」女孩說。再次打量起他的臉，枕在他的手臂上。她掐起一撮髮絲撓了撓他的腋毛，接著湊過去嗅了嗅。「聞不到一點臭味呢，孩子似的、肥皂似的味道。」女孩喃喃自語，「要是天天只和年輕人做，那該多好。」

剛才還在街上逛。他告訴媽媽，明天開始上工，得買雙新的膠底鞋，然後出門了。他想一個人靜一靜。快窒息了。他想遠離媽媽，遠離姊姊。還想擺脫那個早晨上吊自殺的哥哥所造成的陰影。沒多久已走到了平交道。一棵高聳細瘦的樹木枝梢隨風搖曳著。他思索，自己究竟是誰。毫無疑問，他是媽媽的兒子、姊姊的弟弟。然而，這不是他要的。非常厭惡。沒錯，他和姊姊們只有一半的血緣關係。姊姊們的爸爸，並不是他的爸爸。弦叔並不是他的叔叔。再怎麼藏掖，再怎麼偽裝，都無法改變這項事實。他走了又走，盼能遇上那個男人。如同姊姊有個雖已不在人世的爸爸，他也有自己的爸爸。既然是人類，既然是動物的一種，也就有雄有雌。所以給他生命的人其中一個是雄性。他要和那個雄性一決勝負。假如此刻拿根針刺穿自己的皮膚，從那個小孔撕開表皮，或許就會看到只剩下一具空殼。他恨不得能夠在身上劃出一道傷口，把體內的一切統統噴洩出來。他非常激動。真想幹壞事向他們復仇。不，非得讓他們親自嘗到苦果不可。他已經不知道自己走到什麼地方了。

不知不覺間，他來到了傍晚中的風化區。對面河岸的那家木漿工廠飄來特有的氣味。風化區和那條河頗有一段距離，既然這麼遠還聞得到那股氣味，可見今晚又要下雨了。這地方就是這樣，晴雨多變。下雨是不祥之兆，沒什麼好事。他站在彌生館的門前。猶豫著該進去，還是該掉頭。胸口撲通撲通跳個不停。似乎有人在後面直盯著他看。腦子還在考慮要撿顆石頭丟瞎那個人的眼睛時，手已經先推開店門了。

他馬上向坐在旁邊的女孩說明來意，並從口袋掏出錢來。「怎麼，想辦法湊了錢才來的？」女孩還記得他。他告訴女孩想和她獨處。「沒問題。」對方立刻答應。女孩問了坐在櫃台裡的婆婆：「媽媽桑，二樓有空房嗎？」婆婆歪著頭想了想，「這個嘛……」拉長的語氣十足吊人胃口，「等我想一下……剛才好像有人進房了……」婆婆依序按下櫃台旁邊的兩顆按鈴。「久美，要是房間都滿了，就去『三杉』那邊吧，反正你們都是年輕人，不會有人起疑心的。」這時，右邊的按鈴發出了聲響。左邊的沒有動靜。「是不是沒人用呢？」婆婆說。在桃色的燈光下，婆婆的面孔映著赭紅，稜角分明。

房間大小只有兩坪多。關上擋雨木窗，再放下窗簾。鋪墊已經鋪好了。在這個逼仄的木板隔間房裡，還擺了一張沙發和一張桌子。女孩拉了環形日光燈的開關繩，把燈光切換成紅色的小燈。看在他眼裡，簡直像是變魔術。女孩的容貌，和在樓下看到時不一樣，兩眼發光。「小哥，把衣服脫了。」他猶豫了。女人的笑聲從走廊盡頭的樓梯底下傳了過來。好悶熱。他猜想，待會兒就要下雨了。

女孩脫下衣服了。只剩一件內褲。

「你怎麼還拖拖拉拉的，快脫呀！」看到他還愣站在原地不動，女孩催促說。他心裡清楚，自己找不到適當的措辭問她——妳是那傢伙的孩子嗎？妳是那傢伙的孩子嗎？——儘管在心底問過一遍又一遍，卻怎麼也問不出口。房裡充斥著男女交歡後的氣味。女孩脫下了內褲。

「小哥，快脫了衣服。來做好事吧！」女孩躺在鋪墊上了。還有時間改變主意。他邊想邊脫去襯衫，褪去長褲。身上僅餘一件內褲，在鋪墊躺了下來。女孩不由分說吻上了他的唇，舌尖撬開牙齒鑽了進來，身體顫抖了。這是他的第一次。內褲被脫掉了，女孩的手摸上了他勃起的陽具。接著，引導他將大腿勾住了自己的腰肢。臉貼著女孩的乳房磨蹭，手握著女孩的乳房揪揉。粉紅，尖挺，他張口含住了女孩硬突的乳頭，亦即使女人有別於其他生物的唯一部位。「別嘛——別嘛——」女孩嚷著，「別碰那裡嘛！」這句話倒是字字清晰。牙齒啃了乳頭。那個男人也是用這種方式搞女人的嗎？「別呀——別呀——」女孩又嚷了，猛搖頭。放開乳頭，留下了紅紅的齒印。心想，自己正要侵犯那男人的孩子，凌辱那男人自身，不，甚至凌辱媽媽和姊姊們和哥哥那些與自己有血緣關係的每一個人。我要凌辱一切。女孩雙手勾住他的後頸，呻吟著。陽具直搗女孩體內的最深處。女孩閉起眼睛，發出嬌呼。妳是妹妹嗎？他問著。當真是……那個……與我共有那傢伙的血緣……且闊別多年的……妹妹嗎？面頰不停蹭著女孩。心愛的。我心愛的。從小只要聽人提起妳，總想著妳在哪裡？過得好不好？他，射精了。女孩一臉難以置信。

姦汙了妹妹，明知是妹妹，還是姦汙了她，他只想確認這一點。禽獸、畜生。任憑人們痛罵也不在乎，或者說，任憑人們憐憫也不在乎。

女孩的手指輕拽著他的腋毛。好癢。她親了枕在頭下的手臂。又學著小狗汪汪叫了兩聲，溫柔地張口咬了咬。昴他沒有反應，問了聲「在想什麼？」他沒有回答。

女孩換了個趴姿。拿起大概原本就擱在那裡的香菸叼了一支，點燃，咳了幾聲，遞進他的嘴裡：「喏。」菸頭沾著她的唾液。只吸了一口，就還給女孩了：「幫我摁熄。」女孩邊咳邊說：「怎麼，不抽菸哦？」女孩在菸灰缸裡熄了菸。

「想過尋死嗎？」他問說。

「想那個做什麼。」女孩說，又伸腿勾住了他的腳。「年紀輕輕的，怎麼會去想那些呢。再過不久，我要找個大富翁結婚。小哥，到時候可別來搗亂，跟新郎告狀這個小姐以前在風化區賣身哦。」

他點了頭。女孩伸手探向了他的陽具。他想起了沒入大海的箭頭狀岬角。他禱念著，讓它更加凸隆、更加高聳！奮力劈開大海吧！女孩的手抓住他勃起的陽具，使勁緊握。「每次瞧見男人的玩意，總想著：身上掛著這作孽的東西，不覺得辛苦嗎？還成天受它擺布。」

他猛然抱緊女孩。「疼呀！」女孩嚷著。他把女孩翻個面，騎了上去。應該是這一行做久了吧，女孩隨即支腿挺腰。「嚇我一跳。都說了我會幫你服務嘛。」女孩先是嗔怪，接著露出笑容，千嬌百媚地扭動腰肢，「別抱得那麼緊嘛。」

這女孩就是妹妹，他非常肯定。可以感覺到女孩和他的心臟怦怦跳動。心愛的、心愛的……他喚了又喚。看著她像野獸般不停扭動屁股反而愈發憐愛，不曉得該拿這樣的自己如何是好，多渴望能夠親手掏出這顆怦怦跳動的心臟，塞進女孩的心臟裡面，讓兩顆心緊緊相貼，交互磨揉。女孩叫出聲來。汗水迸發。我是妳哥哥！我們毫無疑問都是那男人的孩子，那個我第一次承認他是爸爸的男人。如果陽具是心臟那該有多好，不，更渴望的是撕裂胸膛，把流竄全身的那男人的血，統統獻給閉眼扭動低呼的妹妹。從今天起，我的身體會散發出野獸的氣味。就像安雄那樣的狐臭味。他聽到有個醉漢還是什麼人在很遠的地方大吼大叫。女孩猶如難以忍受痛苦般緊閉著雙眼，放聲尖叫。女孩的眼皮上布滿了淚珠似的汗滴。這一刻，他想像了那男人的鮮血騰湧溢流。

作者後記

〈黃金比例的早晨〉寫於一年半前。

想寫下文字的那股熱切盈溢而出。或者該說是渴望擁有那股熱切。當蘭波[20]所說的混亂的振幅逐漸擴大，至少我要在他者之中尋找遺世獨立的自己。然而，這聲音，是否送到死者與生者那裡了？這聲音，是否送到諸位讀者那裡了？

一九七五年十二月

中上健次

[20]應指法國詩人阿蒂爾・蘭波（Jean Nicolas Arthur Rimbaud，一八五四〜一八九一）。

PLP0069

岬

作　者—中上健次
譯　者—吳季倫
編　輯—黃煜智
校　對—魏秋綢
行銷企劃—王小樨
內頁排版—綠貝殼資訊有限公司

編輯總監—蘇清霖
董 事 長—趙政岷
出 版 者—時報文化出版企業股份有限公司
10803台北市和平西路三段二四〇號四樓
發行專線—（〇二）二三〇六六八四二
讀者服務專線—〇八〇〇二三一七〇五
（〇二）二三〇四七一〇三
讀者服務傳真—（〇二）二三〇四六八五八
郵撥—一九三四四七二四時報文化出版公司
信箱—一〇八九九台北華江橋郵局第九九號信箱
時報悅讀網—http://www.readingtimes.com.tw
思潮線臉書—https://www.facebook.com/trendage
法律顧問—理律法律事務所　陳長文律師、李念祖律師
印　刷—盈昌印刷有限公司
初版一刷—二〇一九年十二月十三日
定　價—新台幣四〇〇元
（缺頁或破損的書，請寄回更換）

時報文化出版公司成立於一九七五年，
並於一九九九年股票上櫃公開發行，於二〇〇八年脫離中時集團非屬旺中，
以「尊重智慧與創意的文化事業」為信念。

岬／中上健次著；吳季倫譯．-- 初版．-- 臺北市：時報文化，2019.12
320 面；14.8×21 公分

ISBN 978-957-13-7995-1（平裝）

861.57　　108016934

MISAKI (collection of stories)
by NAKAGAMI Kenji

Originally published in Japan by Bungeishunju Ltd., Tokyo.
Chinese (in complex character only) translation rights arranged with NAKAGAMI Kasumi, Japan
through THE SAKAI AGENCY and AMANN CO., LTD.

ISBN 978-957-13-7995-1
Printed in Taiwan